文春文庫

増山超能力師事務所

誉田哲也

文藝春秋

増山超能力師事務所

目次

増山
超能力師
事務所

増山超能力師事務所

Chapter1

初仕事はゴムの味

いつもより、少し早く目が覚めてしまった。

七時十分。あと二十分寝ていても、まだいつものバスには充分間に合う。でも、今日は特別な日だから起きることにした。そもそも眠気なんてもうどこにもない。むしろ緑色のカーテンの向こうにある、今日という日の訪れにこの上ない感謝の念を抱く。

篤志は布団から這い出し、ゆうべのうちに用意しておいたスーツとネクタイを点検した。それと、認定証。日本超能力師協会発行の、正真正銘本物の、二級超能力師の認定証書だ。

【高原篤志殿

あなたは当協会実施の認定試験において弐級に合格し、この級の合格基準に定める超能力を有することをここに証します。】

長かった。この証書をもらうのに六年もかかるとは思わなかった。でもよかった。これで自分も一人前の社会人になれる。両親に心配をかけることもなくなる。妹にも馬鹿にされずに済む。

顔を洗い、きちんとネクタイまで締めてから一階に下りた。

「おはよう」

ダイニングの戸口で声をかけると、流し台の前にいた母親が振り返った。

「あら、おは……えっ、ちょっとなに、スーツなんて」

篤志は大袈裟に胸を張ってみせた。

「正式採用って意味では、今日が初出勤なわけだからさ。これくらい着ていったっていいだろう」

先輩超能力師の中井も、合格後の初出勤にはスーツを着てきていた。

「そりゃ、別にいいけど……でもなんか、そのネクタイはちょっと派手じゃないかい？仕事っていうよりは、友達の披露宴かなんかにいくみたいだよ」

ちくしょう。人がせっかく苦労して締めてきたってのに。

「しょうがねえだろ。これの他は、あと赤いのと葬式のしか持ってねえんだから」

三流私大を出てからの六年、篤志はずっと研修生という名の、要はアルバイト扱いの臨時採用超能力師だった。夏はTシャツにジーパン、秋ならそれに長袖Tシャツを重ね、冬は上にフリースとダウンジャケットを着る程度。スーツなんて、誰か知り合いでも死なない限りまったく用がなかった。

だが、これからは違う。自分も所長の増山のように毎日スーツ、は難しいかもしれないが、でも今までよりは大人っぽい恰好をしたいと思っている。

そう、もう自分は半人前ではない。

立派な、プロの超能力師なのだ。

世間に認めてもらえないというのは、人間にとって非常につらいことだと思う。篤志に限らず、超能力者であれば誰しも、そういった経験の一つや二つはあるはずだ。

手を触れずに鉛筆を転がしても息で吹いたと決めつけられたり。思いがけず、意中の女子が好きなのは自分と犬猿の仲のクラスメートだと知ってしまったり。悔し紛れにそいつに喧嘩を吹っかけたら、超能力なんてなんの役にも立たずコテンパンにボコられたり。逆に超能力があるらしいと噂になった途端、テストで毎回カンニングを疑われるようになったり。たまたま目が合っただけなのに「見ないでよ」と女子に胸を隠されたり。不良に絡まれて万引きの手伝いをさせられたり。「そんなの超能力となんも関係ないじゃん」と口答えをしたら、やはりコテンパンにボコられたり。

少なくとも中学を卒業するまでは、超能力でいい思いをしたことなんてほとんどなかった。

だが、今から十三年前。篤志が十六歳のときだ。

国内初の超能力者団体「日本超能力師協会」が正式発足、資格試験と事業認定を開始し、翌年には全国超能力事業連盟、全日本超能力者連絡会も相次いで発足した。

パッ、と目の前が開けた気がした。

確かにその数年前から、超能力に関する研究は盛んになってきていた。「ダークマター」という、広く宇宙に存在する星間物質が超能力の働きに大きく関わっていることが分かり、その測定方法が確立されるや否や、瞬く間に超能力の存在が世間で認知されるようになった。特に日本はその測定技術に秀でており、高性能な測定機の開発も世界に先駆けて成功させたため、にわかに超能力ビジネスが活況を呈した。

きた、と思った。

足が速いとか、頭がいいとか顔がいいとかいう評価基準と同じように、これからは超能力を持っていることが持て囃される時代になる。もうインチキとか嘘つきとか目がヤラシイとか、「カンニングしてその成績か」とか馬鹿にされずに済むようになる。本気でそう思った。

ある部分、それは現実になった。超能力があることを告白しても、ああそうなんだと、わりと普通に受け入れてもらえるようになった。女の子を見ていただけで、服の下を透視したかのようにいわれることも少なくなった。そういう発言は超能力者に対する差別であるとの認識が、少しずつだが社会に根づいてきているのは間違いなかった。

ただし、超能力者であるというだけで持て囃されるかというと、残念ながらそうはならなかった。

日本超能力師協会は年に二回、三月と九月に「一級超能力師試験」と「二級超能力師試験」を同時に実施し、その能力に見合った資格を超能力者に与えることとなった。逆をいえば、世間は二級にすら合格できない者を超能力者とは認めないというわけだ。では、そういう不合格者はなんと呼ばれるのか。

無能力者——。なんと屈辱的な響きだろう。

実際はプロとしての活動資格が得られなかったというだけで、いわばアマチュアの超能力者であることに変わりはないはずなのに、二級試験に落ちた途端、友達にも妹にも

「無能力者」と散々馬鹿にされるようになった。当時付き合っていた恋人にさえ「やっぱり駄目だったんだ」と鼻で笑われ、ついでのように別れ話を切り出された。

しかし、もう違う。

今日からは、すべてが変わるのだ。

近所の停留所からバスに乗って西新井大師西駅までいき、そこから舎人(とねり)ライナーに乗って八駅、日暮里駅で降りる。

毎朝、駅前ロータリーに吐き出される人波の中で、学生と変わらぬカジュアルファッションでいられる自分を身軽に感じつつも、一方では、少々くたびれていてもスーツを着ているサラリーマンたちに憧れのような感情を抱いていた。きちんとした会社に勤め、確固たる社会的立場を持ち、ローンも組めて、ボーナスももらえて恋人にプロポーズもできる、彼ら。比べて自分はどうだ。六年ものあいだ無能力者と蔑(さげす)まれ、資格試験に向けての努力はしていたものの、実態はただのフリーアルバイターだった。挙句、いまだにプロポーズしたい恋人もいない。

でも、もう大丈夫だ。自分は無能力者というマイノリティから、超能力師という有資格者、立派な社会的マジョリティの仲間入りを果たしたのだ。

日暮里駅から事務所までの、十分ほどの道のりを往く足取りも今朝は軽い。線路と並行する道を進み、日蓮宗のお寺を過ぎて次の次の角を右。線路に当たったら左。その角から右側の二軒目、ちょっとレトロな雑居ビルの二階にあるのが篤志の職場、「増山超能力師事務所」だ。

実にそれっぽい、社名入りの曇りガラスがはまったドアを開け、

「おはようございますッ」

所員全員の歓待を一身に受ける、予定だったのだが、

「……ああ、おはよ」

事務所内にいたのは事務のオバサン、大谷津朋江ただ一人だった。

「あれ、悦子さんと健さんは？」

住吉悦子、中井健の二人も二級超能力師。つまり、今日からは篤志も彼らの同僚ということになる。

朋江がこっちに正面を向ける。基本的にどの角度から見ても、朋江の輪郭は鏡餅と同じ形をしている。

「えっちゃんは面接補助、中井くんはまだ戻ってない」

「面接補助って、あれは、所長がいくんじゃなかったの」

二重顎を圧しながら、朋江はかぶりを振った。

「所長は今日、アリスちゃんの運動会。昨日も一昨日も雨だったろ。それで今日に延びたんだって」

「健さんは。戻ってこないってどういうこと」

「例の失踪人、仙台方面にいるらしいってなって、昨日の朝から現地にいってる。あたしもさっき、メモ見て初めて知ったんだよ」

昨日、九月三十日は日曜日だった。超能力師も、特に何もなければ土日祝日は休みをとるが、担当案件に進展があればその限りではない。

急に朋江が、上から下に篤志を見る。

「……あそっか。そういやあんた、二級とって今日から正式採用になるんだったね」

スーツ姿を見てようやく思い出すって、あんまりじゃないか。

「そうですよ。これでも、けっこう張りきってきたのに……なんか、ひどくないっすか。健さんが合格したとき、みんなもっとお祝いっぽくしてあげてたじゃないですか」

「しょうがないだろ。みんなの出が重なっちまったんだから」

朋江はもとの姿勢に戻り、何か書類仕事の続きを始めた。

なぜだか、急に悲しくなった。

二級に合格したからもう事務所の掃除はしなくていい、というわけにもいかない。所長以下五人の所員の中で、篤志が一番下っ端である状況になんら変わりはないのだから。

「ちゃんと机の下もやんなよ。あんた、ちょっと見てないとすぐサボるんだから」

「やってますよちゃんと……ひどいなぁ」

「田」の字に寄せた事務机の下、所長デスクの下、応接セットのテーブル、ソファの下。いつも床のワイパーがけは隅々までやっている。

「ああ。それから、十時に依頼人がくる予定になってっから、あんたが面接しなよ」

「えっ、なんすかそれ」

慌てて壁の時計を見る。九時二十分。

「なんすかって、しょうがないだろ。所長もえっちゃんも中井くんもいないんだから。っていうか、あんたももう無能力者じゃないんだから、二級の給料出すんだからさ、その分は最低でも働いてもらわないと」

確かに、それはそうなのだが。

「でも、いきなり依頼人面接って……そんな、心の準備が」

「いつやったって最初は最初。ビビってたって仕方ないだろ。俺はこう見えても一人前の超能力師なんだぞって、そういう顔して話聞いてやりゃいいんだよ」

ちょっと、一ヶ所引っかかる言い回しが。

「朋江さん。その、こう見えてもって……つまり俺は、どう見えてるんすか」

他人が自分をどう見ているか。そんなことは相手の心を読んでしまえば分かることのように思われるかもしれないが、実際の超能力というのはそんなに便利なものではない。相手に直接触っていいのなら話は別だが、離れたまま「読心」するにはそれなりのテクニックが必要になってくる。

相手の脳から漏れ出てくるノイズのような思念を汲みとり、自分に理解可能なイメージ、いわば脳内言語に翻訳しなければならない。ただし、この思念の翻訳というのは相性に左右されやすく、すんなりと理解できる相手もいれば、なかなか理解可能なイメージにならない相手もいる。周波数、といったら一番近いだろうか。むろん、ある程度時間をかければその周波数を合わせることも可能だが、でもそんなことをするくらいなら普段は会話をした方が早いし、何より正確なのだ。

「どう見えるって……まあ、いかにも半人前って感じだよ」

そして、こういう予想通りの答えが返ってきても、それを予知だなどと勘違いしてはならない。

こういうのは単なる勘、あるいは経験則といった方が正しい。

掃除を済ませ、依頼人を待ったがなかなか現われない。もう十時十五分だ。

近くを通る京成本線の線路の音だけが、遠慮がちに建物の壁を揺らしては過ぎていく。

「……朋江さん。その依頼人って、どんな人なんですか」

向かいの席で週刊誌を読んでいた朋江が、ピッと一枚のメモ用紙を差し出してきた。

悦子の字で「西条照美（さいじょうてるみ）」と書いてある。

「あたしは知らないんだ。金曜日にえっちゃんが電話で受けた件だから。でも、どうせ亭主の浮気調査だろ。旦那さまのお写真をお持ちください、とかいってたから」

悲しいかな、その辺の事情は普通の探偵業とあまり変わらない。超能力師事務所が受ける依頼の大半は浮気調査であり、実際にそれが収入の大部分を占めている。

「……朋江さんは、旦那さんの浮気とか疑わないんすか」

ちなみにここの所員で既婚者なのは所長の増山と朋江のみ。悦子も中井も独身だ。

「うちの場合は浮気より、ギャンブルで借金こさえてないか、そっちの方が心配だね。大して勘もよくないくせに負けず嫌いだからさ。賭け事やっても引き際ってもんが分からないんだよ」

「なんならそれ、俺が調べてあげましょうか」

すると、ハッ、と馬鹿にしたような息を吐く。

「そんなもん調べんのに、超能力なんざ要るもんか」

「えっ、じゃあ朋江さん、どうやって調べるんですか」

朋江は、パンパンに張ったカットソーの二の腕を誇示してみせた。

「そんなのは後ろから伸し掛かって、ギューーッと首んとこ絞め上げてやりゃあ、男なんざたいていのことは白状するさ」

確かに、その体重と腕力があればたいていの問題は解決するだろう。

「……あ」

ふいに朋江がドアの方を見たので目を向けると、曇りガラスに白っぽい人影が映っていた。

こんこん、と控えめなノックの音がする。

「あっ、はい、どうぞ」

篤志は急いで席を立ち、出入り口に向かった。だが行き着く前に、グレーのペンキを厚塗りしたスチールのドアが開き始める。

隙間から顔を覗かせたのは、狸顔というかなんというか、ちょっと可愛らしい顔をした、小柄な中年女性だった。

「あの……先週お電話いたしました、西条と申しますが」

「はい、お待ちしておりました。どうぞ、お入りください」

出入り口の左手にある応接セットに西条照美をいざなう。白いブラウスとグレーのスカートという落ち着いたコーディネイトには好感が持てた。

篤志はいったん朋江のところに引き返した。

朋江は篤志がいう前に、スッ、とプラスチックの青い名刺ケースを差し出してきた。

「がんばんな」

「はい」

改めて照美の正面に座り、ケースを開けて一枚抜き出す。

【増山超能力師事務所　日本超能力師協会公認二級超能力師　高原篤志】

素晴らしい。ついにこのときがきた、という感じだ。

「初めまして、高原と申します」

照美は恭しく両手で受け取り、何か考えるようにしばらく目を落としていた。所長の増山ならこの時点で少し思念を読んでおくのかもしれないが、篤志にそんな器用な真似はできない。それよりも今は、照美の話を真摯に聞くことに集中したい。

「ええ、ではまず、ご依頼の内容を、お聞かせいただけますか」

はい、と照美が、少し気まずそうに目を伏せる。

「実は、主人が、その……というか、私と主人は、長い間、セックスレスでして」

おっと、いきなりそうきたか。

「失礼ですが、ご主人さまは、今おいくつでしょうか」

「五十三になります……あ、写真、持ってきました」

スカートと合わせたようなグレーのレザートートから手帳を出し、中から何枚か写真を抜き出す。

「……これです」

「拝見します」

山登りを趣味にしているのだろうか、それっぽい恰好をし、曇った空を背景に写っているのが一枚目。二枚目はなんの場面だろう、黒いシャツ姿で何かを真剣に見つめている。背景は明るい室内だ。三枚目は屋外。ピカピカの、大きな黒い車の前でポーズをとっている。この満面の笑みからすると、新車の納車記念といったところだろうか。面長の、やや神経質そうではあるが、でも誠実そうな雰囲気の男だ。五十三歳にしては白髪も少ないし、何よりお洒落な感じがする。

残留思念を読んでみたが、一番はっきり残っているのは写真を受け取る篤志の緊張した顔だった。つまり、照美が見た篤志の顔だ。他の思念はだいぶ薄まってしまっているが、かろうじて引き出しみたいなものは見える。この写真がしまってあった場所かもしれない。ちなみに、写真のような紙から思念を読む超能力は、専門的には「有機物媒介感受」に分類される。

朋江がお茶を持ってきた。湯飲み二つを淡々とテーブルに置き、無言で去っていく。このクールさは朋江の美点の一つだと思う。

「ご主人さまは、どういったご職業で」

「服飾デザイナーをしております」

なるほど。分かる気がする。

「すみません。奥さまのお年も、伺ってよろしいですか」

「ああ、はい……四十六です」

五十歳をまたいでの七歳差。別に驚くほどの年齢差ではない。というより、この年でセックスレスって、そんなに珍しいことなのだろうか。二十九の篤志にはなんともいえない。何を隠そう、篤志もう三年以上セックスレスだ。

「あの、さきほど、ご主人さまとは長い間、その……ない、というようにお伺いしましたが、実際には、何年くらい」

はい、と照美が萎れるように頷く。

「私たちは、比較的遅い結婚でして、それが八年前なんですが、その、もう……結婚当初から、あまり」

なんだか変に生々しくて、あまりこの続きを聞きたいと思えなくなってきた。

「そう、ですか……では、それをなぜ、今になって調べてみようとお思いになったのでしょう」

また、はい、と力なく頷く。

「それは、その……私がそもそも、そういったことに積極的ではない性格でして」

今さらそこだけ、言葉をぼやかしても仕方ないと思うが。

「でも、主人はとても優しい人なんです。むしろ、優し過ぎるといってもいいくらい……私があまり、そういうことに喜びを感じていないというのは、すぐに悟ったのだと思います。次第に求めなくなってきまして、半年もすると、ぱったり……いえ、もちろん私はいいんです。自業自得ですから。でも、主人が不憫で。私に隠れて風俗にでもいっているのか、それとも密かに自分で処理しているのか」

篤志自身の性生活を言い当てられているようで、なんとも恥ずかしい。ちなみに篤志は後者だ。

「それなら、まだいいんです。でも、でももし、どなたか決まった方とお付き合いをしているようなら……」

さすがにそれは許せない、というわけか。

「もしそうなら……私から、身を引くべきなのではないかと、そう、考えるようになりまして」

ははあ、そういう考え方をする女性もいるのか。しかし、セックスが苦手という負い目があるにせよ、ちょっと物分かりが良過ぎはしないだろうか。

「なるほど……しかし、そのことをご主人さまに、直接お尋ねにはなっていないのですね」

「いえ、遠回しには、何度か訊いてみたことがあります。ほんとは他所にいい人がいるんじゃないの、とか。私はそれでもいいのよ、とか。でもそのたびに主人は、馬鹿なこというなって、抱き締めてくれるんです。とても、優しく……だから私も、それ以上訊けなくなってしまって」

だから、その辺をはっきりさせてくれと。そういう依頼か。


いくつかの注意事項について説明し、照美と正式に契約を交わした。注意事項というのは、この件の調査結果を犯罪に利用したり、差別に用いたりしてはならない、といった類のことだ。料金に関しては、毎晩九時から十二時までの三時間の行動確認を五回、計十五時間のパック料金で、税込み二十万円。とりあえず第一期調査はその線でいくことにした。ちなみに前金の十万円は現金で頂戴した。

「……では、よろしくお願いいたします」

深々と頭を下げ、照美は帰っていった。

篤志と並んで見送りをした朋江は、照美の足音が聞こえなくなるなり、不愉快そうに鼻息を吹いた。

「……あたしゃ嫌いだね。あの女」

振り返り、自分の席に戻りながら続ける。

「だいたい、なんなんだい、自分の亭主が浮気してるかもしんないってのに、私が身を引くべきなのかしらァ、なんてさ。お人好しもいい加減にしろってんだよ。胸糞悪い」

いいたいことは分からなくもないが、でも誰もが朋江のように自力で問題を解決できるわけではない。むしろ、そういう人たちのために超能力師はいるのだともいえる。

「そうでしょうか。俺は、負い目と相手を思う気持ちから、自分が身を引くべきじゃないかと考えるって、深いなって、思いましたけどね」

朋江は「半人前が生意気いうんじゃないよ」と吐き捨て、自分の席に座った。まあ、この程度はいつものことなので、篤志も特に気にせず、下調べを開始することにした。

照美から聞いた話と、インターネットで検索して出てきた情報を合わせるとこういうことになる。

西条敏郎（としろう）、五十三歳。二十一年前、自ら代表を務める服飾デザイン事務所「株式会社ローロ」を設立。所在地は自由が丘。手掛けるのは主に大手メーカーの依頼による既製服のデザイン。素材選びから見本の制作、縫製工場の選定まで幅広く担当。社員は敏郎を入れて六人。敏郎以外は全員女性。

どうも、この情報を見る限り浮気し放題という構図しか浮かんでこない。

夕方四時には悦子が戻ってきた。

「ただいまぁ……」

黒いパンツスーツがちょっと色っぽい。

「お疲れさまっす」

「マジで疲れた。ほんっとに疲れた」

自分の席には座らず、応接セットのソファに倒れ込む。大変だったね、といいながら朋江がお茶を淹れて出す。こういうときの朋江はとても優しい。子供を三人育て上げた母親の顔になる。実際、五十代半ばの朋江にしてみれば、三十二の悦子や二十九の篤志は子供同然なのだろう。

「今日はどこだっけ。三京電器だっけ」

「そう。本社面接……契約では昼休み以外にも休憩入れることになってるのにさ、結局六時間、遠隔読心させられっぱなしだよ。そんなに集中力続かないっつーの」

面接補助というのは、超能力師が面接官に交じって、たとえば履歴書に詐称がないかとか、本気でやる気があるかどうかなどを探る仕事である。基本は減点法で、悪いところがあれば指摘する、逆にいいところがあっても褒めはしないという、気分的にもあまりよくない業務だ。むろん企業側も、イメージが悪くなるため超能力師を面接官に入れていることは公表しない。

「挙句の果てにさ、隣のオヤジがやたらエロくて。面接にきてる子の胸が大きいとか脚が細いとか、そんなことばっか考えてて。でもウザいからって全方位で遮断してたら仕事になんないから、もう右側だけ決め打ちで念心遮断やり通して……しかも、あたしが立ち上がるたびにお尻見ちゃ、妄想で股間押しつけてきて。ほんと最悪。あのスガヌマって人事部の係長、マジで焼き殺してやろうかと思った」

それだけスラスラ心が読めたら立派なものです、と思いつつ篤志は調べものを進めた。ちなみに悦子は極めて強い発火能力を有しているが、日本超能力師協会も他の団体も発火能力の使用は原則禁止としているため、実際に人前では使えない状況にある。許されるとしたら、せいぜい仲間内のイタズラくらいだろう。

悦子は報告書だけ書いてさっさと帰っていった。

六時になると、じゃあたしもそろそろ、と朋江も帰っていった。

六時半頃に増山から電話があり、何か変わったことはないかと訊かれたので、午前中に受けた浮気調査は本当に自分が担当していいのかどうかを尋ねた。しかし、

『うん、別にいいんじゃないの』

と、いつもながらのいい加減な返事が返ってきただけだった。

七時半まで事務所にいたが、中井からの連絡はなかった。


篤志は自由が丘駅近くで軽く食事をし、それから「株式会社ローロ」に向かった。

この街にあると、ただのラーメン屋もガラクタみたいな輸入雑貨を並べただけの店も、不思議なくらい洒落て見える。こういう街に住みたいとも、こういう街で働きたいとも思わないが、必要以上に気後れしない自分になりたいとは思う。今はまだ全然駄目だ。自分は浮いているのではないか、ダサいのではないか。そんなことばかり気になって仕方がない。

「株式会社ローロ」は比較的簡単に見つかった。メイン通りから一本入って路地の突き当たり。全面ガラス張りになっており、一見、オフィスというよりはブティックか美容院のような構えだが、よく見れば机の上にはパソコンや分厚いファイルがあり、壁際には仮縫い状態の服を着せられたマネキンが何体も立っている。

敏郎はどこだ。ああ、あれか。部屋の中ほどにあるパーティションの前に立ち、背の高い女性と何やら相談している。

時計を見る。午後八時四十七分。少し早いが今から行動確認を開始するとしよう。

ガラス張りで双方丸見えのため、こっちも下手なところでは見張りができない。篤志は路地を少し戻り、曲がり角にある喫茶店の、出入り口に一番近い席を確保した。ここからなら事務所の出入りを完璧に監視できるし、何より自分が楽だ。

お疲れさまでした、といったふうに社員が帰り始めたのが十時ちょっと前。十時半までには四人が帰り、事務所には敏郎と、最初に打ち合わせをしていた背の高い女性だけになった。もしや、あれが浮気相手なのか。

さらに二十分ほどすると、敏郎一人を残してその女性も帰っていった。いったん別々に帰るのだろうか。それとも彼女は浮気相手ではないのか。

篤志はコーヒー二杯分の会計をし、店を出た。ローロの隣はアパートのような建物なので、その出入り口に身をひそめて敏郎が出てくるのを待つことにした。

十一時五分。ローロの明かりが消え、黒っぽい上着を着た敏郎が出てきた。ガラスドアに施錠をし、その手をポケットに入れた途端、上からゆっくりとシャッターが下り始めた。電動で、しかもリモコン制御になっているようだった。

敏郎が立ち去るのを確認してから、篤志も動き始めた。急いでローロの前までいき、さっき敏郎が施錠をした鍵穴の辺りに手を伸べる。上からシャッターがきているのでそんなに時間はなかったが、それでも十何秒かは触っていられた。

その十数秒の間に、残留思念を読む。

英語でいえば大雑把に「サイコメトリー」となるが、協会規定ではさらに細かく「金属媒介感受」というふうに分類される。対象者が触れた金属部分から残留思念を読み取る技術だからだ。これは二級試験の科目にもなっており、この他に「液体媒介感受」「有機物媒介感受」の、計三科目がある。一級試験ではさらに合成樹脂を含む「複合媒介感受」という科目が加わる。プラスチックに残った思念を読むのは非常に難しく、何種類かの素材が交じった物体から読み取るのはさらに難しい。だから、子供が一番大事にしていたものです、とミニカーを渡されても、意外と何も読み取れなかったりする。

ただし、金属媒介感受は数少ない篤志の得意科目だ。このチャンスを逃すわけにはいかない。

大丈夫だ。見える。読める。敏郎が施錠をする際に考えていたことが、手にとるように分かる。

白いシーツの上、揺れる長い髪、乾いた白い肌、潤んだ瞳、低く荒い息遣い。こっちまで胸苦しくなるほどの興奮状態。しかも、相手の女性はけっこう可愛い上に若い。

どうやら、今夜の敏郎はやる気満々らしい。このまま尾行していけば、もしかしたらこの案件はあっさり解決してしまうかもしれない。

そうなったら、凄い。超能力師の初仕事としては、この上ないすべり出しではないだろうか。

敏郎は自由が丘の駅から離れる方向に歩いていった。むろん、篤志は尾行していった。

少し距離をとりながら十分ほど歩くと、もはや周りは自由が丘っぽさの欠片（かけら）もない住宅街になった。それも当たり前か。電柱を見たら「世田谷区奥沢二丁目」と書いてあった。二階家が多く、店舗などはほとんど見当たらない、東京二十三区内ならどこにでもあるようなありふれた眺めだ。

敏郎は二車線の道路から左に曲がって、細い路地に入っていった。その角に身をひそめて見ていると、今度は二つ目の角を右に入っていく。小走りで追いかけていって角から顔を覗かせたが、すでに敏郎の姿は見えなくなっていた。つまり、軽く見失ってしまったわけだが、こういう場合の対処法は研修生時代に習ってあるから大丈夫。路上に残った思念をたどっていけばちゃんと追いつける。この辺は探偵というより、むしろ警察犬に近いかもしれない。

どうやら敏郎は、角から三軒目の建物に入っていったようだった。ノイズのような思念がブロック塀の切れ目で消えている。その塀の中にあるのは、だいぶ古臭い、二階建てのアパートだ。逢い引き用に借りた部屋なのか女の住まいなのかは分からないが、どちらにせよあまりいい趣味とはいえない。入った部屋は一階の一番右手、いわゆる角部屋、一〇五号室。隣家との隙間を覗くと窓に明かりがあった。しかしそれも、五分ほどすると消えてしまった。

早くもお楽しみ開始、というわけか。

篤志はブロック塀を迂回(うかい)してアパートの敷地内に入った。街灯の明かりはぼんやり届いてくる程度で、人の顔を判別できるレベルではない。探る側にとっては絶好のシチュエーションだった。

とりあえず一〇五号のドアノブに触れてみる。すると敏郎が思い描いた女の姿が、篤志の脳裏にくっきりと浮かんできた。ベッドに下着のまま寝転んでいる。近くまでいって顔を覗き込む場面も見える。顔は、さっき見たのと同じだった。社員の誰かではない。けっこう可愛い、華奢な体つきの若い女だ。

正直、羨ましかった。これをやっても微塵も調査の足しにならないことは分かっていたが、それでもやらずにはおれなかった。

透視――。今、敏郎と女が室内で何をやっているのか、もう、見たくて見たくて堪らない。

でも、実際にやってみたら、やっぱり駄目だった。

篤志は、実は複合透視はほとんどできないのだ。特にこんな、セメントだの木材だの、断熱材だの石膏板だのと、何種類もの素材が使われた壁を透かし見ることなど、一生かかってもできそうにない。それくらい透視の結果は惨憺たるものだった。見えたのは、藁の塊のような黄色いノイズが一所懸命、四つん這いで腰を振っている、せいぜいそんなイメージに過ぎなかった。

契約にある一回三時間というのはオーバーしてしまったが、引き続き張り込みをしていると、敏郎は十二時半頃にはアパートから出てきた。何喰わぬ顔で表通りまでいき、タクシーを拾って帰っていった。すでに習慣と呼べるほど慣れきった「浮気のひととき」という感じだった。

しかし、妙な点がないではなかった。敏郎が部屋を出てきたとき、室内は真っ暗だった。女の見送りもない。出てきたらツーショット写真を撮ってやろうとカメラを構えていたのだが、完全に空振りに終わった。ドアの鍵を閉めたのも敏郎だ。

篤志はもう一度残留思念を読もうと、一〇五号のドア前に立った。

メッキの剝がれた、半ば黒ずんだドアノブを握り込む。途端、敏郎が残していったイメージが脳内に流れ込んできた。それも、さっき見たのとは違う、最新のエッチシーンのそれだ。具体的にいうと、バックだ。敏郎は今夜、後ろから彼女を攻めたようだった。

痩せた背中が妙に色っぽい。敏郎は腰から肩甲骨(けんこうこつ)辺りに両手を這わせ、それを脇から前にすべらせ、すくい取るようにして、たっぷりとした質感の胸を両掌(りょうてのひら)に味わった。女はされるがまま。敏郎のリズムに合わせて体を揺らしている。この人のすることならなんでも受け入れよう。そんなふうに背中が物語っている。

駄目だ。これ以上見ていたら、篤志もここで暴発してしまいそうだ。

翌日、篤志は午前十時頃を狙って例のアパートにいってみた。女が勤めに出るにしろ買い物にいくにしろ、ノブを触れば何かしら新たな残留思念が足されているだろうと思ったからだ。

しかし、なかった。残っているのは昨夜のエッチシーンが最新で、それ以外の思念は特に読み取れなかった。

ということは、女はまだこの部屋から出ていないということになる。

篤志はアパートの裏手に回ってみた。そこは月極駐車場になっており、奥までいって背伸びをすれば、ブロック塀の上から向こうを覗くことはできた。

雑草が生えてはいるものの、中はちょっとした庭のようになっている。出入りができるよう、窓は各戸とも掃き出し窓だ。実際、一〇一号や一〇三号の住人は植木鉢やプランターを置いて何やら育てている。隣室との間には目隠し程度の仕切りがあるだけで、庭部分は簡単に行き来できる造りだった。

残念ながら一〇五号の窓には白っぽいカーテンが引かれており、中を覗くことはできなかった。試しに遠隔透視をしてみたが、それも駄目だった。レースのカーテンと網戸が邪魔で、中の様子はまったく分からなかった。

篤志の透視の実力なんて、所詮こんなものなのだ。


二日目の夜も、敏郎の行動パターンはほぼ同じだった。五人の社員を先に帰し、自分が最後にシャッターを閉めて帰る。それから徒歩で奥沢のアパートまでいき、若い女の体を心ゆくまで楽しんでから、帰宅の途につく。帰るときに部屋が暗いのも、女の見送りがないのも昨夜と一緒だった。

自分でも嫌らしいと思いつつ、篤志はドアノブに触れることをやめられなかった。今夜、あの女は敏郎にどんなふうに抱かれたのか。もう気になって気になって仕方がなかった。まあ、あくまでも敏郎がドアノブに触った瞬間に残した思念なので、アダルトビデオのように最初から最後まで映像で残っているわけではない。印象的なシーン、たとえば敏郎が彼女のことを最も可愛いと思った瞬間とかが残りやすい。そういった意味では今夜の、横向きで突かれている彼女は実にエロかった。

三日目の夜も、交わった体位こそ違うものの敏郎の行動はおおむね同じで、またもや篤志はツーショット写真を撮ることができずに終わった。

いい加減、次の手を考えなければならない。契約は十五時間。その中で何かしら調査の結果を出さなければ、プロ失格ということになってしまう。

仕方なく翌朝、出勤してきた増山に相談した。

「あの、所長。ちょっと、例の浮気調査について、ご相談があるんですが」

増山は缶コーヒーをひと口含み、とぼけるように両眉を吊り上げた。

「なんだっけ。浮気調査って」

「あの、月曜日に自分が受けた案件で、その、最初に電話を受けたのは悦子さんなんですが」

後ろから「だからぁ」と悦子が割り込んでくる。

「所長がアリスちゃんの運動会にいっちゃって、あたしが代わりに三京の面接補助にいったときのことですよ」

ようやく思い出したのか、ああ、と漏らしながら頷く。

「……それが、なに。どうかした」

机に肘(ひじ)を置き、頰杖をつく。増山はよくこのポーズをする。

「はい。浮気現場までは突き止めたんです。世田谷区奥沢二丁目の、貧乏臭いアパートの一室なんですが、対象の西条敏郎は一人でアパートに入って、必ず一人で出てくるんです。こういう調査が入るのを警戒しているんでしょうか、決して二人そろっては外に出てこないんです」

ふぅん、と興味なげに頷く。

「どんな女なの」

「若くて、すっごい可愛い娘(こ)です」

「その西条敏郎ってのは、いくつ」

「五十三です。服飾デザイナーなんで、まあ、年のわりに小洒落た感じはありますけど、でも別に、特別カッコいいわけではないです。身長とか顔とかいったら、所長の方が全然イケてますよ」

そんなことないだろう、と増山が形だけの謙遜をしてみせる。いや、実際増山は背も高いし、顔も整っている方だ。ただ、雰囲気がどことなくぼんやりしているのが残念といえば残念だ。ピッと背筋を伸ばすだけでも、だいぶ感じは変わると思うのだが。

「なるほどね。五十三になるオッサンが、若くて可愛い女の子を、貧乏臭いアパートに囲っている、と……なんか『完全なる飼育』みたいで、ちょっといいな。男の夢だな」

パチッ、と火花のようなものが背後で爆ぜるのを感じた。悦子か。でも悦子が意識して何か放ったのか、たまたま篤志がそう感じてしまっただけなのかは判然としない。

「まあ、それは置いといてですね……どうしましょう。この先、自分はどうしたらいいんでしょう」

「契約は」

「十五時間のパックでお申し込みいただきました」

「お前の実働時間は」

「すでに十一時間半を超えています」

あちゃあ、と少し白髪の交じった頭を抱える。

「……できればこういうケースはさ、成功報酬プランで提案してほしいんだよな」

「でも、所長はこの前、手軽なパックプランを推奨しろっていってたじゃないですか」

「それは、だからさ……クライアントを見て決めてってことよ」

そんな勝手な言い草があるか。

増山は引き出しから何か出し、篤志に差し出してきた。

デジタルカメラだった。

「とりあえず、代理念写やってごらん」

「えっ、自分がっすか」

読み取った思念を念写して可視化する。「代理念写」は一級超能力師試験の科目にもなっている高等技術だ。たまに警察からの依頼で、目撃者の記憶を読み取って念写したりもする。似顔絵より出来がいいと、気に入って何度も依頼してくる刑事もいる。

「いや、そんな、無理っすよ、代理念写なんて」

「なんでだよ。念写はできるはずだろ。二級に受かってんだから」

「でもそれは、お題が決まってる試験の場合で」

「馬鹿か。試験でしか使えない超能力になんの意味があるってんだよ。超能力なんて、実務で使えてナンボだろう。それに、要は使えりゃいいんだから。何が写ってるか分かりゃいいんだから。歪(ゆが)みだの変色だの、試験みたいに細かいことはいわないから、とにかくやってみろって」

「はあ」

仕方なく、そのデジカメを受け取る。

「……で、何を念写すればいいんでしょう」

「とりあえず、試しに西条敏郎をやってみ。その『打ち上げ花火モード』にすると、シャッタースピードが一番遅くなるから」

「はい、分かります」

デジカメをいわれた設定にセットし、自分が最も強くイメージできる敏郎の姿を記憶の中に探る。やはり、一番印象に残っているのは事務所で仕事をしているときの横顔だろうか。

思い浮かべたら、手でレンズを塞ぎながらシャッターを押す。

数秒待つと、裏面の液晶モニターに画像が浮かび上がる。

「……あ、けっこういい出来です」

「どれ、見せてみろ」

デジカメと、照美から預かった敏郎の写真を増山に渡す。

「うん、できるじゃないか。一級に受かるかどうかはともかく、念写自体は実務で使えるよ」

いま何も、一級試験のことまでいわなくても。

「じゃあ、女の方もやってごらん。今度こそ代理念写だ」

「はい」

再び渡されたデジカメで、さっきと同じ手順を試みる。しかし彼女の場合、大変申し訳ないのだが、どうしてもエッチシーンということになってしまう。でも篤志は彼女のそういう姿しか知らないのだから、これはどうしようもない。

数秒して、液晶モニターに女の顔が表示された。だいぶ赤みがかって、しかも暗闇に顔と肩だけが浮かんでいるので幽霊のようになってしまったが、でもこの顔で間違いない。目がパッチリしてて可愛くて、半開きの唇がなんとも色っぽい。

「ええ、こんな感じっす。本当は、もっと真っ白に色白ですけど」

増山は口を尖らせ、頷きながらデジカメを受け取った。

しかし、そのモニター画面を見た途端、増山の眉間に深い縦皺が刻まれた。

「……所長？」

増山はすぐにデジカメを突っ返してきた。

「もう何枚かやってみろ。それで大体分かる」

「分かるって、何がっすか」

「いいから撮れ」

みたび念写にチャレンジし始めると、増山はノートパソコンを開き、何やら作業を始めた。

「……はい。三カットほど撮れましたけど」

「ああ。こっちも大体分かったよ」

篤志がデジカメを渡すと、増山はノートパソコンを反転させてモニター画面をこっちに向けた。

「西条敏郎の相手ってのは、この娘じゃないか？」

増山は身を乗り出し、とある画像を横から指差した。

篤志は思わず「アッ」と声をあげてしまった。

そう。五つほど画像が並んでいる中の、ちょうど真ん中。それはまさに敏郎の相手を毎晩務めている、あの娘の顔だった。名前は「真梨奈（まりな）」というらしい。

「これじゃあお前、ツーショット写真は無理だよな」

「ええ……ちょっと、あり得なかったですね」

悦子と朋江が覗きにくる。悦子は「キモッ」と逃げるような仕草をし、朋江は「馬鹿馬鹿しい」と鼻で笑って席に戻っていった。ちなみに中井は今日、休みをとっている。

増山が溜め息をつく。

「でも、だからって強引に押し入って、エッチシーンを写真に撮るわけにもいかないしな」

「はい。それはちょっと、いろんな意味で無理っす」

「だとしたら、だ。あとはお二人に、そろって部屋から出てきていただくしかないだろう。そこを、写真に撮る」

二人そろって、部屋から出てこさせる――。

一つ、篤志は抜群に効果のありそうな方法を思いついた。しかしそれは、協会規定で禁止されている危険な方法だ。

「……所長。まさか、あの禁じ手を使うのでは」

「は？　なに、禁じ手って」

常々とぼけた人だとは思っていたが、そのおとぼけで協会規定まで破ってしまおうというのか。

「いや、ですから……パイロキネシス」

日本語でいうところの「発火能力」だ。

しかし、

「馬鹿」

「アホッ」

前から増山の、後ろからは悦子の平手を喰らった。

「イッて……何すんすか」

増山が呆れ顔で腕を組む。

「そんなのお前、協会規定違反って以前に、思いっきり犯罪じゃねえか。パイロキネシス使って住人を部屋から誘(おび)き出すって、それじゃただの放火だろう」

そこで、パチッと指を鳴らす。

「……超能力師ってのはな、もっと、スマートに任務を遂行するもんだぜ」

所長、カッコいい、と悦子が手を叩く。

よっ、色男、と朋江もそれに合わせる。

あっそうだ、と増山が篤志を指差す。

「ちょっと依頼人に訊きたいことがあるからさ、今から電話してみてくれよ」

照美に？　増山が何を訊くというのだろう。

増山は、その日の夜に作戦を実行に移すと宣言した。

「本当はさ、俺こういうの、面倒くさいから嫌いなんだけどさ、時間がないんだからしょうがないよな。それに、なんつっても篤志の初仕事だから。今回だけは特別に協力してやるよ。作戦は、こうだ……エッチが始まったら、俺が西条を部屋から誘き出す。たぶん裏側、掃き出しの窓を開けて、庭伝いに逃げようとするか塀を越えて駐車場に出ようとするかは分からないが、でもとにかく裏から出てくるから、そこをお前が写真に撮る。名づけて、『ツーショット撮影大作戦』だ」

あえていうほどのタイトルか？

「フラッシュは焚かざるを得ないだろうから、撮ったらすぐに逃げろ。全力でな……まあ、西条は女連れだから、そうそう速くは走れねえと思うけど」

けっけっけと嫌らしく笑う。

「でも所長、実際、どうやって敏郎を部屋から誘き出すんですか」

「そこはお前、教えちゃったら面白くないだろう」

かくして四日目の夜、篤志は増山の協力を得て「ツーショット撮影大作戦」を敢行することになった。

むろん前三回と同様、敏郎の事務所の張り込みから始める。

「篤志。俺、いま帰ってった右側の娘、好き」

「ああ、そうですか。彩加って名前みたいですけどね」

確かに、五人の社員の中ではあの子が一番美人だ。

「篤志……なんか、小腹減んない？」

「そうですね。ケーキでも頼みますか」

　この喫茶店は夜十一時まで営業しているので張り込みをするには好都合なのだが、フードメニューがケーキとトーストしかないのが玉に瑕だった。

「いや、俺はラーメンとかが食いたいの」

「じゃあ、全部終わってからにしましょう。お礼に奢りますから」

「えっ、篤志が奢ってくれんの？　マジか。そりゃ嬉しいわ」

　四十五にもなって、三十前の部下に奢らせて喜ぶって、どうなんだ。一般的に。

　そんな無駄話をしているうちに最後の社員も帰っていき、まもなく敏郎も帰り支度を始めた。薄紫のジャケットを着て、キャンバス地のトートバッグを肩に掛ける。帽子をかぶり、照明を消し、ガラスドアを開けて外に出てくる。

「ほら、早く会計してこいよ」

「えっ、俺がっすか」

　仕方なくレジにいき、でもちゃんとお釣とレシートはもらう。

「レシートでも経費にしてくれますよね」

「そいつぁどうかな。朋江さんのご機嫌次第だろう」

　なんてケチな会社だろうとは思うが、でも六年もの間、二級試験にすら受からない自分を臨時採用とはいえ雇い続けてくれた。それに関しては、今も深く感謝している。

「さあ、いよいよ作戦開始だぜ」

「はい」

二人で敏郎の尾行を始める。すでに行き先は分かっているし、敏郎の思念を追うのにも慣れてきたから、かなり距離を置いてもまず見失うことはない——そうだ。見失うことはないのだから、やはり喫茶代の領収書はちゃんと書いてもらうべきだった。

「ああ、腹減ったな」

「ちょっと、声大きいですよ」

「昼、菓子パン一個だったからさ」

「分かりましたから、静かにしてください」

そんなこんなしているうちに、到着した。すでに敏郎は部屋に入っている。

「うわ、ほんとにボロッボロだな」

「ええ。お化け屋敷寸前でしょう」

何かの匂いに吸い寄せられるように、増山はうんうん頷きながら一〇五号室に近づいていった。

かと思うと、いきなりこっちを振り返り、

《さっさと裏に回れよ》

テレパシーで伝えてくる。一級試験科目でいうところの「遠隔伝心」。かなりの高等技術だ。篤志にはまだ全然できない。

手を上げて、心の中で「了解」と唱える。路地を走って裏の月極駐車場まできたら、忍び足でどん詰まりの塀際まで進む。

カメラを構え、光量を確かめる。やはりフラッシュなしでは何も写りそうにない。かといって裁判になった場合、念写で写した写真ではまったく証拠として扱ってもらえないので、やはり写真はちゃんと生で撮っておく必要がある。

《……用意はいいか》

まるで、増山がすぐ隣で囁いているかのように聞こえる。

篤志は「いいですよ」と心の中で唱えて返した。

その、数秒後だった。

バンバンバンッ、と乱暴にドアを叩く音がした。五回、十回、二十回と、反応があるまで止みそうにない、実に強気な叩き方だ。

すると、どうしたことだろう。急に一〇五号のカーテンが揺れ始めた。さっと左右に割れ、柔らかな暗闇が覗き、レースのそれも除けられると、そこにはブリーフ一枚の西条敏郎が中腰で立っていた。窓のロックを解除し、静かに窓を開け、だがいったん中にとって返し、タオルケットか何かで包んだ大荷物を抱えて再び出てきた。

しかし、完全には包みきれていない。

だらりと垂れた腕、ぶらぶら揺れる脚、月明かりに輝く艶やかな髪。横抱きにしているため、パッと見は敏郎が死体を抱えているようにも見える。でも、死体ということはない。こんなボロアパートに死体を放置しておいたら、すぐに腐臭が漏れ出て近所の人が警察に通報してしまうだろう。

そう。敏郎のお相手は決して死体などではない。

お人形だ。一体百万円近くする、最高級ラブドールの「真梨奈」ちゃんだ。

ちょうどタオルケットがずれて、真梨奈の顔が露出した。

このワンショット、いただきだ。

塀の上に出したカメラのシャッターを切ると、

「……あッ」

敏郎は反射的に半泣きの顔をこっちに向け、さらにシャッターを切ると、やっと事態を把握したのか慌てて顔を背けた。だがその反動で、皮肉にも真梨奈にかけておいたタオルケットが完全にずり落ちてしまった。パンツ一丁の五十男と、世にも美しき全裸人形のツーショット。真梨奈の、夜空を見上げるちょっと困ったような表情が、なんとも幻想的だった。

ようやく、敏郎の心に怒りの火が点いたようだった。

「……お、お前ッ」

篤志は踵(きびす)を返して走った。月極駐車場から出て一目散、奥沢の駅方面に全力で逃げた。

ギリギリ終電に間に合ったので、篤志は電車で戻ることにした。ちなみに増山はメールで【俺はタクシーで帰る。】と伝えてきた。分かっていたことだが、なんて薄情な上司だろうと思った。

日暮里の駅に着いたのは零時四十九分、事務所に着いたのはちょうど午前一時頃だった。

当然、事務所のドアに明かりはない。

しかし鍵を開け、ドアを押し開けた途端、

「……お帰りッ」

パパパンッとクラッカーが鳴り、すぐに照明が点いたと思ったら、

「おめでとうッ」

なんと、増山に悦子、中井に朋江、全員がそろっており、一列に並んで拍手をしていた。

「えっ、えっ……なんすか、なんなんすか」

代表するように悦子が一歩前に出る。

「初仕事だろ。みんなで成功を祈って、待っててやったんだよ」

中井が、さらに盛り上げるように拍手をする。朋江もそれに笑顔で倣う。

増山も、満足げに腕を組んで頷いた。

「……どれ、せっかくだから、成果をみんなで見ようじゃないか」

なんか、ちょっと泣きそうなくらい感動していたけれど、この気持ちはこの気持ちで

とっておく。

「はい、ぜひ見てください」

早速デジカメからメモリーカードを抜き、自分の机のノートパソコンに挿入する。

写真は、思ったよりずっと鮮明に撮れていた。特に最後の一枚が決定的だった。ずり落ちたタオルケットを思わず目で追ってしまった敏郎、成す術もなく夜空を見上げている真梨奈。こうやって改めて見てみると、敏郎の表情がなんとも切実でいい。わざわざ誘き出した上、こんな醜態を写真に収めた側がいうのもなんだが、敏郎は真梨奈を、本気で愛していたのかもしれない。そんなふうにも思えてくる。

篤志は増山に向き直った。

「……所長。もう終わったんですから、種明かししてくださいよ。敏郎を誘き出すの、どうやったんすか」

増山は得意げに眉を吊り上げ、ニヤリとしてみせた。

「簡単だよ。テレパシーで、敏郎さん、そこにいるのは分かってるのよ、出てらっしゃい、って伝えたんだよ。照美の声を真似てな」

そうか、そういうことか。

「だから今朝、わざわざ照美に電話しろっていったんですね」

「そう。どんな声で、普段、敏郎のことをなんて呼んでるのか、確かめておく必要があったからな」

しかし、疑問はまだある。

「あの、それと……なんで所長は、俺の代理念写の写真だけで、敏郎の相手がラブドールだって分かったんすか。まさか所長も、そういう趣味があるんすか」

悦子と朋江に尖った視線を向けられ、増山は慌てて否定し始めた。

「ば、馬鹿いうなって。俺にそんな趣味なんてあるか……っていうか、あんなに何度も残留思念読んでて、気づかない方がどうかしてんだよ。よく自分が写した写真を見てみろ」

増山は自分の机にいき、例のデジカメを引き出しから出してきた。

「……見ろ。お前が写したのはどれもエッチ写真なのに、どの顔も同じ上に、全部目ぇ開いてるじゃないか。こんなにエッチの最中に目ぇ開けっぱなしの女なんて、いるわけないだろう」

なるほど、確かにああいうときの女性というのは――。

するといきなり、

「馬鹿ッ」

平べったい衝撃が後頭部を襲った。悦子に、平手で叩かれたようだった。

「あたしで勝手に想像すんな」

「あ……バレました？」

そしてこの夜、篤志は全員にラーメンを奢る破目になった。

ややも納得はいかなかったが、でも、みんながとても喜んでくれたので、まあいいかなと、納得しておくことにした。


後日、照美を事務所に迎えて結果報告をした。

敏郎に浮気相手の女性というのは、厳密にいえば存在しなかった。ただし、安いアパートを借りてそこに高級ラブドールを所有してはいた。これがその証拠写真と、メーカーのカタログ。敏郎の所有していたモデルは顔が「真梨奈」で、体は胸が「Bカップ」の、「ノングリップボディ」という関節が柔らかいタイプ。全身がシリコンでできており、体温を作り出すヒーターが内蔵されている。

照美は説明の途中から涙を流し始めた。たとえ人形相手とはいえ、やはり浮気されていたことがショックなのか。それとも、人形相手にセックスをすること自体が受け入れられないのか。篤志にはなんとも解釈し難い。かといって、心を読むことはしたくない。

ただ、個人的な意見をいわせてもらえるならば、敏郎はさほどアブノーマルな趣味の持ち主というわけではない、と弁護しておきたい。篤志も、相手が人形だと知った瞬間は気味悪く感じたが、敏郎の思念を経由していたとはいえ、真梨奈に欲情したのは篤志も同じだった。本気で欲情したからこそ、目が開きっぱなしであることに疑問も覚えなかった。

ひと昔前の、空気を入れて膨らませて使うダッチワイフとは根本的に違う。見た目だけでいえばむしろ生身の人間以上。それ以外でも優れている点と劣っている点を比べたら、もはや優れている点の方が多いかもしれない。変わらぬ美しさを保ち、気持ちだの都合だのという面倒もなく、飲食も排泄もしない。ただセックスのために愛人を囲うくらいなら、ラブドールの方がマシと考える男性は今後増えてくるかもしれない。

また、妊娠を目的としないセックスという意味では、風俗や自慰行為と、ラブドールを用いてのそれはまったくの同次元といえる。そこにはなんの問題も生じない。強いていえば、一体数十万円から百万円という価格、それと敏郎の場合は部屋代。それらの出費が家計を圧迫するようなら問題にもなろうが、敏郎の年収は軽く一千万を超えている。一体百万円の、家賃が月々四万五千円。まあまあ、許される範囲の趣味ではないかと篤志は思う。

あるいは、人形しか愛せないとなったら、それは確かに問題だろう。そういう若い男が増えていくのだとしたら、何かしらの歯止めは必要かもしれない。でも敏郎にその心配はない。実際、照美は敏郎に愛されていると感じている。真梨奈を理由に離縁する、ということはないと思いたい。

「どうも、ありがとうございました……」

照美は深々と頭を下げ、帰っていった。

報告に立ち会ってくれた増山が、ぽんと篤志の肩を叩く。

「どうだった、初仕事の手応えは」

照美への報告を終えた今となっては、正直、充実感だけではなくなってきている。

「そっすね……手応えっていうより、なんか、子供の頃、なんの考えもなしに口に入れた、輪ゴムの味に似てます。ちょっと苦くて、嚙み応えもあるような、ないような」

ははは、と増山は軽く笑った。

「言い得て妙だが、それをいうなら、あれだろ。お前の初仕事はゴムっていうより、シリコンの味だろ」

確かに、どちらかといえば、そっちかもしれない。

でも、なんか笑えない。

増山超能力師事務所

Chapter2

忘れがたきは少女の瞳

どんなに画期的な能力でも、それを制御することができなければ、むしろ邪魔になってしまう。

三百キロ以上出るエンジンを自動車に搭載しても、それを止められるブレーキがついていなければ危なくて仕方ない。日頃何気なく使っている水道も、水栓金具が壊れたら部屋中を水浸しにしてしまう。クレジットカードだってそうだ。現金なしで自由に買い物ができる反面、己の物欲をコントロールできなければ自己破産という悪夢が待っている。

超能力も同じだ。思い通り制御できない超能力ほど厄介なものはない。

中井健は幼い頃から、ずっと自分の能力に苦しめられ続けてきた。

相手が言葉にしなくても、その人の気持ちが分かってしまう。知りたくもないのに見えてしまう。

最初は母親だった。

自分が泣くと、母親の周りに暗く嫌な色の煙のようなものが滲み出てくる。それが怖ろしくてさらに激しく泣くと、煙はカッと赤みを帯び、勢いを増してモクモクと立ちこめる。それでも母の顔に怒りの色はなかった。どうしたの、おおよしよし。その声の優しさと手の柔らかさ、胸のあたたかさに安堵を覚え、健が泣き止むと、なぜか嫌な色の煙もたちまち消え去った。

この程度なら、別に超能力者でなくとも感じることがあるだろう。いわゆる「空気を読む」というやつだ。能力者はそれを色付きで見ているに過ぎない、といえるかもしれない。

ただ健の場合は、これが成長すると共に先鋭化していった。煙の色が持つ意味を解するようになり、その微妙な違いから人の気持ちが読み取れるようになった。だから人込みに出ると大変だった。他人の気分に感化され、混乱し、過呼吸症状に陥ることもしばしばだった。

普通の人の目に、煙は見えない。そう教えてくれたのも母親だった。確か三つかそれくらいの頃だったと思う。

母ちゃん、今日はなんだか嬉しそうだね。黄色がピカピカしてるね。そう健がいった途端、煙は輝きを失い、なんともいえない濁った色になった。暗いというほどではないが、少なくとも綺麗ではなくなった。

母は怪訝そうに健の前にしゃがみ、目の中を覗き込んだ。

「ねえ、健。お前がよくいうそれは、一体なんの色のことをいってるの？」

煙だよ、母ちゃんの後ろにモクモクしてる煙の色だよ。そう説明しても、母の顔色は曇っていくばかりだった。

そして彼女は、決定的なことを告げた。

「健……ひょっとしてお前には、母ちゃんには見えないものが、見えてるのかもしれないね。でもそれは、とても大切なことなのかもしれない。だからこれからは、できるだけその煙について、母ちゃんに話してちょうだい。他の人にはいわないで、母ちゃんにだけ、こっそり教えてちょうだい」

おそらくこのときの母の対応が、のちの健の人生を大きく決定付けたのだと思う。分からないけど、否定はしない。同意はできないけど、それなりには受け入れる。そんな母のスタンスが、健を必要以上に萎縮させずに育ててくれたのだろう。

ただ、幼稚園にいくようになると別の問題が生じ始めた。

何人かの友達がご機嫌で遊んでいる。しかしその輪に健が入った途端、煙の色が変わるという現象が頻繁に起こるようになった。具体的にいうと、少し暗い、茶色く濁った色だ。

「……僕は、どうして駄目なの」

しまった、と思った。まだ誰も、駄目だなんていっていなかった。

すると、一人の女の子がいった。

「健ちゃん……顔が変だから、嫌い」

他の男の子も続いた。

「あっちいけよ。お前……気持ちワリいんだよ」

薄々は分かっていた。何十人も集まれば、中には顔が可愛い子も、不細工な子もいる。痩せた子、太った子、背が高い子、低い子、いろいろいる。健は背が低くて小太りだった。いま小さな頃の写真を見ても思う。確かに自分は、目つきの暗い不細工な子供だった。

あの、ちょっと濁った茶色は、自分を嫌う色なんだ――。

そのことに気づいてしまうと、もう駄目だった。自分を見た友達の後ろにあの煙が立ち昇ると、急に悲しくなり、走って逃げるようになった。次第に、明るい色の煙しか出さない子とだけ遊ぶようになり、またその子の煙を濁らせないよう、細心の注意を払うようになった。

やがて知恵がついてくると、煙の色から大体の思考が分かるようになった。特に会話の中で色が変わると、前後の文脈からその人の本音がおおむね読み取れた。また、煙にも様々な質感があり、細かく均一な人、ところどころ穴が開いた人、糸が絡まったような人、それぞれに個性があることも分かってきた。簡単にいうと、それが性格というものだった。

煙の見方を会得(えとく)する一方で、健は煙を見ない工夫もするようになった。いや、まったく見えなくすることは難しい。ただ、煙に心の目を向けないというか、要は無視するのだ。小学校の高学年、少なくとも中学に上がる頃には、それもほぼ思い通りできるようになった。思春期を迎える頃には、日常生活で人の心を無意識に読んでしまうことはほとんどなくなっていた。

ところが、である。

健がちょうど大学に入った頃、にわかに日本の超能力研究が盛んになり始め、忘れもしない大学四年の夏、日超協（日本超能力師協会）が正式発足し、次々と事業認定を始めた。

はっきりいって、最初は半信半疑だった。

こんな、人の心を盗み見るような行為を仕事にしていいのか。性格判断をするくらいならいいが、でもそれがなんの役に立つ。あなたは大雑把でいい加減で、根気のない人間ですね。そんなことをいわれても、人は腹立たしいだけではないだろうか。

なので大学卒業後はいったん、一般企業に就職した。大手外食チェーンの子会社で、そこの商品管理部に四年、店舗開発部に二年いた。実は、その間はちょこちょこ能力を使っていた。特に店舗開発業務では、地主が物件を売りたがっているのかいないのか、即座に分かるので便利だった。お前、判断が早いなと、何度か上司や先輩に褒められもした。

こういうことか、と思った。超能力も、使い方次第では社会に貢献できる。しかも、誰も損をしていない。誰の気分も害していない。初めて健の中に芽生えた、確固たる優越感だった。

その頃には超能力師というのがどんな仕事か、一般にも知られるようになっていたし、人の心を読むだけでなく、透視や念写、残留思念の読み取りなどで人助けをする、ごく真っ当な事業であるとの社会的評価も定まりつつあった。ちなみに「超能力師」の「師」が「士」でないのは、「超能力士」だと最後が「力士」になってしまうため、お相撲さんみたいで嫌だという女性能力者の意見が多かったためらしい。

超能力師になりたい。素直に、そう思うようになっていた。

そして二十八歳の春、健は増山超能力師事務所の面接を受け、臨時採用超能力師となった。

二級超能力師試験に合格するのは、そのまた四年後のことである。

「おはようございます」

事務所のドアを開けると、所長の増山以外は全員そろっていた。

事務の大谷津朋江が、書類仕事をしながら「おはよ」と低く返す。年下だが健より先輩になる住吉悦子と、入所が健より半年遅い高原篤志。二人は仲良く応接セットで透視トレーニングをしている。

「はい次。これは？」

「うーん……ハートの……いや、クローバーの」

「ねえ、あんたほんとに二級受かったの？　色くらい一発で当てなよ……あ、健さん。おはよ」

おはようございます、と頭を下げて席に着く。

「クローバーの……六？」

「ブッブーッ、スペードの四でした。駄目じゃん。篤志くん、透視、全然できないじゃん」

「いや、カードが紙なら、イケるんすけどね。プラスチックだと、どうも……あとちょっと、悦子さんの指が邪魔で」

「あたしのせいにすんな」

でも、それをいっては可哀相だと思う。篤志はついこの前二級に受かったばかり。対して悦子は、すでに一級試験科目の半分以上をクリアしている、極めて一級に近い実力を持つ二級超能力師なのだ。勉強でいったら、中学生と大学生くらいの開きがある。

「……あ、もう出かけなきゃ。朋江さん、あたし、川嶋建設の打ち合わせで、新橋までいってきます」

はいよ、と朋江が手を上げる。

「それから篤志くん。カードの透視が無理なら、あたしの心を読んだってよかったんだからね」

「そんな無茶な」

確かに。篤志は遠隔読心を苦手とし、悦子は逆に念心遮断を得意としている。読めない人と、読ませない人。いくらなんでも分が悪過ぎる。そもそも悦子の心なんて、健にだって容易には読めない。

「じゃ、いってきます」

「はい、いっといで」「いってらっしゃい」

二人が声をそろえ、健も頭を下げて悦子を見送った。

ふと、笑みを浮かべている自分に気づく——。

そう。ここは健にとって、実に居心地のいい職場だった。

増山と悦子は平素から念心遮断を怠らないし、能力者でないわりに、朋江も思念を漏らさない性質の持ち主である。その点では篤志が一番だらしないのだが、幸い彼の思考は健にとって無害で、むしろ笑ってしまうような微笑ましい内容がほとんどだった。

だから、自宅以外ではこの事務所にいるときが一番リラックスできる。雑音が少ない静かな場所。加えて所長の増山は、口では「面倒くせえな」といいながらも試験勉強に付き合い、健を二級合格まで導いてくれた。いくら感謝してもしきれない。

ちなみに健は、この事務所に入って増山の指導を受けるまで、離れて人の思念を読む「遠隔読心」以外のことはほとんどできなかった。その他の能力は、すべてあとから身につけたものだ。

今になって思うのは「接触読心」や「物体媒介感受」、つまり直に触れて思念を読む能力だが、これが生まれつきできる体質でなくて本当によかったということだ。これができていたら、たぶん自分は気が狂っていたと思う。どこを触っても自動的に人の思念が流れ込んでくるなんて、考えただけでもゾッとする。これだけは制御方法とセットで身につけないと、本当に危険だと思う。

増山がきた。

「おはようさん。……あれ、悦子は？」

もう出かけたよ、と朋江が答える。

「あっそ。ああ、健。十時半にくるクライアント、面接は俺も付き合うけど、担当はお前がしてな」

「はい、了解です」

大丈夫。昨日も同じことをいわれているので、ちゃんと承知している。


予約時間ぴったりに現われた依頼人は三十歳くらいの、モデルのように背の高い女性だった。黒のハーフコートと細身のパンツという組み合わせも非常に素敵なのだが、一方、精神状態はというと、これが決してよろしくない。心を読むまでもなく、顔に不安の色が滲み出ている。

「……お電話いたしました、カワニシです」

応接セットのソファを勧め、契約書を作る都合もあるので最初に名前を確認した。川西今日子（かわにしきょうこ）、三十四歳。なんと健の一つ下。もっと若いかと思った。住まいは上野動物園の裏手、台東区池之端（いけのはた）三丁目。

朋江がお茶を出し、下がっていく。それをきっかけに、増山が切り出した。

「本日は、家出されたお嬢さまの捜索、ということでお伺いしておりますが」

はい、と今日子が頷く。

「その、家出というのは、間違いございませんか」

するると、綺麗に整えた眉を怪訝そうにひそめる。

「……と、申しますと」

「お嬢さまが不在、というだけでは、誘拐や、何か事件に巻き込まれた可能性も考えなくてはなりません。そうなりますと、超能力師事務所ではなく、警察にご相談いただくことになります」

合点がいったのか、今日子は「ああ」と漏らし、バッグを手にとった。

「娘の部屋に、書き置きがありました。……これです」

「拝見します」

増山が受け取り、ちらりと健にも見せる。メモ帳のページを毟りとったような紙に、青のボールペンで【家を出ます　探さないでください　春奈】と書いてある。深刻な内容のわりに、文字が丸っこいのがやや滑稽ではある。

「筆跡は、お嬢さまのものに間違いないですか」

「はい」

「これを、いつ」

「今週の、月曜日の、午後です」

月曜なら三月二十五日。今日は二十八日。三日も経っている。

「警察へは」

「もちろん、すぐに知らせました。正式な捜索願は、翌日になりましたけど……でも、今のところ何も」

「どちらの署に」

「上野署です」

「春奈さんはおいくつですか」

「十五です。中三で、先週、卒業式がありました」

ということは、すでに春休み。中学生が昼間からブラブラしていても決して変ではない。偶然夜の繁華街で補導でもされない限り、警察が見つけてくれることはないと思った方がいい。それにしても、この年で十五歳の娘がいるとは驚きだ。

「春奈さんのお写真は、お持ちですか」

「はい……どうぞ」

再び増山が受け取り、ひと通り見て、さっきの書き置きと重ねて健に手渡す。何か読み取れ、という意味だろう。

写真はどこかの公園で、今日子と父親と三人で写っているのが一枚。五、六人の友達と写っているジャージ姿のが一枚。卒業式で撮ったのだろう、制服姿で、泣き腫らした顔で校門横に立っているのが一枚。計三枚。春奈は丸顔で、八重歯の可愛らしい子だ。背は百五十センチくらいだろうか。今日子と比べるとだいぶ低い。父親は四十代半ばの、なかなかの二枚目だ。

それとなく眺めながら、書き置きの紙に残った思念を探る。専門用語でいうところの「有機物媒介感受」だ。

一番色濃いのは、この紙を見たときの、今日子の驚きと動揺。さらに、似たような感情がもう一色。これは父親のものだろうが、あまりはっきりしない。春奈本人のものらしき悲しみも若干(じゃっかん)残ってはいるが、今日子の感情が強過ぎて、細かいニュアンスは潰れてしまって読み取れない。でも何か、出ていく理由があったことだけは間違いなさそうだ。

増山が続ける。

「家出の原因に、お心当たりは」

今日子はテーブルの、湯飲みの辺りに視線を落とした。この機会に、少し遠隔読心もしてみる——。

元来、今日子は素直で真面目な、明るい性格のようだ。思念の質感は細かく均一で、偏(かたよ)りが少ない。ただ、今現在は春奈の不在が不安材料となっており、捻(ね)じれというか、ところどころに渦のような変形が見られる。色は薄暗く、紫がかっている。

「いろいろ、主人とも相談はしてみたんですが、これといった心当たりは……」

その言葉に嘘はないようだ。思念に特段の変化は見られない。

さらに増山が訊く。

「中学校は、どちらに」

「地元の、台東区立上野第一中学校です」

「とすると、普段の行動範囲は、そんなに広くはないですね」

「はい。学校と、上野駅周辺くらいでしょうか。あと、御茶ノ水の塾に通っておりましたが、でももう、高校受験も済んでしまいましたので、今は」

「そうですか……」

増山がトーンを落とすと、今日子の心も不安の色を強めた。

すぐに増山が続ける。

「いまどきは、漫画喫茶やインターネットカフェも、身分証の提示を義務付けられていますから、中学三年生の女の子が一人で寝泊りするというのは、まず不可能でしょう。むろん、年齢を詐称したり、誰かの会員証を借りて使うなどすれば、話は別ですが」

今日子の思念が波打つ。増山の言葉に反発を覚えたようだ。

むろん、今の反応は増山も見たと思う。

「……しかし、そういったことは、考えづらいですかね。春奈さんは見たところ、年相応の外見をしていらっしゃいますし」

「ええ」

すぐに波が落ち着く。こういうところにも、今日子の素直さは窺い知れる。

「となると、たいていは親戚かお友達のところということになりますが、ご親戚に連絡は」

「あまり大事にするのもよくない気がしたので、それとなく、様子を窺っただけですが……でも、私たちに黙って、春奈を匿うようなことはしないと思います。主人の母も、私の両親も」

「その他のご親戚は」

「主人は一人っ子です。私には姉がおりますが、今は島根で、都内にはおりません」

中学生が一人で島根、はどうだろう。難しいが、不可能ともいいきれない。

「お友達の家とかは」

「もちろん、連絡はしてみましたが、どこにも」

また今日子に不安の色が強まる。これがあまり強くなり過ぎると、女性は急に泣き出すことがあるので注意が必要だ。

「所持金がどれくらいあったか、お分かりになりますか」

ちょっと首を傾げる。

「お小遣いは、月に二千五百円渡していましたけど、もしそれを少しずつでも溜めていたら、お年玉と合わせて……どうでしょう。一万円、持っていたとは考えづらいのですが」

自分が中学生のとき、月にいくらもらっていたかは記憶にないが、いまどきの子が月二千五百円で事足りるものだろうか。そんなのは余計なお世話か。

「銀行預金を自分で引き出したりは」

「できません。通帳も印鑑もカードも、私が管理しています」

「それは家出後、確認されましたか」

「はい。主人にいわれて、確かめました」

そこには自信があるようだ。思念がピンと張り詰め、引き締まる。

ということは、多く見積もっても二万円程度か。さほど遠くにはいけないし、長い外泊も無理と思われる。

ただ、お金がなければ稼げばいい、という発想に行き着いたら厄介だ。いまどきは携帯電話一つで、見知らぬ大人の男といくらでもコンタクトがとれる。援助交際を覚えてしまったら、あとはどこまで転げ落ちていくか見当もつかない。

「むろん、携帯電話には」

「ずっと連絡しています。でも、電源を切っているらしくて」

「じゃあ、居場所を調べるサービスも」

「はい、利用できなくなっています。現状では」

一つ、増山が咳払いをする。

「……そうですか。ちなみに今日、ご主人さまは」

今日子がすまなそうに頭を下げる。

「今日は、どうしてもはずせない仕事があって、出かけましたが……でも、遅くとも七時には戻ると思います」

分かりました、と増山が頷く。

「お引き受けしますと、一度は担当者がお宅にお伺いし、ご主人さま立ち会いのもと、春奈さんのお部屋を調べさせていただくことになります。といっても、引き出しを開けたり、そういったことはいたしません。少し、ほんの数分、見せていただくだけです」

そうはいっても、所持品や家具に直接触れる「物体媒介感受」は試みることになると思う。

「それと、ご主人さまにもお話を伺いたいと思いますが、よろしいでしょうか」

「はい……よろしく、お願いいたします」

あとは料金プランと、契約に際しての細かい条件説明になるので、健が引き継ぐことにした。

健が川西宅のチャイムを鳴らしたのは、夜の七時五分前だった。

「どうぞ、お入りください」

応対に出てきたのは主人の川西彰浩（あきひろ）。事前に職業が都立高校の教師であることは聞いていたが、自宅でも白シャツ、グレーのVネックニットにスラックスという分かりやすい恰好をしているのには驚かされた。年は四十五歳だそうだ。

「初めまして。増山超能力師事務所の、中井と申します」

「川西です……このたびは、お世話になります」

内面も教員らしく、真面目さが際立っている。思念の密度が高く、質感も均一だ。やや堅いのを毛嫌いする人もいるかもしれないが、健自身は好ましい人物と感じた。ボコボコと穴の開いた思念の向こうに、別の色が覗くような人間よりはよほどいい。

ただし今日子同様、今現在の精神状態は決してよいとはいえない。細かい捻じれが生じているし、あちこちにささくれのようなものも見てとれる。でもこれは仕事とか、別件によるストレスかもしれない。

「どうされますか。先に、春奈の部屋をご覧になりますか」

「ええ、お願いします」

案内されたのは、玄関からすぐの階段を上って二階、手前右手の部屋だった。ちなみに春奈は一人っ子、川西家は三人家族だという。

先に彰浩が入り、健が続き、あとからきた今日子が黙ってドアを閉めた。

八畳ほどの、よく片づいた部屋だった。奥に腰高の窓があり、その下にベッド、右手に机と本棚、左の壁はクローゼットになっている。大きな熊のぬいぐるみが左の隅に、目を見開いて座っている。

机の上には何もない。パソコンの類も見当たらない。いまどきでも、中学生ではまだ持っていないものなのか。

「あの、お母さま。春奈さんがどれくらい着替えを持ち出しているか、お分かりですか」

「あ、はい……ええと」

　今日子がクローゼットを開け、中を確かめる。でも、本当に健が知りたかったのは持ち出した着替えの数ではない。衣服は体に密着している時間が長いため、思念も残留しやすい。特に冬場に着る上着は生地が厚いため、裏地に強く残りやすい。そういった上着がないかを知りたかったのだ。

　だが、残念ながらなかった。制服の類はクリーニング中なのか一着もなく、ダウンジャケットの類も存在しない。

「下着類は、正確には分かりませんけど、ジーパンが二本、なくなっています。あと、長袖のTシャツが三、四枚、黒のダウンジャケット……それから」

「いえ、大体でけっこうです。ありがとうございました」

　とすると、あとは机とベッドか。

「すみません。ちょっと、机の表面を調べさせていただいて、よろしいでしょうか。引き出しは開けませんので」

「ええ……どうぞ、お願いします」

　一礼して机にいき、卓上のデスクマットに手を載せる。無地のピンクを下敷きに、分厚い透明カバーという二枚構造。間には三年時の時間割表がはさみ込んである。

　さすがに。中学生の机だけあって、いろいろな思念が残留している。一般的に、こういったビニール系樹脂から思念を読み取るのは難しいとされているが、机が木製だからか、わりと簡単に情報がすくいとれた。

英語が好き、でも成績は今一つ。理系は苦手、でも生物はまあまあ。友達は、エ、エ、エリ、コ。エリコ。それから、アキ、いや、アミか。あとは、カ、カヨ、コ。男子で好きなのは、コ、コイ、ズ、コイズミくん。でも、告白はできていない。嫌いなのは――。

「んッ……ん、ンンッ」

健は、思わず出てしまった声を咳払いで誤魔化した。

なんと、春奈が抱いた負の感情を探り始めたら、真っ先に浮かんできたのは、意外にも今日子のイメージだった。それも、かなりはっきりと。

どういうことだろう。

さらに探ってみる。

春奈は明らかに、強い悲しみを抱えている。その原因となっているのが、どうやら今日子のようだった。でも、憎しみというのとは少しニュアンスが違う。好きなのに、好きだったのに、傷ついて、悲しくて、だから嫌いになろうとしている。そう思おうとしている。好きなのに、嫌い、好きなのに、嫌い――これは、裏切りか？　そう。春奈は今日子に、裏切られたと感じていたようだ。でも、その具体的経緯までは読み取れない。悲しみが上書きされて、肝心の事実関係は塗り潰されてしまっている。

なぜだろう。こんなに綺麗で優しそうな母親の、何がそんなに気に喰わなくなってしまったのだろう。普通この年頃の女の子だったら、父親の方を嫌いそうなものだが。

では、彰浩についてはどうなのだろう。

それも残留思念の中に探ってみる。すると、あった。確かに、今日子に対するのと同種の嫌悪感を抱いてはいるが、比較するとかなり小さい。弱いのではなく、小さい。これは問題が解決したというより、他の問題の比重が大きくなり過ぎて、端に追いやられてしまったと見るべきか。

この家族に、一体何があったというのだろう。父親も無関係ではないが、結果的には母親を嫌いになってしまうような出来事。でもそれに、母親はまったく気づいていない。

こんなにも、娘が傷ついているというのに。

「あの……このところ、春奈さんが何か思い悩んでいるといった様子は、見られませんでしたか」

二人は目を見合わせ、今日子が、小さく頷いた。

「……確かに、最近はちょっと、イライラしているというか、あまり、機嫌はよくありませんでした。でもそういうことは、中学生ですから……頻繁とはいわないまでも、決して珍しいことではありませんでしたし」

「何があったのか、お訊きにはならなかったのですか」

「訊きました。けど……話してくれませんでした」

「春奈さんは、そういうことはあまり、話さない子でしたか」

今日子の思念が徐々に乱れていく。捻じれと波が全体に波及していく。

「……前は、なんでも話してくれたんですけど……でも今は、そういう時期なのかなって……あまりしつこくしても、よくないだろうって……」

とうとう、今日子は涙を流し始めた。事務所では堪えられたが、自宅で、しかも夫の横ということで、緊張が保てなくなったのだろう。

それでも、今日子の思念の色に大きな変化はない。多少青みが深まった程度で、まったく別の色が差してくるようなことはない。つまり嘘をついてもいなければ、心当たりも本当にないということだ。

そうですか、と頷き、健はベッドに向き直った。

「こちらも、よろしいですか」

どうぞ、と彰浩が代わって答える。

人は就寝時、ついそのとき一番気になっていることを考えてしまいがちだ。よって枕は、その人の現状を知るのに最も相応しい情報源となる。

春奈の場合はどうだろう。

やはり、今日子について考えることが多かったようだ。幼い頃の思い出、一緒に作ったアップルパイ、おそろいの浴衣、後ろが気になって仕方なかった授業参観。そう、春奈にとって今日子は、ずっとずっと自慢の母親だった。姉妹と間違われることも決して珍しくはなく、しかもそれを、春奈も今日子も無邪気に喜んでいた。

それが、何かをきっかけに変わってしまった。

健は枕の綿に埋もれた、中間色の思念を探した。暖色から寒色に移行する、好きから嫌いに転じる、結節点となるようなエピソード。今日子の顔が、歪むような瞬間。

これ、だろうか。

キッチンに立つ今日子が振り返る。お帰り、と笑顔でいっているのに、春奈にはそれが、まるで石膏像が喋ったように見えている。

騙(だま)されていた――。

この瞬間、春奈はそんなふうに感じたようだった。しかし、何を？

すると突如、奇妙な現象が起こり始めた。

春奈の視界が、今日子の内側に吸い込まれていく。いや、自ら飛び込んでいっているのか。物凄い勢いでキッチンの眺めが歪み、まったく別の風景に突き進んでいく。まるで今日子の想念に侵入するかのようだ。

なんだこれは。春奈は、何をしているのだ。

少しして、周りの景色が整う。明るい室内、白っぽい壁、天井はやや低め。古いマンションの一室、という印象を受ける。すぐ近くに男が立っている。彰浩だ。今日と少し色は違うが、やはりVネックのニットにスラックスという恰好をしている。ただ意外なことに、彰浩はその胸に赤ん坊を抱いている。表情はなぜだか険しい。

赤ん坊は、どれくらいだろう。少なくとも生まれたばかりという感じではない。でもまだ歩けそうにはない。一歳とか、それくらいか。

やがて、手前から別の手が伸び、赤ん坊の小さな手に触れる。

この子は、私が育てます――。

誰だ。今日子か。それにしては声が低かったが。

どういう意味だ、これは。彰浩に隠し子でもいたというのか。

それ以前に、この現象はなんなのだ。

まさか、春奈が今日子の思念を、読んだというのか。


超能力師の業務は法律上「探偵業」に分類され、都道府県公安委員会の求めに応じて業務内容の報告、もしくは資料の提出に応じる義務を負う。また当然の前提として、業務を行うにあたって、他の法律において禁止または制限されている行為を行うことができるようになるわけではない。

つまり、超能力師といえども他人のプライバシーを侵害するような行為は違法と見なされるわけで、これに関しては日超協も厳しく協会規定で禁止している。具体例を挙げると、調査上必要と思われる情報以外は収集してはならない。思考、記憶、情動は対象者所有のものであり、対象者に許可なく接触読心を行うことはできない――。

微妙な表現なのだが、要は外に漏れ出た情報を勝手に読むのはいいが、許可なく直接触って読むのは駄目、ということだ。そうはいっても、偶然触ってしまって読めてしまうことも間々あるわけだが、そうして得た情報は業務報告には使えない、という意味だ。

なので、事情ありげな夫婦を前にしても、直接触ってトラブルの原因を解明するわけにはいかない。

「……恐れ入ります。いただきます」

一階のリビングで彰浩と向かい合う。紅茶を配り終えた今日子も、彰浩の隣に座る。

「あの、つかぬことをお伺いしますが……ご結婚されたのは、奥さまが、おいくつのときだったのでしょうか」

今日子の目が丸く見開かれる。わずかに思念も波打ったが、これは急な質問に対する、単純な驚きの表われだろう。

「あの……十八、でした」

ちらりと二人が目を見合わせる。彰浩が頷くと、今日子が続けた。

「実は、主人と私は、かつての担任と、生徒という間柄でして……私の、高校卒業と同時に、籍を入れました。まもなく生まれたのが、春奈です。ですから、十九のときの子です」

なるほど。十一歳の年の差とすでに年頃の娘というのには、そういう経緯があったのか。

と、ここまでは前振りだ。重要なのは次の質問だ。

「……お子さんは、春奈さんお一人ということで」

注意深く、今日子の思念に意識を集中させる。

「ええ……先ほど、そのように申し上げませんでしたでしょうか」

「あ、はい、伺っておりました。失礼いたしました」

意外なほどあっさり流された。むろん、嘘をいっている様子は微塵もなかった。とすると、さっきの隠し子騒動的なアレはなんだったのだろう。あの赤ん坊は、どうなってしまったのだろう。

そもそも、その情報の出所に疑問がある。

「それと……もう一つ、お訊きします。春奈さんは、何か特殊な能力を、お持ちではなかったですか」

サッ、と今日子の顔色が変わり、思念もざわつく。

「それは、つまり……超能力、のようなもの、でしょうか」

超能力師を前にその不安げな表情はいささか失礼ではないかと思うが、まあ、手放しでは喜べないというのが一般的な親の感覚ではあるだろう。

「そういえば……」

そう漏らしたのは彰浩だった。でも、その続きはなかなか出てこない。

「……何か、あったの？」

今日子が訊くと、今度は彰浩の思念に激しい乱れが生じた。それだけではない。端の方にあったささくれの一つが大きくめくれ上がり、思念の肌を掻き裂きながら中央へと向かってくる。

ストレス、葛藤、トラブル。でもそれは、春奈の家出とは無関係ではなかったのか。少なくとも今まで、彰浩の心の中心にはなかった問題だ。

「あなた……なに？」

彰浩の視線はティーカップに注がれたまま動かない。唇は今にもひと言発しそうだが、迷いが顎の動きを封じている。

何を、迷っているのだろう。

じっと彰浩の思念に意識を凝らす。ぼんやりと、女の顔が浮かんでくる。目鼻立ちが分かる程度で、具体的に誰かまでは分からない。しかし、明らかに今日子ではない。とすると浮気相手とか、そういうことだろうか。でもそれにしては、思念の色の変わり方が不可解だ。あちこちにアカギレのような裂傷ができ、そこに、まさに鮮血のような真紅が覗いている。普通、浮気がバレそうになったときの思念というのは、もっと鈍い色が何層にも入り乱れるものだが。

意を決したか、彰浩が口を開く。

「実は……妻にも、いってなかったんですが、私には……二つ年上の、姉がおりまして」

えっ、と今日子が漏らす。思念にも新たな捻じれが生じる。

彰浩がわずかに首を垂れる。

「すまない。でも、もう二十年近く、会ってなかったし、何分、素行の悪い女で……こんなことを、初対面の方に申し上げるのは、家の恥を晒す以外の、何物でもないのですが……水商売や、夜の仕事が長くて、ヤクザ者との付き合いも、昔からある人でして……」

さっきの顔はつまり、その姉ということか。

「それと春奈と、なんの関係があるの」

今日子の声が震える。

また彰浩が首を垂れる。

「春奈に、訊かれたことがある。パパ、浮気とか、してないかって……そのとき私の頭に浮かんだのが、姉のことでした。実際、最近少し、現金を用立てたりも、していましたし」

カッ、と今日子の思念に怒りの色が差す。いや、嫉妬の赤か。

「そんな……だからって、なんで春奈が」

「だから、超能力だろうッ」

彰浩の腕に触れていた手を、今日子がスッと引っ込める。

心に溝ができる瞬間を、健は今まさに、目の当たりにしている。どうにかしたいが、しかし、心の問題への介入には正直、抵抗を覚える。

「もし、もしだよ……春奈に超能力があって、あの光景を、私の心の中から読み取ったのだとしたら、浮気、していたものと……そう勘違いされても、おかしくはない。……いや、むしろそういうのを事前に読み取ったからこそ、春奈は私に訊いたのかもしれない」

　彰浩の思念が、急にザラザラと砂地のように荒れていく。わずかな刺激でも崩れそうな脆さ。極度の不安、猜疑、恐怖。そう、人は心を覗かれたと知ると、強い不安感を覚える。あんなことも、こんなことも知られてしまったのではないか——。当然の感覚だが、だからこそ、超能力師は知り得たことをペラペラと口にすべきではない。心の問題にも、安易に介入すべきではない。

　とはいえ、彰浩の浮気疑惑が家出の原因とは考えづらい。何しろ、春奈の悲しみの原因は、母親である今日子の方にあるのだから。

「……中井さん。変なことを訊くようですが、超能力というのは、突然身についたりするものなのでしょうか」

　彰浩の思念全体は今、震度二くらいで揺れ続けている。

「春奈がずっと、うんと小さな頃から超能力を持っていたとは、私には思えないんです。そんなに、勘のいい子ではありませんでしたし……いや、むしろおっとりというか、鈍いくらいの子でした。もしそういうものが身についたとしたら、ごく、最近のことではないかと思うんですが」

　難しい質問だ。たいていの場合、子供に能力が発現したことを最初に察知するのは親だ。子供が自分で気づくより、親が先に気づくケースの方が圧倒的に多い。健の母親がまさにそうだった。しかし、仮に察知できなかったからといって、それで至らない親と決めつけるのは酷な気もする。この川西夫妻がどうだったかは、今のところ分からないが。

「それは……私には、なんともいえません。超能力師になる者は、たいていは生まれつき強い能力を持っている人間です。でも逆にいえば、どんな人でも大なり小なり、超能力めいたものは持っています。勘とか、予測とかも、厳密にいえば超能力の一種です。でもそういった能力のほとんどは、成長と共に、常識的な物理法則の範疇に収まっていきます。つまり、超能力者の能力というのは、常識に染まらなかった何か、といえるのかもしれません……」

二人が真剣な表情で、同時に生唾を飲み込む。

「ですが、昨今は私どものように、超能力を使った事業も認知されてきております。従来の常識という枠組みが、変わりつつある……環境としては、超能力が備わりやすくなっている、というのはあるかもしれません」

今度は、今日子がハッと息を漏らす。

「……どうした」

視線が、おろおろとテーブルの上をさ迷う。思念も細かく波打っている。しかも、青みが限りなく黒に近づいていく。

「そういえば私も……このところ何度か、ゾッとするような冷たい目で、見られたことがあって……中井さん。そういうときって、こう、相手に目を凝らすというか、内側を見透かすような、そんな目をするものでしょうか」

これも、なんともいえない。増山のように、顔色一つ変えずに思念を読む人もいれば、篤志のように、うんうん唸(うな)った挙句に見当違いの答えを導き出す者もいる。強いていえば、悦子がそういうとき、ちょっと睨むような目つきをするかもしれない。健自身はどうだろう。自分ではよく分からない。

春奈が超能力を有している可能性。それは少なからずある。図らずも両親の心の中を覗いてしまい、それによって思わぬ事実に触れ、春奈は深く傷つき、家を出ていった。そう考えた方がむしろ自然な状況ではある。

「……今のところ、春奈さんの超能力の有無について断言することは、私にはできません。超能力が使われたかどうかを測定する器具も、あるにはありますが、非常に高価なものですので、私どもも自前では所有しておりません。……ですので、ここはいったん、その問題は置いておいてですね、春奈さんの行方を追うことを、優先させたいと思います。とりあえず、エリコ、アミ、カヨコ、コイズミ、これらの名前にお心当たりはございますか」

話の方向性が変わり、安堵したのだろう。にわかに今日子は表情を明るくし、「全員クラスメートです」と答えた。

今日子は、すでにその四人とは連絡をとり、春奈がいっていないことは確認済みだという。また母親たちとも話をし、訪ねていくようなことがあれば連絡をもらえるよう頼んであるともいう。

しかし、この年頃の子が親を騙すのはよくあることで、家族より友達との関係を重視するのもごく自然なことだ。健はその夜のうちに四軒の家を回り、外からだけでも様子を見ておくことにした。

まず一番近い、山本亜美の自宅から見ていった。よく似たデザインの家が四軒、それぞれが中庭的私道に玄関を向ける形の、建売住宅。山本宅は奥の右側だが、ぐるりと一周してみたところ、玄関にも裏手に位置する窓にも、春奈が出入りしたと思われる残留思念は見られなかった。春奈の思念は両親に似て肌理細やかだが、まだ若いので濃淡が激しく、ある部分は大きく欠損している。一度形を覚えてしまえば、それを見分けることはさして難しくない。

次にいったのは、森山加代子の家。マンションの四階なので、窓からの侵入というのはまずない。玄関を見たが、ここにも春奈の残留思念はなかった。

三番目が小泉裕也の家。街道沿いの定食屋、いずみや。さすがに人の出入りが多くて見分けづらかったが、裏手にある自宅用出入り口周辺を確認したところ、やはり春奈の来訪を思わせるものはなかった。

これで宮坂江利子の家もはずれだったら、クラス全員の家を虱潰しに当たらなければならなくなるところだったが、よかった。ちゃんと春奈の思念は、宮坂宅の外塀に色濃く残っていた。

考えてみれば四軒の内で、宮坂宅が川西宅から一番離れている。中三だって、潜伏場所は自宅から遠いところを選ぶくらいの知恵は持っている、ということだろう。これまでの三軒より大きくて立派、というのも理由の一つかもしれない。親に知られずマンションの一室に友達を匿うのは難しいが、これだけ大きな屋敷ならそれも不可能ではない。

ぐるりと塀沿いを一周してみたが、優に二百坪はありそうだった。

薄い緑色に塗られ、瓦の載った、品の良い和風の塀。春奈が出入りしたと思われるのは、裏手の路地にある電柱のすぐ近くだ。

残留思念を読んでみる。

一番色濃いのは、朝、明るくなりかけた頃のものだ。塀の上から、路地に通行人がいないかを注意深く見ている。まもなく、思いきって跳び下りる。春奈は今朝早くここを出ていった、ということだろうか。

もう少し古いのはというと、夜だ。江利子の部屋だろうか、明るい室内を思い浮かべながら、この塀を登っている。しかも初めてではない、慣れた感じがある。春奈は朝この家を出て、夜になってこっそり戻ってくる。そうやってここ数日を過ごしていた、ということなのかもしれない。

腕時計を街灯に照らして見る。九時四十分。今夜も春奈が宮坂宅に世話になるとしたら、果たして、ここに戻ってくるのは何時頃なのだろう。

張り込むのは決して難しくない。向こうからか、こっちからかは分からないが、春奈は必ずこの路地に入ってくるのだから、その出入りさえ見逃さないようにしていればいい。

とはいえ、ちょっと腹が減ってきた。実は、川西宅で夕飯を勧められたのだが、健は堅く断って出てきてしまった。ここにくるまでに菓子パンでも買ってくればよかったのだが、気が逸(はや)っていたのだろう。道中では思いつかなかった。

仕方なく、路地を抜けて道を渡り、一、二分いったところにあるコンビニエンスストアに跳び込んだ。小倉マーガリンのコッペパンと缶のコーンスープを購入し、急いで路地に戻る。

が、残念ながらそれらをゆっくり味わう時間はなかった。

例の電柱のすぐそば。顎くらいまでの黒髪、黒いダウンジャケット、ジーパンに白っぽいスニーカーという出で立ち。街灯に照らし出された横顔は――間違いない。川西春奈だ。

腹が減ったのくらい、もう少し我慢してあそこに立っていればよかった。内心舌打ちしながら小走りで距離を詰め、だが健が声をかける前に、春奈がこっちに気づいた。

さて、なんと切り出そうか。

健はあえて、自ら念心遮断を解除するという方法を選んだ。心を、好きに読ませてみようと思ったのだ。

僕は、超能力師事務所の者です。中井といいます。あなたのお父さん、お母さんから依頼を受けまして、あなたを捜しにきました。少し、僕と話をしませんか。

春奈は健の存在に気づいているにも拘わらず、ちらちらと見るだけで、一向に行動を起こさない。まるで、このまま健が歩き去るのを待つかのような態度だ。

春奈さん、僕は、超能力師なんです。ご両親に頼まれてあなたを捜しにきたんです。春奈さん——。

健はみたび呼びかけようとして、やめた。

今度は声に出してみる。

「……春奈さん」

ようやくこっちに顔を向け、春奈が目を見開く。見知らぬ大人に名前を呼ばれた驚きで、思念が引っくり返りそうになっている。しかも場所は薄暗い、せまい路地だ。

春奈がとっさに何を思ったのか、健を刑事と勘違いしたか、ストーカーと思い込んだのか、それは分からない。ただ彼女は、明らかに慌てて塀に跳びついた。電柱を利用して両足を突っ張って、というういつもの手順を踏まず、いきなり塀の上の瓦に手を掛け、一気によじ登ろうとした。

「あっ、危ないッ」

だが両手がすべり、壁に足を踏ん張っていた春奈は、勢いよく真後ろに体勢を崩した。このままでは、頭から地面に落ちる——。

超能力者なのだから、ふわっと念力で春奈の体をすくい上げ、足から綺麗に着地させてやればいい、と思われるかもしれない。しかし、実際の超能力はそこまで便利ではない。試験で求められる念動力の重量は最大でも一キログラム。四十キロ近くはあるであろう人体を自在に操るなど到底できはしない。

結局、通常人と同じように、体を張って助けることになる。

「キャッ」

「うげっ」

綺麗に受け止められたら恰好よかったのだろうが、それもタイミング的に難しかった。健にできることといえば、スライディングして春奈の下にもぐり込み、マットレスの代わりになることだけだった。

四十キロといえども、勢いよく落下してくるとかなりの衝撃になる。肺が潰れ、息が詰まり、地面に強打した胸や腹が冷たく痛んだ。

「あいっ……っ」

春奈が体を起こし、健の上からどく。健も仰向けに返り、胸の痛みを堪えながら息をついた。

「あ、あの……大丈夫ですか」

いいながら、健の肩に触れる。

あっ、と思ったときには遅かった。春奈の抱えていた悲しみ、苛立ち、ショックや葛藤が、土砂崩れのようにいっぺんに押し寄せてきた。慌てて念心遮断で堰き止めようとしたが、この勢いを押し返すのは容易ではない。

「ごめんなさい……どこか、怪我とか、ないですか」

だがそのひと言で、健も落ち着きを取り戻すことができた。

こんなにも悲しいのに、こんなにも傷ついているのに、この子は今、見ず知らずの自分の、怪我を気にかけてくれている。黒目勝ちの目に涙すら浮かべ、心配そうに覗き込んでくる。

優しい子だ。

「うん……大丈夫」

すると、ハッと春奈が息を呑む。目がコートの中、健の腹の辺りに釘付けになっている。

「大変ッ」

「あ、いや……大丈夫。これ、ほら、パンだから」

どうやら、袋が破けて飛び出した小倉とマーガリンを、もっと大変な何かと勘違いしたようだった。ついでのようにコーンスープの缶もこぼれ落ち、アスファルトの上をコロコロと転がっていく。

あはっ、と春奈が笑みを漏らす。

その反動で、ぽろりと頬に、涙が伝った。

春奈は、本当に小さな女の子だった。百六十センチしかない健と並んで座っても、まだ目線が十センチ以上低い。顔も、メロンパンくらいの大きさしかない。

夜の公園。なるべく出入り口に近い、明るいベンチに座った。最初はファミレスでも入ろうかと誘ったのだが、春奈は頑なに拒んだ。所持金がすでに少なく、かといって知らない人に奢られるのは抵抗がある、ということのようだった。

名刺を渡し、お父さんとお母さんに頼まれて捜しにきたと告げると、春奈はこっくりと頷いた。

災い転じて福となす、というやつか。健が下敷きになったことで、春奈は驚くほどすんなりと警戒心を解いていた。そんなに簡単に心を許しちゃ駄目だよ、と思う反面、それがこの子のいいところなのだろうとも思う。

「……お家を出てから、どこで、何してたの」

春奈は怒ったように、少し口を尖らせた。

「夜だけ、エリん家に泊めてもらって、昼間は、ずっと漫喫。同じところにいると通報されるかもしんないから、二、三軒、ローテしながら」

ちらりと、手の中の名刺に目を落とす。

「超能力師って、つまり……私の心とか、考えてることとか、読めるんですか」

それには、首を傾げておく。本当はさっき、体が触れ合ったときにいろいろ読めてしまったのだが、それはいわずにおく。

「読めるといっても、気分とか、精神状態が主でね。だから、嘘をつかれたら、それはすぐ分かるよ。心が、濁った色になるからね」

そっか、と肩を落とす。

「じゃ、正直に話すから……相談に乗ってくれる？」

その目で見つめられると、嫌とはいえなくなる。あまりにも純粋で、無防備過ぎる。

「うん、話して。なんでも」

もう一度頷き、春奈が始める。

「私ね、見ちゃったの……お父さんが、女の人にお金渡してるの」

そうなのだ。健自身、心で呼びかけて、さらに直接触れてみて分かったのだが、春奈は超能力など微塵も持ってはいない。その場面も彰浩の心から読み取ったのではなく、偶然、現場を目撃してしまったというのが事実のようだった。

「その人、なんか異様にケバくて、ダサくて、貧乏臭くて……オバサンっていうか、もうお婆さんに近い感じで。でもその人、顔が、すごい似てたの……私に」

赤と黒、濃い青も入り交じって、春奈の心が滅茶苦茶に波打つ。

「……前からね、ときどき思ってはいたの。うちのママ、若いでしょ。綺麗だし、私と全然似てないな、不思議だなって。本当に親子かよって、男子とかにいわれたこともあったし。でも、その頃は信じてたの。私だって、大人になったらママみたいに綺麗になるんだって。スラッと背も伸びて、脚も細くなって、それで早く子供産んで、それも絶対に女の子で、また姉妹みたいねって、いわれるんだって、そう思ってた……でも、そうじゃなかった」

ギュッと、ダウンジャケットの裾を握り締める。

「絶対あの女が、私の本当の母親なんだよ。ママは実は後妻で、ってことは私は、大人になってもママみたいに綺麗になんてなれないし、背も伸びないし、なるとしたら、あのケバい厚化粧の、しわしわの、下品で、貧乏臭くて、それなのに偉そうに、パパからお金とって……」

嗚咽を抑え込み、さらに続ける。

「……家に帰ったら、ママは普段通り、お帰りって、高い、綺麗な声で……私、ずっと騙されてたんだな、って思った。本当はこの人の子じゃないのに、ずっとずっと、この人みたいになりたいって、絶対なれるって、バカみたいに信じてた。でも……もういい。あんたは私の、本当のママじゃないんでしょ、パパに気に入られたかったから、パパと結婚したかったから、だから仕方なく、私の母親役も引き受けただけなんでしょ……って、そう思ったらもう、あんな家に、いたくなくなっちゃって」

つまり、今日子の想念に侵入していくあのイメージも、繰り返し今日子について考えているうちに練り上げられていった、いわば春奈の妄想だったわけだ。

「そっか……」

健は頷いてみせ、でもね、と春奈に向き直った。

「僕が聞いた話は、ちょっと違ってたよ。君のお父さんには……実は、二つ年上のお姉さんがいてね。君が見たのは、たぶんそのお姉さんなんだよ」

「……ハ？」

まあまあ、とここはなだめておく。

「これはお母さんも知らなかったことで、僕のいる前で、初めてお父さんが告白したことなんだ。その人は、まあ、君の見た通りというか……いわゆる、夜の世界で生きてきた人らしくてね。でも、お父さんはほら、学校の先生でしょう。それもあって、ちょっと、言いづらかったんじゃないかな。内緒にしておきたかったっていうか。実際、二十年くらい音信不通だったたっていうし」

春奈がきつく眉をひそめる。心にも疑いの色が濃くなる。

「いや、本当だって。そのときのお父さん、ほんと、正直に話してたよ。僕には分かる。お父さんは嘘をつくような人じゃない。それはお母さんだって同じ。お母さんは、はっきりいってたよ。春奈は、私が十九のときに産んだ子です、って。それも嘘じゃない。お母さんは本当のことだけをいっていたよ。僕が、保証する」

驚いたような春奈の目に、小さな光の珠が浮かび上がってくる。

「……ほんと？」

「ああ、本当だよ」

「私、本当に、ママの子供なの？」

「そうさ。君は正真正銘、川西今日子さんの、実の娘だよ」

「絶対？　嘘つかない？」

「嘘なんてつかないよ。僕がそんな嘘いって、なんになるの」

「保証できる？」

「はい。増山超能力師事務所が、責任を持って、保証いたします」

すると春奈は、座ったまま跳びつくようにして、健の首に両腕を回してきた。女の子らしい甘い匂いに、溺れそうになる。

ギュッと腕に力を込め、春奈が囁く。

「……ありがとう。ママの子って、いってくれて……ほんと、ありがと」

小さな体が、やけにあたたかだった。

念心遮断を解き、その曇りなき心ごと抱きしめてしまいたかったけれど、でも、それはやめにした。

やはり、協会規定は、遵守しなければならない。


翌々日、川西今日子が春奈を連れ、事務所に挨拶にきた。

「本当に、ありがとうございました。残金の方は、遅くとも週明けにはお振り込みさせていただきますので」

隣にいる春奈が、健に笑みを送ってくる。頷いて返すと、春奈は少し照れたように肩をすくめた。

「では、ごめんください。失礼いたします」

「失礼します」

ぴったりと寄り添って帰っていく二人の後ろ姿は、あの春奈の枕に染みついていた記憶の通りだった。思念が黄色く、キラキラと輝いている。もとの二人に戻ってくれて、本当によかった。

ふう、と増山がひと息つく。

「……原則二週間を期限に、基本料金十五万、成功報酬十万のプランBで請け負い、実質一日で解決してみせる……所員の鑑（かがみ）だな、健は。なあ」

たまたま全員がそろっており、それぞれが拍手をしてくれた。

「さすがっすね、健さん」

篤志の言葉に、裏や含みといったものはない。いったまま、文字通りの褒め言葉である。

「やるじゃん、健さん」

そういいながら、悪戯っぽい目つきで悦子が近づいてくる。

「……ちなみに健さん、どっちかっつーと母親より、娘の方に萌えたでしょ」

冷やかすように肩を当ててくるが、それは――。

「あっ」

慌てて念心遮断を強める。それでも悦子はぐいぐい、肩を押しつけてくる。

「本当は……ちょっとくらい、なんかしちゃったんじゃないのォ？　ねえってば」

「えっ、そうなんすか健さん」

なんとか悦子を振りきり、自分の席に向かう。

「そんな……僕がそんなこと、するわけないじゃないですか」

「あれェ？　健さん、赤くなってなーい？」

「もう、その辺でよしなよ、えっちゃん」

朋江にたしなめられ、悦子がぺろりと舌を出す。

健は、今日子に署名捺印をもらった調査報告書の控えと、経費の明細書、今回は白紙だが、それらをそろえて増山のデスクに持っていった。

「よろしくお願いします」

「はい、ご苦労さん」

よく読みもせず、増山はそれを卓上の書類棚にすべり込ませた。

反対の手で頬杖をつき、健を見上げる。

「……で、今回の案件、やってみてどうだった」

増山はよく、こういう質問を所員にする。

「ああ、そうですね……まあ、私なんかは、望みもしないのに人の心を読んでしまって、勝手に傷ついてきた人間ですが、でもそうでない人は、人の心が分からなくて、それでいて、確かめる術もなくて、やはり深く傷つくことがあるのだなと……まあ、当たり前のことなんですが、思いました」

頬杖のまま、小刻みに頷く。

「なるほどね」

その目が壁掛けの時計に向く。この事務所を開設する際、恩師からもらったという記念の品だそうだ。

針は、午後四時半をちょっと回ったところだ。

「……今日はもう、特にアポもないし、健もいい仕事したし。ちょっと早めに閉めて、焼肉でも食いにいくか」

いいっすね、と一番に喰いついたのは篤志。

あたし叙々苑がいい、と遠慮がないのは悦子。

父ちゃんに電話しなきゃ、と慌てたのは朋江。

奢りなんていってないけど、と一応増山はいってみるが、誰も聞いてはいない。

健は――ただ、笑っていた。

増山超能力師事務所

Chapter3

愛すべきは男の見栄

なぜ六月も半ばになって応募してきたのかは知らないが、とにかく、増山超能力師事務所にとっては約七年振りの就職希望者だった。

事務所玄関のすぐ脇、応接コーナーで面接しているのは所長の増山と悦子。朋江は、中井と篤志と共に少し離れたところで成り行きを見守っていた。

「じゃあ、この消しゴム……できる？」

ここから悦子の手元はよく見えないが、たぶん応接セットのテーブルにはいくつか物が並べられていて、悦子はその中からランダムにお題を指定しているのだろう。

「はい、できますよォ」

応募者は、ファミレスのウェイトレス並みに朗らかな声で答えた。

増山と悦子の間からわずかに見える頭髪はストレートのロング。色は、申し訳ないが下品としか言い様のない茶色。ちょうど油揚げくらいのきつね色。それでも、ここにいる男どもはその応募者の顔をちょっとでも見ようと、さっきから首を伸ばしたり傾げたりして角度を探っている。しかし、増山と悦子の肩が邪魔で容易には見えそうにない。

「あっ」

「キャッ」

その悦子が、悲鳴と共に頭を後ろに反らせる。増山もハッとしたように振り返り、何かを目で追う。するとちょうど朋江の真上、天井にその何かは当たり、すぐ机の上に落ちてきた。真新しい「ＭＯＮＯ」の消しゴム。

「……いったァ」

「ごめんなさぁい、すみませぇん」

どうやらこの応募者は、ちょっと消しゴムを浮かせればいいところを、思いきり弾き飛ばして悦子のおでこに当ててしまったようだ。もし篤志が悦子に同じことをやらかしたら、たぶん平手で叩かれるくらいでは済まない。発火能力で髪の毛を燃やされるくらいは覚悟した方がいい。むろん、それとて協会規定に照らせば立派な処罰対象ではある。

「ほんと、すみませぇん。ちょっと、やり過ぎちゃいました」

「いいのよ、大丈夫……じゃ、今度はその、スティックシュガー」

「はい、分かりましたァ」

途端、パスパスパスッ、と音がし、増山と悦子の背中が固まる。

「あ、ごめんなさぁい……一本だけ、引き抜こうとしたんですけど、なんか、破けちゃいましたね」

ちょっとあんた。一体、何本駄目にしたんだい。

応募者は三十分ほどで帰っていった。

足音が階段を下りきるのを待って、増山がこっちを振り返る。

「……朋江さん。ウチ、もう一人くらい雇えるよね」

ヤッホーッ、と跳び上がったのは中井と篤志。悦子はというと、鼻の辺りを皺々にして嫌悪感を露わにしている。

朋江は別に嬉しくも嫌でもないが、経理担当の立場からいわせてもらうならば、こうだ。

「まあ、まるっきり無理ってわけじゃないけど、でも絶対、仕事量は今より減らせないからね。ほんと、上手く回してカツカツだと思うよ。下手したらボーナス、出せなくなるかも。あとははっきりいって、みんなの頑張り次第だね。……分かってるとは思うけど、雇うったって、あんなのは現状、ただの無能力者だからね。いつまでかは分かんないけど、二級に合格するまでは仕事任せらんないんだから」

増山は繰り返し、うんうんと頷いている。

「それでもまあ、いいじゃない。篤志も二級とったんだし」

「あたしにいわせりゃ、そらぁ逆だよ。せっかく篤志くんが二級とったんだから、ようやく一人前になったんだから、今またわざわざ半人前を雇うこたぁないんだよ。別に、あの子じゃなくたっていいんだろう？　素人のあたしがいうのもなんだけど、あの子、そう簡単には合格しないと思うよ。悪いこたぁいわない。所長、次の子にしな」

分かってはいたが、二級の男二人は激しく意気消沈だ。

仕方ない。そろそろ、目を覚まさせてやるか。

「あんたらさ、あたしゃ、所長の肚が決まってからでいいと思ってたから、あえて今までいわなかったけど」

朋江は応接セットのテーブルまでいき、

「……これをご覧よ」

持ってきた応募者の履歴書を二人に突きつけた。

半泣きの中井が紙面を覗き込む。

「ああ、アケミちゃん……可愛いぃ」

篤志も大きく頷いて同意を示す。

確かに、添付されている写真はアイドル並みに可愛いし、氏名の欄には「宇川明美」と書いてある。だが二人は、重要な点を二つも見逃している。

「中井くん、あんたもガキじゃないんだからね。ここは一つ冷静になんなよ。これ、どっちに丸がついてる？」

朋江は横から、性別の欄を指差した。瞬時に、中井の眉間に深い縦皺が刻まれる。

「篤志くん。ここ、この振り仮名、落ち着いて読んでごらん」

目を見開き、篤志が生唾を飲み込む。

「うかわ……あき、よし？」

「そう。あんたたちにゃ気の毒だけどさ、あれはね、男なんだよ。若くて可愛いのは認めるけど、でも決して女じゃないんだ。変な期待は今のうちに捨てるんだね」

悦子がさも嫌そうに溜め息をつく。

「マジで最悪。何あれ。顔だけじゃないんだよ。そこそこ胸もあるしさ、腰なんか、こーんなに細いの」

　両手でちょっとした丸を作ってみせる。

「っていうか、なに、あのブリブリの態度。すみませぇん、すみませぇん、って。絶対あんなの仕事できないから。……あたしも朋江さんと同意見。あの子が二級合格するの、かなりかかると思う」

　篤志ががっくりと肩を落とす。中井に至ってはその場に跪き、両手を床についてうな垂れている。九回裏、満塁ホームランで逆転負けを喫した高校球児のようである。

「僕は……あんだけ可愛ければ、男でもいい」

　それよりも、中井も篤志も超能力師なのに、なぜあれが男であると見破れなかったのか。朋江には、そのことの方がよほど疑問だ。


　宇川明美の採用不採用については後日改めて相談することにし、悦子と中井は担当案件の調査に出かけていった。いま事務所に残っているのは増山と篤志、それと朋江の三人だ。

　緑色の、ゴム製のデスクマットに突っ伏した篤志が呟く。

「あーあ……アケミちゃん、男なのかぁ」

　いまだ「あきよし」と呼ばないところに、この高原篤志という男の諦めの悪さが表われているように思う。

増山は事務所の一番奥、所長デスクに足を載せ、週刊誌か何かを読んでいる。

「……篤志、お前、案外女々しいね。いっそ健くらいはっきりと、あんだけ可愛けりゃ男でもいいいって、いってみろよ」

「いや、俺、まだそこまで捨て身にはなれないんで」

それも分かる。中井は自他共に認める、かなりのブ男だ。当然というべきか、女にはさっぱりモテない。中井と比べたら、篤志はまだだいぶマシな部類に入る。

「でもアケミちゃん、なんで男なのに、胸あるんすかね。パッドとか入れてんですかね、所長」

「知らないよ、そんなこと。履歴書に書いてないから。でもあれじゃないの、シリコンとかホルモン注射とか、なんかそういうのやってんじゃないの」

ちなみに朋江が見たところ、明美は若さと顔だけでなく、スタイルでも悦子より上だった。線が細くて顔が小さい、いわゆるモデル体型というやつだ。確かに、あれを男にしておくのはもったいない。

「あーあ。なんでアケミちゃん、男なんだろ……所長はそういうの、全然気にならないんですか」

「うん、全然。俺はどっちでもいい」

でもそれは、増山が何もしなくてもモテるからだと思う。

この男、まず普段は気合いというものを見せないし、目はいつだって眠たそうだし、

「面倒くさい」が口癖のわりに知恵の輪とクロスワードパズルが趣味という変わり者だが、女には滅法モテる。キャバクラなどにいくと、あとが面倒なくらいモテまくるらしい。ひょっとして、女に惚れさせる超能力でも持っているのだろうか。さらにいうと、もはや所内では公然の秘密だが、悦子は増山の愛人である。

篤志は突っ伏したまま、固定電話のカールコードを弄っている。増山は欠伸を嚙み殺しながら、車買い替えよっかな、などとボヤいている。朋江は、そろそろ昨日までの案件別経費の集計でもしようか、などと考え始めていた、そんなときだった。

玄関ドアの曇りガラスに人影が映った。

「……あ、いけね。クライアントがくるの忘れてた」

増山が短くいい、足を下ろすと同時に細長い拳がドアをノックした。グレーのスーツを着た、髪形からして女性のようだが、そうとも限らないのが今という時代の怖ろしさだ。

「はい、どうぞ」

篤志は使い物になりそうにないので、朋江が応対に立った。まもなくドアが開き、

「失礼いたします……」

顔を覗かせた人物は、やはり女性にしか見えなかった。パンツスーツの腰回りも、女性特有の丸みを帯びている。年の頃は二十代後半といったところか。

増山も挨拶に出てきた。

「初めまして。どうぞ、お掛けになってください」

「はい、ありがとうございます」

さっきまで宇川明美が座っていた場所に依頼人をいざなう。朋江はお辞儀をし、お茶を淹れに下がった。

「お電話でご挨拶いたしました、所長の増山です」

「イシノ、キミコです。よろしくお願いいたします」

早速名刺交換をしているが、声も名前も女性そのものだ。篤志も体を起こし、横目で様子を窺っている。宇川明美とはまったくタイプが異なるが、この依頼人もまあまあの器量良しではある。少なくとも髪色に品があるだけ宇川明美よりはマシだ。

「お電話では、お勤め先の同僚の方の所在調査ということでしたが」

「はい。この人なんですが……オオクラ、カズトといいます。四十歳で、私と同じ事務所に勤めています。三日前から、無断欠勤が続いていて……オオクラは現在独身なのですが、警察への捜索願って、家族じゃなきゃ出せないんですよね」

「まあ、大雑把にいえば、そういうことになりますね。家族か、それに代わる間柄の方ということになります。保護者とか、監護している方とか」

「でも、困るんです。仕事上、大変重要な人なので、すぐに戻ってきてもらわないと。悩みがあったのか、何か問題を抱えていたのか、私には分からないんですが……とにかく、一日も早く見つけていただきたいんです」

お茶が入ったので持っていく。ちょっと薄かったが、まあいいだろう。

「……どうぞ」

「恐れ入ります」

テーブルに置かれた名刺を横目で確かめる。「安田幸一事務所」と書いてあった。どこかで見たことのある名前だが、なんだったたか。

「では、オオクラさんのいきそうな場所などは、すでに」

「ええ、捜しました。岩手の実家も、その他も、心当たりにはすべて連絡をとりました」

「最後にオオクラさんを見かけたのは、どこでしたか」

「六本木の事務所です。ちょっと出てくるといって、先週木曜日の、午後三時頃に事務所を出ていったきり、連絡がとれなくなって」

「その際に、何かを持ち出したというようなことは、ありませんか」

朋江がお盆を奥のミニキッチンに置いて戻ってくると、依頼人はわずかに首を傾げ、忙しなく目を瞬かせていた。

「分かりません。普通に、いつも持ち歩いている書類カバンを持って出たようには思いますが、その中に何が入っていたかまでは」

増山は、そうですか、といってひと呼吸置いた。

「……イシノさま。所在調査というのは、最初にご提示いただく情報が多ければ多いほど、成功率は高くなります。それは探偵でも、超能力師でも一緒です。また情報量が多ければ調査期間の短縮も可能になります。当然それは、調査費用にも反映されます。短ければお安く、長引けば高額にならざるを得ません」

依頼人は深刻な表情で頷いた。

「承知しています。今回の依頼が、難しいケースに分類されるであろうことも、理解しています。ですから、こちらにお願いに参ったのです……ちなみに、前金はいかほど必要でしょうか」

増山が身を屈める。テーブル下に常備してある電卓を取り出すのだろう。

「まあ、期間を二週間といたしまして、この初期情報量ですと、基本料金がこれくらい。成功報酬といたしまして……これくらい、お考えいただければよろしいかと」

おそらく増山が提示したのは、百万プラス成功報酬五十万といったところだろう。

「分かりました。すぐにお振り込みいたします。いつから調査にかかっていただけますか」

「お振り込みを確認し次第、取りかからせていただきます」

「たとえば、今すぐお振り込みしたとして、今日という一日は」

「本日の半日は、サービスさせていただきます。初日は明日ということで。むろん、手抜きなどいたしません。本日から、全力で調査に当たります」

もういくつか条件について話し合い、納得したのか依頼人は自ら席を立った。

「何卒、よろしくお願いいたします」

若いわりに、なかなかしっかりしたお嬢さんだと思った。


午後三時前には相手方からの振り込みが確認できた。なんと、増山が基本料金として提示したのは二百万円だったようだ。

「……この案件は、俺が担当する」

そう増山が宣言すると、篤志も勢いよく立ち上がった。増山を見習っているつもりか、最近は篤志もよくスーツを着てくる。量販店の既製服らしいが、それなりに似合っている。

「お供します。所長」

「いや、この件は俺だけでいい」

珍しく、増山の目に力が入っている。声もどちらかといえば、低めで強めだ。

「でも、初期情報が少ないって」

「大丈夫だ。お前は留守番してろ。そのうち、浮気調査か何か舞い込むだろ……じゃ、朋江さん。あと頼みます」

いつものように、はいよ、と返す。

「いってらっしゃい」

「いってきます」

何ヶ所かポケットの中身を確かめ、増山が玄関に向かう。少し広めの歩幅、やや前屈みの背中に、朋江は増山の緊張を見てとった。なるほど。今回は完全にスイッチが入ったらしい。

薄暗い廊下に後ろ姿が消え、跳ねるようなリズムの足音も、すぐにビル裏手を走る京成本線の線路の音が掻き消していく。

「……所長、どうしたんでしょうね」

ゆっくり閉まっていくドアに向かって、篤志はぼんやりと呟いた。お前は本当にプロの超能力師なのかと、朋江はときどき怒鳴りつけてやりたくなる。

「あんた、ここにきて何年になる」

「えっと」

年を尋ねられた幼児のように、篤志は手を使って数えた。

「……約七年、ですね」

「そんだけいて、まだ分かんないのかい」

驚いたような顔で、増山の消えたドアと朋江を見比べる。

「分かんないって、何がっすか」

「所長が今回に限って、なんで自分でやるって言い出したのか、分かんないのかって訊いてるんだよ」

さらにドアと朋江を、何往復も、いったりきたり。

「えっ……えっ、いや、分かんないっす」

これだ。だから朋江は超能力なんて嫌いだし、信用もしないのだ。

自分には特別な能力がある、一般人には分からないことが分かるし、見通せるし、読める。そんなふうに高を括っているから、逆に普通の人間でも分かるようなことが分からなくなってしまうのだ。篤志はその典型例といっていい。

「あんたはね、超能力師として一人前になる前に、まず人間として一人前になりな。超能力師ったって結局、解決しなきゃならないのは人間同士が起こすトラブルだろう。あんたはもっと、人間を見る目を養いな。じゃなきゃ、いつまで経ったって所長みたいにゃなれないよ。あんたに必要なのはスーツじゃない……ハートだ」

そう。朋江は増山のことを、超能力師としてよりも、所長としてよりも、男として評価している。年は十も下だが、なかなかの男だと思っている。

ある意味、惚れ込んでいる。

早いもので、朋江がこの事務所に勤め始めてもう十一年になる。最初の事務所は渋谷の道玄坂にあったが、家賃が高いのと手ぜまになったので、ここ日暮里に移転してきた。

増山も超能力師になりたての頃はもっと大きな事務所に勤めていたが、一級に合格したのをきっかけに独立、それが最初に構えた道玄坂の事務所だった。創設メンバーは増山と、その弟分だった河原崎晃の二人。朋江が経理担当で採用されたのは、立ち上げから一年経った頃だった。

それまで朋江は、亭主と二人で蕎麦屋を営んでいた。たまにパートを雇ったり、高校、大学と進んだ子供たちに手伝わせたりもしたが、基本的には先代が亡くなって以降ずっと、店は夫婦二人で切り盛りしてきた。蕎麦もうどんも自家製の手打ち。朋江はバイクに乗れないので出前だけは亭主が担当したが、材料の仕入れから仕込み、調理、接客まで、なんでも二人でこなした。

ところが、である。

ある雨の日、出前にいった亭主がなかなか戻ってこない。行き先は隣町だから、客と多少の世間話をしたにしても三十分はかかり過ぎだった。あの頃、まだ亭主は携帯電話を持っていなかった。長男と長女はピッチとかいうのを持っていたが、現場仕事じゃないんだからそんなものは必要ないと、亭主は頑として買おうとしなかった。

さらに十分くらいして、客のところにかけてみようと決心したとき、逆に電話のベルが鳴った。果たして、嫌な予感は的中した。帰り道、雨ですべって転んだところを、運悪く車に撥ねられたらしいという警察からの連絡だった。

急いで店を閉め、何度か子供のピッチにかけてはみたが繋がらないので、書き置きをして家を出た。駆けつけたとき、まだ亭主は手術中だった。

一時間半ほどして担当医が出てきた。命に別状はないが、両腕と大腿骨、腰骨も二ヶ所折れ、頭部も強打しているので予断を許さない状況だと、そのときはいわれた。幸い予後はよく、また心配された脳へのダメージもなかったが、仕事にいつ復帰できるかはまるで見当もつかなかった。

　あのときほど、目の前が真っ暗になったことはない。

　子供は長男が大学三年、長女が大学一年、次男が高校三年。どれも一人前にはほど遠く、まだまだ親の稼ぎが必要な時期だった。しかし、とてもではないが朋江一人で蕎麦屋はやれない。子供たちに手伝わせようと、パートの人数を増やそうと、亭主がいなければ店は開けられない。

　冬は水道水の冷たさに耐え、夏は蕎麦釜の熱さに耐え、出前から汗びっしょりになって帰ってきた亭主に麦茶を飲ませ、「ごちそうさん」と席を立った客に、「ありがとうございました」と明るく声を張り上げる。目が回るような毎日だったが、碌（ろく）に子供を遊びにも連れていってやれない生活だったが、それでも笑顔の絶えない家庭だった。決して裕福ではなかったが、こちとらプロの食べもの屋だ。子供にひもじい思いをさせない自信だけはあった。そのお陰か、子供は三人とも見上げるほど大きく育った。特に次男が凄い。相撲部屋、プロレス団体、自衛隊、あちこちからお声が掛かる。

　でも、そんな暮らしを守ってこられたのも、亭主が元気でいてくれたからこそだった。定休日といったらパチンコ、競馬。ちょっと勝ったら近所のスナックで大盤振る舞い。それでも、休み明けに寝坊などしたことはなかった。銘木の絞（しぼ）り丸太のような、ぼこぼこと捻じくれた硬い腕で蕎麦粉を捏ね、うどんを打ち、包丁を振るう。太さは朋江の半分くらいだったが、あの二本の腕が我が家を支えてきたことに疑いの余地はなかった。

あの人とじゃなきゃ、一日とて店は開けられない——。

朋江の決断は早かった。期間は未定だが店を閉め、自分は外に働きに出る決心をした。なんでもやるつもりだった。どこか蕎麦屋が雇ってくれるのが一番よかったが、交通整理でもビル清掃でも、使ってくれるならスナックでもキャバレーでもよかった。

だから別段、超能力師事務所でも不満はなかった。まだ日本超能力師協会の正式発足から三年。胡散臭い業界だとは思っていたが、背に腹は替えられなかった。それくらい、増山の提示した基本給は魅力的だった。とりあえずひと月、約束通り給料をくれるかどうか試してみようと思った。

「ほんと、朋江さんがきてくれたんで助かりますよ。なあ」

「ええ。総勘定元帳とか貸借対照表とか、もうわけ分かんなくて。この前の確定申告でえらい目に遭いましたからね」

二人が、こんな太ったオバチャンの何を気に入って雇い入れたのかは知らないが、朋江さん、朋江さんと慕われれば悪い気はしなかった。河原崎の方は多少、自分が美男子であるのを鼻にかけるところがあったが、見かけほどモテてはいないようだったので、それも一つの愛嬌と思うことにした。

当時の増山は三十代半ばで一級超能力師。一方、四つ年下の河原崎はまだ二級に合格して間もなかった。二人とも必死だった。特に増山は河原崎の倍の仕事量をこなし、さらに河原崎の試験勉強にも付き合った。一級試験には、実技や探偵業法、協会規定の他に刑法や民法といった学科が加わる。有名私大の法学部出身の増山は、学業面でも河原崎のよき師となっていた。

朋江のさらに一年後には悦子が入ってきた。しかも彼女は大学新卒にも拘わらず、すでに二級免許を持っていた。最初はよくこんな子を見つけてきたな、と感心していたが、ひと月としないうちにピンときた。

「……えっちゃん。あんたと所長って、そもそもどういう関係なんだい」

激しいところもあるが、悦子はあれでなかなか素直な性格の持ち主である。超能力者としては心を読ませない「念心遮断」を得意としているようだが、そんなことは朋江には関係なかった。三人の子育てと、長年の客商売で培った人間観察眼を甘く見てもらっては困る。

「朋江さん……なんで」

「隠したって無駄だよ。そんなのはね、見てりゃ分かるんだ。あんたが所長を見る目、所長があんたを見る目……完全に男と女じゃないか。でも、一応家庭を持つ身として、それと、あんたとさして変わらない年の子を持つ親として、これだけは訊いとくよ。あんた、所長に奥さんがいること、分かってて付き合ってるんだろうね」

悦子は微塵も表情を変えず、真っ直ぐ頷いた。

「分かってる。所長が奥さんと別れる気がないことも、よく知ってる。……朋江さん。あたし、超能力師なんだよ。所長の心だって、その気になれば読める。ただ、あえて読まないようにしてるだけ。……読んだところで、何が変わるわけじゃないし」

自分の娘がこんなことをいったら、たぶん思いきり引っぱたいている。

「えっちゃん。悪いこたぁいわない。所長とは別れな。超能力師としてはともかく、増山さんは、あんたに相応しい男じゃないよ」

しかし、悦子が納得しないであろうことも朋江は分かっていた。

案の定、悦子は短くかぶりを振った。

「……無理。あたしのこと全部分かってくれるの、所長だけだもん。全部分かった上で受け入れてくれたの、あの人だけなの」

「そんなこたぁない。あんたにはもっと相応しい男がいる。ちゃんとそういう相手、探せば見つかる。必ず」

目は泣いているのに、悦子は頬を、無理やり笑みの形に持ち上げた。痛々しかったが、でもそれが一番、悦子が綺麗に見えた瞬間でもあった。

「ありがと、朋江さん。そういう人が現われたら、そのときは、ちゃんとする。安心して。あたし別に、こういう不幸っぽいことに酔ってるわけじゃないし、所長の家庭を壊すつもりもない。ただ、必要なの。今はまだ、あたしにはあの人が、必要なの……それだけ」

優しい子だな、と思った。超能力のないあんたに分かるはずがない、と突っ撥ねることもできたはずなのに、そうはしない。うちの長女とは大違いだ。あの子は何かというと、お母さんに分かるわけない、と怒鳴って話を終わりにしてしまう。まあ、あれはあれで、他所ではいい子にしているのかもしれないけれど。

そんな悦子の入所から三年遅れて中井が、さらに半年あとには篤志が入ってきた。二人はまだいわゆる「無能力者」だったが、この頃にはもう河原崎も一級に合格していたため、仕事面はすこぶる順調だった。

ちなみに増山と悦子の関係については、朋江がバラした。篤志があまりにも分かりやすく、悦子に「ほの字」になっていたからだ。

「エエーッ、じゃあ、それって……ふ、不倫ってことじゃないっすか」

「そうだよ。だから、さっきからそういってるじゃないか」

「健さん、健さんは知ってたんですか」

中井は曖昧に首を傾げるだけだったが、彼は分かっていたと思う。悦子の心を読んだのか、あるいは朋江と同じように二人の空気で察したのかは分からないが。

「なんすか、マジっすか……実は俺、ちょっと悦子さんのこと、いいなって、思ってたんすよね」

何が「実は」だ。毎朝服を褒め、髪形を褒め、暇さえあれば口を半開きにして悦子を眺め、次の休みの予定を尋ね、誕生日を訊き、終業前にはしつこく飲みに誘う。それで少しは下心を隠しているつもりだったのか。呆れてものがいえない。

まあ、それはさて置き。

朋江個人のことをいえば、亭主ももうすっかり元気になり、京橋にある老舗蕎麦屋で働くようになっていた。最初は肩慣らしのつもりが、思いのほか重用され、辞めるに辞められなくなってしまったらしい。あるいは経営者として、今月の売り上げだの先月の仕入れだのと数字に追われるよりは、蕎麦作りに集中できる雇われの身の方が気楽に思えてしまったのかもしれない。それならそれで朋江はかまわなかった。朋江自身も今の事務所で働くのが楽しくなっていたからだ。

いま思えば、あの頃が増山超能力師事務所は一番賑やかだった。何しろ増山の他にもう一人、河原崎という一級超能力師がいたのだから。

なんでもできる気がした。秘密裏にだが、警察からの依頼を受けて殺人事件の捜査に協力したこともあった。アメリカやヨーロッパから依頼がきて、現地までいって調査することもあった。増山と河原崎は、業界ではちょっとした有名人になっていた。特に河原崎は「ミスター・パーフェクト」などと呼ばれ、その仕事振りが取り沙汰されていた。奴らに解決できない案件はない。そんなふうにいわれるまでになった。

だから、河原崎が独立すると聞いたときは正直、ショックだった。

所員全員がいる前で、朋江は河原崎に詰め寄った。

「晃くん。あんた、何も今じゃなくたって」

依頼は引っ切りなしに入ってくる。でも実質、仕事ができるのは増山と河原崎と悦子だけ。免許のない中井と篤志は、せいぜい調査助手といったところだ。

「せめて中井くんか篤志くん、どっちかが合格するまで、先延ばしにできないかい」

河原崎は、その切れ長の目で増山の方を見やった。

「どっちかが合格したら、あの人はまたすぐ、見習いで研修生を入れるでしょう。そんな、誰かの合格なんて節目を待ってたら、俺はいつまで経ったって独立なんかできゃしませんよ」

当時の河原崎は、明らかに自分の仕事に自信を持っていた。自らの能力に酔っているようにすら、朋江には見えた。しかしそれは間違っていると、朋江はいいたかった。

「晃くん。あんたを一級まで引っぱり上げてくれたのは、どこの誰だい。人の倍の仕事をこなして、朝まであんたの試験勉強に付き合って……あんただって、あの組絡みの一件を忘れたわけじゃないだろう」

「朋江さんッ」

そこで増山が割り込んできた。

「いいんですよ、もう。……晃は、充分やってくれました」

そういって、やや低い位置にある河原崎の肩に手をやる。河原崎はそれを鬱陶しそうに見やり、だが拒むこともしなかった。

「俺だって、ここを立ち上げるときは、周りに散々迷惑をかけました。二級に合格したばかりのこいつを、引き抜いて連れてもきました。それに比べたら、大人しいもんです。悦子を連れていくわけでも、得意客を持っていくわけでもない。こいつは一人で、裸一貫で始めようっていうんですから……せめて、恨みっこなしで、気持ちよく送り出しましょうよ」

増山がそのつもりなら、朋江がいうべきことはもう何もなかった。

中井が二級試験に合格するのは、河原崎が辞めた半年後のことだ。

例の案件を担当するようになった増山は、少し様子が変だった。

依頼を受けた当日、朋江はたまたま最後まで事務所に残っていたが、夕方六時半になっても増山は帰ってこず、連絡も特になかった。でも、この段階ではまださして心配していなかった。

だが二日、三日と戻ってこないと、さすがに何かあったのではと思うようになる。それでも携帯に連絡を入れると、三十分か一時間で折り返しかけてくる。

「所長。あんた今どこにいるの」

『ああ、すみません。都内にはいるんですが、なかなか連絡できなくて……何かありましたか』

「何かありましたか、じゃないだろう。あんたこそ何かあったんじゃないのかい。碌(ろく)に連絡もよこさないで、事務所にも帰ってこないでさ。定時に帰れない場合は必ず連絡ってのは、あんたが作ったルールじゃないか。あんたが率先して破ってどうすんだい」

『すみません……でも、俺は大丈夫ですから』

「それを連絡しなさいっていってんだよ。ほんと……たまに跳び出したと思ったら、途端にこれだ。始末に負えないよ」

ふと、河原崎がいた頃を思い出した。あの頃の増山もちょうどこんな感じだった。調査に没頭すると、連絡を一切よこさなくなる。ようやく電話してきたかと思うと、心配しなくていいと、それだけいって切ってしまう。

『ほんと、俺は大丈夫ですから。みんなにも、そういっておいてください』

ようやく増山が事務所に顔を出したのは、四日目の夜七時過ぎだった。

「……ただいまぁ」

単に遅くなったというよりは、朋江の小言を聞かずに済むよう、わざと時間をずらして戻ってきた。ところが事務所の明かりがなかなか消えないから、仕方なく入ってきた。そんな感じだった。ドアロに覗いた顔が、小さな頃の長男のそれと重なった。イタズラの発覚を悟り、叱られるのを覚悟の上で帰ってきたときの表情。実に、ばつの悪そうな苦笑い。

「ただいま、じゃないだろ。今さっきまでえっちゃんもいたんだけど、あたしが無理やり帰したんだ。あの子に感情的になられて、そこら中に火ぃ点けられても困るからね。

そうなったら、こんなオンボロビルは全焼だよ」

　増山はニヤニヤしながら、申し訳程度に頭を下げた。

「すみません。でも本当に、心配ないんです」

　そういうわりには、顔色が優れなかった。久々の全力仕事というだけの疲れではないだろうと、朋江は察した。

「あんたひょっとして、またなんか無茶やってんじゃないだろうね」

　増山の黒目がピクリと震える。いかに超能力師として訓練を積んでいようと、所詮は一人の人間。朋江にとって増山は、十も年下の若造に過ぎない。

「だいぶ力も使ってきたみたいだね。唇が真っ青だ。その様子じゃ、碌なもん食べてないんだろ。……ちょいと待ってな。今、あったかいもんこしらえてやっから」

　増山は遠慮したが、朋江は強引に所長デスクに座らせ、待つようにいった。今日も帰りが遅くなるだろうと思い、夕方、この近所のスーパーにいって自宅用の買い物を済ませておいた。その中の食材でうどんくらいは作れるはずだ。

「……奥さんには、ちゃんと電話してんのかい」

「ええ……まあ、メールですが」

　ミニキッチンは所長デスクの真横。一応壁で仕切られてはいるが、開口部にドアの類はない。

　まずは小さな鍋で湯を沸かす。

「アリスちゃん、寂しがってるだろう」

すると、曖昧に首を傾げる。増山の一人娘、アリスはまだ五歳かそれくらいだ。

「今朝、一応、顔は合わせたんで」

「おや、お宅には戻ってんのかい」

「ええ。ほんの、一時間くらいですけどね」

「奥さん、変に思ったりしないかい」

「さあ……そういうの、いちいち気持ち読んだりしないんで、分からないです」

そう。常々疑問には思っていた。一方が超能力者という夫婦の生活は、一体どんな感じなのだろうと。念動力や透視が日常生活で役立つことも、むろんあるにはあるだろう。だがそれよりも、心を読んだ読まないが原因で起こるトラブルの方が、圧倒的に多いのではないだろうか。

増山は否定したが、仮に亭主が超能力者なら、普通は女房の心を読んで、浮気していないかどうかを確かめるだろう。だが読まれた方は堪ったものではない。実際に浮気はしていないにしても、昔の男を思い出すことくらいはある。テレビで韓流スターを見て、あんな男に抱かれてみたいと思うことだってある。そんな気持ちまで盗み読みされて、へえ、こいつはこんなことを考えているのかと、肚の中で笑われるのだ。朋江には、とてもではないが耐えられそうにない。

ちょうど湯が沸いた。蕎麦屋の女房が情けない限りだが、最近はよく出来合いの麺汁(めんつゆ)

を使う。今日もたまたま買ってきていた。それと削り節、長ネギ、鶏肉、油揚げを使って、簡単な汁を作る。

「増山さん……」

自分でも不思議に思うのだが、朋江は「所長」と「増山さん」をしばしば使い分けている。明確な線引きはないのだが、大雑把にいえば、文句をいいたいときは「所長」で、労わってやりたいときは「増山さん」になっているかもしれない。

「今、あんた一人が無理することたぁないと思うよ。えっちゃんはもうじき一級に合格するだろうし、中井くんだって篤志くんだって、もう一人で仕事ができるようになった。ここは少し、あの子らに勉強の場を与えてやるつもりでさ、あんたはもう一歩、後ろに引っ込んどいた方がいいんじゃないかね。少し、楽すりゃいいんだよ。何も今また、無理やり半人前を雇うこたぁない」

視界の端、俯いていた増山が、こっちに顔を向けるのが分かった。

「……別に、宇川明美の件は、今回のこれとは関係ないですよ」

「ああそうかい。だとしても、あたしの考えは変わんないね。今の増山事務所は、この五人でいい。よってあんた一人が、無理を背負い込む必要もない」

増山がかぶりを振る。

「それは違いますよ、朋江さん。俺は別に、この件で無理なんてしてません。ただ、望む者には、仕事を与えてやりたい。生きる場所を与えてやりたい。そう思ってるだけです。ほら、俺なんて、日超協の発足前からでしょう。あの頃はまだ、みんながモグリでした。どこいったってペテン師扱いで……もう、あの頃みたいな思いはたくさんだし、今の若い連中に、あんな思いはさせたくない。時代を、逆戻りさせるわけにはいかないんです。これはね、俺たち世代の、けじめなんですよ」

知っている。増山が協会幹部と太いパイプで繋がっていることも、執行部入りを強く望まれていることも。しかし後進の育成を理由に、今はそれを拒んでいることも。

朋江はわざと一つ、溜め息をついてみせた。

「……結局、あんたは聞かない。あたしがどういったって、あんたはあのニューハーフ坊やを、ここに入れるんだ……いいよ。あとの遣り繰りはあたしがなんとかする。研修生で登録すりゃあ、またしばらくは協会から補助金も出るだろうし。えっちゃんが企業絡みの仕事を受けてくれりゃあ、その分の収益も見込めるだろう」

ちょうど、うどんができあがった。

「……はい、お待たせ」

「すみません。いただきます」

いったん手を合わせてから、増山は割り箸を割った。

ひと口勢いよく啜り、増山は唸りながら、美味いと漏らした。

朋江はそれを、当たり前だろ、と笑った。

そう。何をしたって、食っていけさえすればいい。

あの子たちにひもじい思いなんて、絶対にさせない。

家に帰ると、亭主はすでに風呂から上がってビールを一杯やっているところだった。テレビの巨人戦は終盤に差しかかっている。

「ただいま。遅くなってごめんね」

「ああ、お帰り。……お前も、疲れてんだろ。なんなら、俺がなんか作ってやろうか」

何よりこういうときに、蕎麦屋の女房でよかったと実感する。

「本当かい？　嬉しいねぇ……じゃあ、悪いけどお願いしようかな」

「おう、任しとけ。ちょうど、海老を何本かもらってきたからよ、天ぷら蕎麦作ってやるよ」

「なに、今から揚げてくれんの？」

「ああ。俺も、ちょうどなんかツマミが欲しいと思ってたところだ」

亭主はステテコの膝に手をやり、よっこらしょ、と立ち上がった。だが向かうのは蕎麦屋時代の厨房ではない。二年前、茶の間の一角に作った小さな台所だ。三人の子供も巣立ち、二人きりになった夫婦にはこの大きさで充分だった。

「ちょいとかかるから、お前も先に風呂入っちまえ」

「そう。じゃあ、そうさしてもらうよ」

奥の寝室にいき、替えの下着とパジャマ代わりのジャージを抱えて戻ってくると、亭主は鼻歌を唄いながら海老の皮を剝いていた。朋江とは正反対。少し下っ腹が出ているくらいで、その他の個所には贅肉らしい弛みも丸みもない。男としては小柄、華奢といってもいい体格だが、台所に立つその後ろ姿には妙な迫力がある。包丁を握れば、どこか侍にも似た凄みを帯びる。いや、それはさすがに言い過ぎか。

「ねえ、あんた」

鼻歌の次の節のところで、片耳だけをこっちに向ける。

「なんだえ」

「あんた、あたしがこんなに夜遅くなって、それでも浮気を疑ったりはしないのかい」

するると、ケッと吐き、また新しい海老を手にとる。

「……あ、こんなデブと懇ろになる物好きなんざいるわけないと思ってんだろ」

「まあ、それは少なからず、あるかもな……でも、それっぱかしでもねえかな」

「どういうことだい」

くいっ、と短く首を捻る。分からない、という仕草かというと、実はそうでもない。

「そうさな……お前が帰ってくる前までは、そういうことも考えてみなくはねえけど、帰ってきたら、そんなのは考えてたこと自体、馬鹿馬鹿しくなるっつーかな」

剝き終わったのか、手首で水道のレバーを上げ、勢いよく水を出す。

「……顔見りゃ、ねえなって、分かるだろう」

乱暴に手を洗い、すぐレバーを叩いて水を止め、収納扉の取っ手に引っ掛けたタオルで拭く。

「そりゃあれかい、あたしを信頼してるってことかい」

あるいは、自分のことも信じろという暗示か。

「信頼、ってのとは、違うだろうな。だから、分かるって……そういってんだろう」

そして肩越しに、こっちを振り返る。

「超能力師だかなんだか知らねえが、人様の心ん中覗くような連中とばかりいるから、そんなこと考えるようになるんだ。人の心ってのはな、読んだり覗いたりするもんじゃねえ……察するもんだ」

急に、ワッとテレビの方が騒がしくなった。

目を向けた亭主が、小さくガッツポーズをする。

どうやら、巨人の誰かが逆転タイムリーとやらを打ったらしい。


翌日、増山は久し振りに朝一番で事務所に顔を出し、いきなり宇川明美を研修生枠で採用すると発表した。

「……ま、そういうことだから。みんな、よろしく頼むな」

しかし、中井も篤志も、面接直後のように跳び上がって喜びはしなかった。

「あれ、なんだよ。もっと盛り上がると思ってたのに」

それは、明美が男だと分かったから、というよりは、むしろあれ以来漂い続けている、事務所内の微妙な空気に戸惑いを感じているからだと朋江は思う。

「本人には、あとで朋江さんから適当に連絡入れといてよ。採用っていっても、協会への登録とかいろいろあるから、実際にきてもらうのは来月からになるとか、そういうことも含めて」

「……はいよ」

「じゃ、そういうことで」

それだけいって、またさっさと増山は出ていってしまった。

朋江が宇川明美に連絡をとっている間に、中井と篤志もそれぞれ出ていった。増山が予知した通りというべきか、一昨日の夕方に浮気調査の依頼が入り、それを篤志が担当することになったのだ。

悦子だけが、なぜか事務所に残っていた。何をするでもなく、自分の机のところに立っている。

「どうしたの、えっちゃん」

そう声をかけると、急に泣きそうに頬を歪め、眉をひそめる。

「朋江さん……あたし、あの人がなに考えてるのか、分からない」

朋江も、なんとなく立ち上がった。

「……それって、所長の考えが読み取れなかった、ってことかい？」

朋江はてっきり、悦子だけは増山の心が読めているものとばかり思っていた。

悦子が、震えながら頷く。

「今朝に限って、遮断、いつもよりきつかった。普段なら、ある程度は読めるんだけど……今日は全然、読ませてもらえなかった」

だが、それによって分かることもある。つまり、増山は隠し事をしている。悦子にも明かせない何かを、彼は今、抱えてる――。

悦子は机に手をつき、デスクカバーに容赦なく爪を立てた。

「なに考えてんだろ……顔色、悪かったよね。朋江さん、あれ、ちょっと普通じゃなかったよね」

肯定すれば、悦子は余計に取り乱す。だが否定したところで、冷静さを取り戻すとは思えない。

「……あたしゃ張りきり過ぎて、変な無理するんじゃないかって、それだけが心配なんだけど」

すると、悦子が鋭く増山のデスクに視線を飛ばす。

「朋江さん。所長がいま手掛けてる案件って、どんなの」

あの女が依頼にきたとき、そういえば悦子は事務所にはいなかった。

「ええとね……二十代後半の女が、同僚男性が行方不明になったから、捜してくれって」

「何か資料預かってる？」

「いや、あの件については、所長が全部抱え込んでる」

途端、悦子は挑むように肩を怒らせ、所長デスクに向かっていった。

「……仲間なのに、ちゃんと報告しない方が悪いんだからね」

直後、ガキンッ、と甲高い金属音が鳴り響き、デスク全体が一回、大きく縦に跳ねた。

「えっちゃんッ」

「大丈夫。燃やしたりしないから」

悦子が片っ端から引き出しを開けていく。さすがに、朋江にその中身を見ることはできなかった。口ではああいいながら、悦子は今、完全に女の権限で行動している。あたしは愛人なんだから、知る権利がある。そういう主張がメラメラと全身から立ち昇っている。

とうとう小さなプラスチックの箱にまで手をつけ始めた。たぶん、最近もらったのを仮に入れておく、未整理名刺保管用のケースだろう。

「朋江さん。その依頼してきた女の名前、覚えてる?」

「あれ、なんだっけな……なんとか事務所に勤めてる、ええと」

「もしかしてこれ?」

悦子が、白無地の地味な名刺をこっちに向ける。

【安田幸一事務所　公設第二秘書　石野(いしの)公子(きみこ)】

なんだ。直接体に触れもせず、この短時間の内に朋江の記憶を読み取ったというのか。

まるでカードマジックではないか。

「そう、それ。安田幸一事務所ってのは覚えてる。間違いない」

「公設秘書ってことは、なに、安田幸一ってのは、国会議員ってこと？」

その名刺を持ったまま、悦子は自分の机に戻った。ノートパソコンを開き、何やら調べ始める。

「安田、幸一……安田……うわ、この人ってもしかして」

さらに何度かカチカチやり、悦子はニュースのページを表示させた。

「やっぱそうだ。この人……」

その記事をざっと読んだ限り、どうやら安田幸一衆院議員というのは今、政治献金の不正授受を疑われている問題人物のようだった。そこに載っている写真を見て、朋江も思い出した。確かにこの顔は見たことがある。すぐ下には短いプロフィールも載っている。元警察官僚らしい。

しまったな、と思った。もうちょっと普段から、真面目に新聞を読むなり、ニュースを見るなりしておくべきだった。

悦子はまた別のページに何か入力している。

「この石野公子って人の同僚ってことは、調査対象の行方不明男性も同じ、安田幸一の公設秘書ってことだよね」

「まあ、そう、なるかね」

「公設秘書って、確か二人までだよね。政策秘書ってのは、あれはまたちょっと別枠なんだよね」

「あ、そうなの?」

そうこういっているうちに——。

「なに、最近の公設秘書って、ブログなんかやってんの……ねえ朋江さん、これじゃない? 調査対象者の名前、大倉和斗っていってなかった?」

大倉和斗。オオクラ、カズト。年は四十歳。

「うん、なんかそんな名前だったかも」

自己紹介の欄には写真も載っている。優しそうな、真面目そうな顔をした男だ。

悦子が長い息を吐く。両肩から力を抜き、小さくかぶりを振る。

「……これって、ちょっとヤバいかもね。安田幸一が不正献金疑惑を持たれてて、その秘書が行方不明ってことは……この大倉和斗は、その不正献金の舞台裏を知ってて、それで誰かから逃げてる、ってことだもんね」

そういうことに、なるのだろうか。

「誰かって、誰だい」

「分かんない。でも一つは、警察でしょう。警視庁捜査二課とか。じゃなかったら、東京地検特捜部とか」

詳しくは知らないが、二つともよく聞く名前だ。

「……まだ、他にもあるのかい」

「当然、マスコミだって追っかけてるよね。でも変なのは、うちに依頼にきたのが、安田事務所のもう一人の秘書だってことだよね。仮に、この石野公子が安田幸一に命じられてきたんだとしたら、安田も当然、大倉和斗の行方を知らないってことになるわけで……」

「そんなことってあるのかい。だって、自分の秘書なんだろ」

悦子が、やけに真剣な顔で頷く。

「あるよ。これは、たとえばだけど……この不正献金疑惑自体が、大倉のリークから始まった可能性だってないとはいえない。もしそうなら、大倉がまず逃げなきゃならない相手は、むしろ安田ってことになる」

秘書が、親分の不正献金を暴露——。確かに、政治の世界にはありそうな話だ。

「えっちゃん。じゃ何かい、所長は今のところ、間接的には不正献金疑惑の安田幸一のために動いてる、ってことになるのかい」

悦子は背もたれに寄りかかり、頭の後ろで手を組んだ。

「依頼人が間違いなくこの石野公子で、今ネット上に出回ってる情報がデマでないとしたら、そういうことになるよね」

かと思うと、両手で髪をクシャクシャと掻き乱す。

「アーッ……所長、なんでこんな仕事受けたんだろう」

すぐにハッとなり、またマウスを摑んで何か調べ始める。四ヶ所か五ヶ所、画面に顔を近づけて日付を確認している。

「うん、やっぱそうだ。依頼を受けた今週月曜の段階では、まだこの件はほとんど報道されてなかったんだ。一番最初に報じてるのは……たぶん朝陽新聞で、それでも火曜日か……でも、週刊誌とかには前から出てたのかもしれないし」

増山はよく週刊誌も読んでいた。

「なに、えっちゃんは、所長が安田議員の疑惑を知ってて、それでもあえて依頼を受けたって……」

自分でいって、朋江は自分でハッとしてしまった。

「なに、朋江さん」

「あ、いや……」

こんなこと、考えたくもないし、悦子にいいたくもない。でも黙っていたら、悦子は心の扉をこじ開けてでも朋江の思考を読み取ろうとするだろう。

どうしたらいい。

「……もちろんね、所長の本当の考えなんてのは、あたしには分かんないんだけど」

「だから何よ」

仕方ない。白状しよう。

「うん……今回、所長は基本料金として、二百万提示してるんだ。しかも即刻、相手側から振り込まれてる。普通、初期情報が少ないからって、高く見積もったとしてもせいぜい百万がいいところだろう。それをさ……」

悦子が、痛みを堪えるようにきつく目を閉じる。

「宇川くんの件かな……あたしたちが反対したから、逆に納得させようとして、金銭面での心配はない、みたいにしようとしたのかな……そういう可能性、あると思うんだ。所長なら、依頼にきた石野公子から裏事情を読み取ることだってできたんだもん」

それは、確かにそうだが。

「でも、だからって……お金だけが理由で、所長がそんな汚れ仕事に手ぇ出すかね」

「実際出してるじゃない。大倉和斗を捜しにいってるじゃない。それで見つけたら、当然依頼人に引き渡すわけでしょう。その相手は石野公子なんかじゃない。安田幸一だよ。大倉を確保した安田は、どうすると思う？ 最悪、口封じなんてことも……」

ぞわっと、冷たい泡が背中に広がった。

「まさか。さすがに、それはないだろう」

「でもさ、昔、所長が手掛けた案件で、死人が出たことがあったんでしょう」

そういうことも、確かにあった。

組関係から依頼があり、あのときは向こうから高額な報酬を提示してきた。一応増山は、依頼人の目的が報復ではなく、無断で持ち出された会計資料の回収であることを確認した上で依頼を受けた。だが結果的に、増山が見つけて引き渡した調査対象者は殺されてしまった。怒りを抑えきれなくなった下っ端組員が、いきなり刺し殺したということだった。

だが——。

「えっちゃん、なんでそんなこと知ってるの」

あれは悦子が入る前、河原崎もまだ半人前で、増山が一人で三人分の給料を稼ぎ出していた頃の話だ。当時の事務所家賃も馬鹿にならなかった。すべては事務所を支えるため、致し方ないことだったのだが、増山はあの一件を、非常に強く悔いていた。滅多なことで口にするとは思えないが。

悦子が、寂しげな笑みを浮かべる。

「……あの人、たまにうなされるの。やめろ、やめろ、って。そのとき脳裏に浮かんでるのって、たいてい誰かが誰かを、何度も何度も刃物で刺す後ろ姿で。それで、一度だけ訊いたことがあるの。何かあったの、って。そしたら、昔手掛けた案件で、自分がその仕事を引き受けたせいで、人が一人死んだ、って……死人が出たこともショックだったけど、人が人を殺す瞬間の、思考を読み取っちゃったことも、相当ショックだったみたい。確かに凄いんだ。あたしも一回だけ、直に触れて見せてもらったことがある……血と肉と脳味噌が、どろっどろに溶けちゃう感じで。凄い気持ち悪くて」

朋江は、慰めるつもりで悦子の肩に触れた。だが掌に感じた小刻みな震えが、逆に朋江をも不安にさせた。

「大丈夫だよ……あの件と今回のは、違う。所長、わざわざそんな危ない橋、渡りゃしないよ」

悦子がこっちを見上げる。でも視線は合わせない。

「そうかな……男って逆にそういうとき、俺は怖くないみたいに、見栄張るとこあるじゃない。よせばいいのに、わざわざ立ち向かっていくとこ、あるじゃない」

「増山さんは、そんなにガキじゃないだろ」

だが何をいったところで、悦子の震えを止めてやることはできそうにない。

悦子の顔が、ふいにクシャッと小さくなる。

「やだな……」

口を尖らせ、スネた子供のように、先っぽだけで呟く。

「あの人……大事なことほど、なんにも、教えてくんないんだ」

ちゃんと口を開いていったら、本気で泣いてしまいそうな、そんな声だった。


出かけないでいいのかと訊くと、悦子は短くかぶりを振った。

「いいわけじゃないけど、とてもそんな気分じゃない……遅れはあとで、自分でなんとかする」

それから二人で、何をするでもなく事務所にこもり続けた。

増山から連絡があったのは、正午を少し過ぎた頃だった。

『朋江さん。例の依頼人からの振り込み通知があったら、真っ先に教えてくれるかな』

声はいつも通り、鼻でも穿っていそうな呑気な調子だ。

「何いってんだい。振り込みだったら、依頼を受けた日に」

『そうじゃなくて。成功報酬の方だよ。もう百万、入るはずだから』

知らぬ間に顔が険しくなっていたのか、察した悦子が斜め向かいから手を伸ばし、朋江の電話機のスピーカーボタンを押した。これで会話は悦子にも聞こえるようになる。

「入るはず、って所長、じゃあ、大倉和斗を、安田幸一に？」

『ああ、そうよ。ついさっき引き渡したよ』

「ちょっとあんた、それがどういう意味か、分かっててやってんのかい」

ああん、という返答に緊張感は欠片もない。

『朋江さん、なに怒ってんの。大丈夫だって。とにかく、振り込み通知がきたらいち早く知らせてね。……あ、電話は出らんないかもしんないから、できればメールで。よろしく』

「ちょっと、所長ッ」

駄目だ。切られてしまった。

悦子が頭を抱える。

「……分かんない。もう、あの人がなに考えてんのか、全然分かんない」

それから三十分としないうちにＦＡＸが一枚流れてきた。事務所がメインバンクとして利用しているUFC銀行日暮里支店からの、まさに百万円の振り込み通知だった。支払い元はイシノキミコ。あくまでも安田幸一事務所ではないわけか。

「とりあえず、メールしなきゃね……」

増山の携帯アドレスに、手短に用件だけを伝える文面を送った。

返信は、思ったよりすぐにあった。

【さんきゅ 増山】

送信時間は、十二時三十七分となっていた。


増山本人が戻ってきたのは、夕方六時ちょうどくらいだった。

「ただいまぁ」

玄関に一番近いソファにいた悦子が真っ先に出迎えにいく。だが上手く言葉が出てこないのか、ただ立ち塞がるような恰好になった。

「はいぃ、お疲れさん」

増山はこともなげにその肩を叩き、すれ違った。しかしデスクにいた中井と篤志の顔を見ると、ふざけたように眉をひそめる。

「なんだお前ら。そろいもそろって深刻な面しやがって」

当たり前だ。中井にも篤志にも、すでに事情は説明してある。

増山はネクタイをゆるめながら、奥の所長デスクに向かった。

「とりあえず朋江さん。なんか冷たいもんください」

「……はいよ」

ミニキッチンにいき、朋江は麦茶を用意した。冷たいお絞りも添えて増山に出す。

「ああ、すんません」

受け取った増山はまず手と顔を拭い、すぐに麦茶を一気に飲み干し、ふうと息をついた。

朋江はお盆を置きに戻るのも煩わしかったので、腕を組んだ状態で脇にはさんだ。

「さあ、所長。早速で悪いけど、これまでの経緯を説明してもらえるかい」

「経緯？」

「あんたが請け負った、安田事務所絡みの一件だよ」

「ああ、それね……っていっても、何から喋っていいものやら」

「とりあえず、あんたは安田幸一の不正献金疑惑について知ってて、あの仕事を受けたのかってことだよ」

すると増山は、んーん、と首を横に振った。

「知ってたら、さすがに断ってるさ。あの石野公子ってのはほんと、秘書としては新米でね、裏事情なんて全然知らないんだ。まあ、だからこそここに遣わされてきたんだろうけど。でもほら、相手は政治家だろ。どうせ裏金しこたま溜め込んでんだろうと思って、それで二百万、吹っかけてやったわけ」

悦子はずっとこっちを睨んでいる。中井と篤志は、そんな悦子と増山を交互に見比べている。

「でまあ、まんまと振り込んできたからには、こっちも仕事しなけりゃマズいでしょ。そりゃ真面目に捜しましたよ。そしたら千葉の、船橋のカプセルホテルに隠れてやがった。あれは、俺じゃなきゃ見つけらんなかったと思うね。まず、そこらの探偵じゃ無理だよ」

自慢はいいからさ、と朋江は先を促した。

「ああ……で、金を貰っちまった手前、引き渡さないわけにもいかないからさ。とりあえず安田を船橋まで呼んで、あそこにいるよって教えてやったわけ。あとはご自由に、でも成功報酬はちょうだいね、って念を押して。じゃないと、俺の一方的な骨折り損になっちゃうから」

「そんな、引き渡したって、あんた」

殺されでもしたらどうすんの、と喉元まで出かかったが、増山はやんわりと掌を向けて制した。

「大丈夫……篤志、テレビ点けろ。テレビ太陽」

「あ、はい」

篤志がリモコンで、悦子の机の近くにあるテレビを点ける。

三人の所員は、一斉に声をあげた。

「あっ」「大倉」「和斗」

朋江も我が目を疑った。画面の左上には「安田幸一衆院議員秘書　緊急生出演」と出ている。殺風景な部屋の隅、パイプ椅子に座っている、ヨレたダークスーツにノーネクタイの男。髪は整っているが、少し無精髭が生えている。でも見間違うほどではなかった。それはまさに、大倉和斗だった。

篤志が目を丸くして訊く。

「これ、どういうことっすか」

「まあ、これも俺の仕事、ってことだな」

いいながら、ワイシャツのボタンを一つ、二つはずす。

「怖いよね、政治家って。なんかヤクザみたいなのを、その船橋のカプセルホテルまで連れてきてさ、あっという間に大倉を車に乗せて連れ去っちまった。まあ、俺もそれくらいは予想してたんで、すぐに自分の車で追いかけたけどね。で、今度は都内のホテルに連れ込んで……分かりやすくいうと、今度はそこで、首を吊れって迫ったわけだ」

中井が情けないほどに顔を歪ませる。悦子はまだ、増山を睨むように見ている。

「田舎の両親がどうなってもいいのか、別れた女房と娘がどうなってもいいのか、ってね。そりゃ、あんな厳つい連中に寄ってたかって言葉責めにされたら、気の弱い奴は首吊っちまうよ……ま、そうならないように、俺が控えてたわけだけど」

警察には、と中井が訊く。

「いや。安田ってそもそも、警察官僚だからさ。通報したところで、どんな根回しされてるか分かんないし、こっちには守秘義務だってある。それに……」

増山は上着のポケットから雑に畳んだ札を二枚出し、朋江に手渡した。

「なんだい」

「基本料金と、ごめん、成功報酬込みね」

広げてみると、一万円札と五千円札だった。

「なんの料金だい」

「大倉をホテルの一室から助け出して、テレビ局まで送り届けるって仕事。依頼人は大倉本人……まあ、そうしてやろうかって、俺が持ちかけたんだけどね」

っていうか、と篤志が割り込んでくる。

「どうやって、そのヤクザみたいなのがいる部屋から、大倉を助け出したんすか」

増山はニヤリとし、人差し指を立ててみせた。

「……テレポーテーション」

嘘だァ、と三人が声をそろえる。朋江も、それは嘘だと思う。日本超能力師協会は「現実の超能力では、物体の瞬間的な空間移動は不可能である」との正式見解を出している。おそらく増山は、何かここではいえないようなことをしてきたのだと思う。協会規定に抵触する手法を用いたとか、あるいは、一歩間違ったら取り返しがつかなくなるような危険を冒したとか。

「……ま、いいじゃないか。そんな細かいことは。それより会見見ろよ。これから、爆弾発言の連続だから。政治家がどうやって企業から金を受け取るか、ぜーんぶ喋るから」

増山も立ち上がり、テレビが見やすい位置に移動する。

中井と篤志は、鼻の穴を膨らませて画面に見入っていた。

悦子は、眉をひそめて一人、溜め息をついていた。

しょうがない人ね、でも無事でよかった——。

勝手に言葉にするとしたら、そんなところだろうか。


悦子が、新しくできた海鮮居酒屋にいこうと言い出した。中井と篤志はすぐに賛同したが、増山は少し仕事があるから、三十分くらい遅れていくといった。朋江も資料整理が残っていたので、それに合わせることにした。

予感は、少しあった。

三人が出ていき、表の道を遠ざかっていく気配も完全に消えた頃、

「あいたたた……」

増山は、急にみぞおちを押さえて机に突っ伏した。

朋江は自分の机の引き出しから、胃痛によく効く漢方薬を取り出した。

「ほら、いわんこっちゃない。だから無茶すんなっていったのに」

コップに汲んだ水と一緒に、増山に差し出す。まだ河原崎がいた頃、よくこんなふうに二人きりになると、増山はみぞおちを押さえてうずくまった。そのたびに朋江は、この漢方薬を増山に飲ませた。この薬で治まることを、増山自身も知っているのだ。

「すみません……おかしいな。これくらいで、ヘバるはずないんですけどね」

「それだけ年をとったんだよ。あんたも、もう若かないの。無理が利かない体になってきてるんだって」

半分頷き、半分首を傾げながら、増山が半透明の分包袋の端を破く。

「そうかな……そんなはず、ないんだけどな」

上を向き、口を目いっぱい縦に開け、中身を一気にあける。この薬は相当苦いはずだが、増山は顔色一つ変えず、コップに手を伸ばす。その一杯を飲み干す、最後のほんの一瞬だけ、ちょっと苦そうな顔をする。

「ねえ、所長。やっぱりあんた、ちょっと一人で無理し過ぎるよ。晃くんと二人んときは、男同士だからかな、って思ってたけど、あんたは結局、えっちゃんにもほんとの弱いところは見せないだろ。でも、もうそろそろいいんじゃないかい？　ここいらで、いっそ肚を割ってさ」

しかし、やはり増山はかぶりを振る。

「朋江さん。超能力師ってのはね、いつだってスマートじゃなきゃいけないんですよ。……だってそうでしょ。俺たちが売り物にしてるのは、あくまでも〝超〟能力なんだから。なんでも普通の力を使うより、楽にできなきゃ意味ないんです。それに、俺たち上の者が苦しい顔したら、下の奴らは不安になります。ああ、やっぱり超能力なんてあったって駄目なんだ、いいことなんてなんもないんだ、って……最悪、自分が超能力者だってことに、コンプレックスを持つようになりますよ。でも俺、それだけはさせたくないんです」

みぞおちをさすり、いったん深呼吸をして、痛みのありかを探る。もう薬が効いてきたのか、増山の表情に大きな変化はなかった。

そう。増山とは、こういう男なのだ。

「だから俺は、これからもカッコつけます。痩せ我慢だってしてします。あいつら全員が、ちゃんと一人前になるまで……またたまに、こうやって朋江さんに薬もらうことはあるかもしれないですけど、それは、黙っといてください。お願いします」

朋江は空になったコップを、そっとお盆に引きとった。

「……分かってるよ。誰にもいいやしないって」

でも一度だけ、これ見よがしに溜め息をついてみせる。

やれやれ。うちの所長さんは、とんだ筋金入りの、見栄っ張りである。

増山超能力師事務所

Chapter 4

侮れないのは女の勘

七月一日から宇川明美が臨時採用になり、早くも十日が経った。

「……じゃあ、探偵業法第二条で、探偵業務に該当しないと定義されているのは、なに？」

悦子は応接セットのソファに座り、『これで一発合格！ 二級超能力師筆記試験過去問題集 法律・協会規定編』を見ながら出題している。

「えっとぉ、新聞社とぉ、出版社とぉ」

「違う。出版社は入ってない」

「えーっ、じゃなんだろう……テレビ局？」

「惜しいけど違う」

「あーん、分かんなぁい」

きっちりとアイラインを引いた明美の目が、悦子の額辺りをさ迷い始める。

「コラ、分かんないからってあたしの思考を読もうとしない」

むろん、読ませないように念心遮断はしているが。

「やだぁ、悦子さん。私、そんなこと全然してないのに。えっとぉ……放送機関？」

こいつ今、絶対読んだな。

「……はい、放送機関、新聞社、それから？」

「えーっ、まだあるんですかぁ？ んもぉ、分かんないィ」

この子の相手をしていると、日に十回は本気で焼き殺してやりたくなる。今のが今日、三回目。

「もう駄目、タイムアウト。正解は放送機関、新聞社、通信社その他の報道機関。……ちょっとさぁ、これくらいちゃんと覚えといてよ。まだ第二条だよ？ 探偵業法は第二十条まであるんだよ？ 試験に多く出るのは六条から後ろなんだから。第二条でつまずいててどうすんの」

「じゃあ、第六条からやりましょうよ」

こいつ、ほんとムカつく。

「探偵業の定義が分からなきゃ探偵の義務や秘密保持が分かったってしょうがないでしょ。……もう、しっかりしてよ。そもそも、探偵業法だけ覚えたって意味ないんだからね。そのあとに日超協の協会規定だってあるんだから。あんた、こんな調子じゃ絶対に九月の試験受かんないわよ」

日超協は毎年三月と九月に一級と二級の超能力師試験を同時に実施している。試験までもう二ヶ月しかない。ここで二級が取れないと、明美は超能力師としてのキャリアをスタートさせることもできない。

まあ、そう簡単に受かるとも悦子は思っていないが。

「やめやめ。覚えてないのに過去問やったって意味ないわ。あんたはまず参考書をちゃんと読んで、一から条文を覚えなさい。……それから、分かってるとは思うけど、試験会場で遠隔読心してカンニングなんて絶対ＮＧだからね。受験者の席ごとにＤＭ機が取り付けられてるんだから」

ダークマター測定機、通称「ＤＭ機」。

古来から「超能力」とされてきた現象のほとんどは、広く宇宙に存在する「ダークマター」と呼ばれる星間物質が作用して起こるものであることが、近年の研究で明らかになった。むろん、ダークマターは地球の大気中にも無数に存在している。日本はその、ダークマターの測定技術において世界最高の水準にあり、様々な測定機器を開発、製品化し、昨今は輸出産業としても注目され始めている。

「仮に遠隔読心なんかしてブザーが鳴ったら、一発で失格退場、以後三年間は受験できなくなるから。それだけじゃない。うちだって日超協から睨まれるし、あんたの研修生補助金だってカットになるんだからね」

ここまでいっても明美に応える様子はない。

「んもぉ、分かってますって。私、カンニングなんて全然、考えたこともないですもん」

嘘つけ。今さっきしたばかりじゃないか。

悦子は先月末、所長の増山に明美の教育係を打診されたとき、最初にはっきりと断っている。

「絶対に嫌です。なんであたしが、あんなニューハーフの面倒なんか見なきゃなんないんですか」

明美は、見た目だけをいったら完全に女。それも、顔も可愛ければスタイルも抜群。ロングの茶髪はシャンプーのCMみたいに毎日艶々という、女の悦子からしても嫉妬心以外は抱きようのない完璧な女なのだ。しかも、年は悦子より十コも下の、現在二十三歳。

「健さんにでも頼めばいいじゃないですか。きっと喜んで引き受けてくれますよ」

同僚の中井健は明美について、常々「あれだけ可愛ければ男でもいい」と明言している。

だが増山はいつもの調子、つまらなそうに鼻息を噴いていった。

「健にやらせて、不適切な関係にでもなっちゃったらどうすんの。俺は嫌だね、そんな面倒くさい職場……いいから、悦子がやれよ。これは所長命令だから。よろしくお願いしまーす」

内心、あたしとの不適切な関係も面倒くさいと思ってるんですか、と考えはしたが、それを増山が読んだかどうかは分からない。読んでいて、あえて無視している可能性は高い。

ちなみに「明美」は、本当は「あきよし」と読むのだが、事務所の男ども、健や篤志が「あけみちゃん」と呼ぶので、結局悦子も事務の朋江も「あけみちゃん」と呼ぶようになってしまった。増山だけが「あけみ」と呼び捨てにしている。

そんなわけで調査依頼がきても、担当は健、篤志の順番で割り振られ、その次辺りは悦子かと思いきや、

「……いいよ。お前は明美の勉強を見てやれ」

増山が自ら担当を買って出るという珍事まで発生。お陰で今日も、悦子と朋江、明美という女三人――もとい。女二人と男一人で事務所に居残っている、というわけだ。

「悦子さん。実技演習も見てくださいよ」

九月の試験は学科はもちろん、超能力の実技試験もある。二級は透視三種、物体媒介感受三種、遠隔読心に接触読心、念心遮断、物体念動四種、念写、の合計十四科目。一級はこれに複合透視や遠隔伝心など九科目が追加される。

悦子は自分の机でファッション誌をめくりながら答えた。

「やーよ。課題は前に与えてあるでしょ。イントロスコピーの練習でもしなさいよ。得意だからって念動ばっかやってたって試験には受かんないからね」

イントロスコピーとは、密閉した箱の中身を透視することの総称である。実際、透視の実技試験はこの形で行われる。

「えー、だって……イントロスコピーって、一人でやっててもつまんないんですもん。当たっても誰も褒めてくれないし」

ちなみに明美にはまだ机がない。なんとなく来客用のソファが定位置になっている。

「当たりハズレがある時点であんたは失格なの。ちゃんと見えるようにするのが訓練で

しょうが」

「じゃあ、そのやり方を教えてくださいよ」

「バカいってんじゃないわよ。協会公認の指導書渡してあるでしょうが。それ見て一人でやってよッ」

　右斜め前にいる朋江が、まあまあとなだめるように手をかざす。

「えっちゃん。あんま怒ってばっかいると、皺が増えるよ」

　そうなるって分かってるから教育係なんて嫌だったの、といおうとしたのだが、あいにく玄関の曇りガラスに人影が映ったので、悦子はそれを呑み込んだ。

　いきなりドアが開く。飛び込みの依頼人にしては不躾(ぶしつけ)だな、と思っていたら、

「おいっす……どうも、久し振り」

　違った。知り合いだった。慌てて立ち上がる。

「榎本(えのもと)さん……ご無沙汰してます。どうしたんですか、急に」

　榎本克己(かつみ)。彼は警視庁の刑事だ。

「あれ、増山はいないの？」

　榎本は警察官には珍しい、超能力や超常現象に非常に理解のある人物だ。これまでにも何度か増山に捜査協力を依頼しているし、たまには二人で飲みにいったりもするようである。年は、五十かそれくらいだろうか。

「すみません、今日は調査で出かけてます」

「へえ、えっちゃんはいるのに。珍しいね」

「はい。あたしは今、ちょっと……」

いいながら、ソファの方を目で示す。

「新人の教育係になっちゃってまして。仕事回してもらえないんです……逆に」

榎本がソファに目を向ける。まあ、刑事とはいえ彼も男だ。明美の外見を見てニヤけた顔になるのは致し方ない。中身、というかその実態は、遅刻が多くて事務所の掃除も碌にしない、クソ生意気な役立たずのオカマだが。お陰で掃除は今も篤志の担当になっている。

「えっ、なに、きみ、新人さん？　ここに入ったの？　超能力者なの？」

明美が立ち上がり、ミニスカートの裾を気にしながら、百点満点の笑みを榎本に向ける。

「はい。新人の宇川明美です。よろしくお願いします」

ぺこりとお辞儀。さらりと揺れる髪。自己紹介はちゃっかり「あけみ」だ。

「へえ、こりゃまた……増山んとこには、どうしてこうも美人がそろうのかね……ねえ？」

そこで朋江が、フンッと鼻息を噴く。

「……っていいながら、あたしに目を向けんのは失礼だろ、エノさん」

すぐに、榎本は困り顔をしてみせる。

「いやいや、朋江さんも、うん……なかなか、いい線いってると思うよ……ってのは冗談としても、増山がいないのは困ったな」

えっちゃん、焼き殺しちまいな、と朋江が榎本を指差すが、ここは笑って受け流すしかない。発火能力を使って何かを燃やしたことが発覚すれば、犯罪になるならないは別にして、超能力師の資格を剝奪される。日超協は発火能力の使用に対して、非常に厳しいのだ。

とりあえず榎本の話題に乗ろう。

「何か、所長にご用ですか」

「ああ。実はまた、頼みたいことがあってな」

これは、上手く転がせば自分にも仕事が回ってくるかもしれない。

「事件絡みですか」

「いや、まだ事件かどうかも分からないんだ」

「よかったら、あたしが伺いますけど」

悦子は「どうぞ」と榎本を応接セットにいざなった。明美がまだニコニコしたまま立っているので、シッシッと追い払う。すれ違いざま、榎本が「可愛いね。いくつ？」と訊くと、明美は「二十二です」と答えた。「若いねェ」と鼻の下を伸ばす榎本。馬鹿め。男だとも知らずに。というか、明美はもう二十三歳になっているのではなかったか。

だが向かい合って腰を下ろすと、途端に榎本は顔つきを厳しくした。

「いや、実はさ……うちの管内で、変死体が出てね」

「榎本さんって、池袋署でしたっけ」

「いや、もうだいぶ前から本所署だ」

朋江ではなく、珍しく明美が麦茶を運んでくる。榎本は口元にほんの少しだけ笑みを浮かべたが、でもそれだけだった。すでに頭は仕事モードということだろう。男性のこういうところって、ちょっと惹かれる。

「変死体、ですか……どんな」

「ま、突然死だ。専門用語でいうと虚血性心疾患となるが、要は心臓発作だ」

「それくらい、っていったら失礼ですけど、別によくあることなんじゃないんですか」

榎本が「ここ禁煙だっけ」とテーブルの上を見る。悦子は「いいえ」と答え、テーブルの下から灰皿を出した。

「ああ、悪いね……まあ、そう。突然死なんてのはよくある話だが、ただ変死体から、基準を遥かに超えるＤＭ値が検出されたとなると、話は違ってくる」

心臓発作の変死体から、ＤＭ値？　つまり、何者かが超能力によって変死者の心臓を停止させた疑いがあるということか。

榎本が続ける。

「ご存じの通り、都内で変死体が出た場合は、大塚の東京都監察医務院が死体検案を行う。最近はそこで、ＤＭ検査が義務付けられるようになっててね。一応、どんなホトケさんでもＤＭ機を当ててみるらしいんだ。といっても、検出されたところでたいていは基準値を大きく下回っていて、超能力による他殺が疑われるケースなんてのはないに等しいんだが」

興味本位で聞き始めはしたが、案外これは大事かもしれない。

「榎本さん。その変死体からは、どれくらい基準値を超えるＤＭ値が出たんですか」

「一七二〇ＤＭ。通常の、約七倍だ」

確かに、人体に直接影響が出始めるのは通常、二五〇ＤＭ以上といわれているが、これにはもう少し細かい定義がある。

「そのＤＭは、何波でしたか？」

「Ｔ波だ。だから正確には、一七二〇ＴＤＭってことか」

それは変だ。

「ちょっと待ってくださいよ。Ｔ波のＴって、テレパシーって意味ですよ。心臓発作を起こさせるんだとしたら、能力は有機念動、つまりサイコキネシス。単位はＣＤＭになるはずです」

ＣＤＭの「Ｃ」は「Psychokinesis」の四文字目から取られている。超能力を示す言葉は「Ｐ」で始まるものが多いので、混同を避けるために「Ｐ」は使わないのだ。

榎本は曖昧に頷きながら、銜(くわ)えていたタバコに火を点けた。

「そりゃ、厳密にいったらそうなんだろうけどさ……波形については正直、警察はあんまり重視しねえんだ。実際、検出ミスも少なからずあるらしいし。そんなわけで、何波であろうとDM値が出た時点で怪しいと。超能力犯罪である可能性を疑えと」

馬鹿馬鹿しい。

「だったら、なんのために測定してるんですか。なんのために税金使って、二千万も三千万もするハイスペックな測定機を導入してるんですか」

「そんなにしないよ。最新のは千八百万だってよ」

「値段の問題じゃありませんッ」

これを許したら、能力者はみな犯罪者予備軍にされてしまう。実際、超能力が社会で認知され始めた当初から、そういった風評はずっと世論の中にくすぶり続けている。悦子だってそうだ。超能力師になる以前は、発火能力が強いというだけで何度放火犯ではないかと疑われたことか。まあ、これに関しては自業自得な面も多分にあるのだが。

ぷかりと、榎本がひと口煙を吐き出す。

「……まあ、そうカッカすんなよ、えっちゃん。俺だってこんなことで超能力者を疑いたかないよ。でもさ、こういうことを一つひとつ検証していくのも、超能力を世の中に正しく理解させる一つの方法なんじゃないの？　一般市民の大半は真面目な人間だよ。その一般市民の中のごく一部が超能力者で、それもまた大半は真面目な人間に変わりないんだって、犯罪なんて滅多に起こさないんだって、そういうことなんじゃないの？」

「でも、そのまたごく一部には、犯罪を犯す者もいる……」

「そりゃしょうがねえさ。人間だもの。それに白黒つけるのが、俺の仕事でもある」

なんとも、釈然としない話だが。

「分かりました。……で、うちに何をしろっていうんですか」

「そう、それなんだけどさ」

榎本は、足元に置いていた書類カバンから何やら取り出し、テーブルに置いた。バンダナか何かで包んだ四角いものを、さらに透明なビニール袋に入れてある。

「これは、その変死体のすぐ近くに転がってたものだ。ホトケさんがなんらかの理由で、死ぬ直前まで握っていたものかもしれないが、それにしても、ちょいと子供っぽ過ぎる。なんたって、ホトケは三十六歳の男だからな……えっちゃん。前に増山から聞いたことがあるんだが、残留思念ってのは、いろんな材質が交じってるものに入れておくと、消えにくいんだよな」

この包み方は、そのためだったか。

「いえ、それはちょっと違います。なんの作用でも、純粋な物質より複雑な組成の物質の方がやりづらい、というのはあります。残留思念を読み取ったり、透視したり、念動力で動かしたり。でも残留思念自体は、時間経過によっても薄れますし、他人の思念が上書きされることでも消えます。そういった意味では、いろんな材質で何重にも包むのは、他者の思念の影響を与えないという意味では有効ですが、でもそれを包むのに手間取ってしまっては、それを包んだ人の思念が上書きされる可能性も……正直、なくはないです」

榎本が、チッと舌打ちをする。

「けっこう何人も触っちまったな、これ。一応、指紋が採れたらと思って、鑑識の奴にも触らせちゃったし」

「なんですか、モノは」

「見るか？　ここで、開けても大丈夫か？」

「ここで開けなかったら、あたしだって調べようがないですよ」

そりゃそうだな、といい、榎本は包みを開け始めた。

ビニールからバンダナの包みを出し、その中から木箱を出し、さらにその中からアルミホイルの包みを出し、それをほぐして出てきたのが――。

「……マスコット、ですか」

「ああ。携帯ストラップか何かだったのかね。ヒモは千切れちまってないけど、ここにそれっぽい跡はある」

いいながら、榎本がマスコットの脳天を指差す。羊か何かをモチーフにした、丸っこいキャラクター人形だ。ちょっと薄汚れてはいるが、けっこう可愛い。大きさは、大人なら掌に握り込めるくらい。

悦子が気配を感じると同時に、背後から、ぬっと明美が顔を近づけてきた。

「……ケニョン、ですね」

「なに、知ってるの?」

「はい。有名なゲームのキャラクターですよ。たぶん、持ち主は女子ですね」

「ち、ちょっとっ」

悦子は慌てて前を向いたが、なぜか榎本は、一瞬気まずそうな顔をして目を伏せた。

なんだ、何が——あ、ひょっとして明美か。明美が前屈みになっていたから、それで、胸元に目を奪われていたのか。っていうか覗いていたのか。まったく男って生き物は。

結局、仕事も色事も一緒くたじゃないか。

だが、今はそれどころではない。

「榎本さん。この子、まだ無能力者なんで。今の、あんま信用しないでください」

「え、ああ……うん」

せっかくフォローしているのに、明美は背後で「ええーっ」と声をあげた。

「私、そういうの当てるの、すごい上手いのに」

「バカッ。当たりハズレがある時点で失格なんだっていってるでしょ」

「でも、絶対女子ですって。間違いないですって」

「だから、やめなさいっていってるのッ」

悦子は榎本の手からその「ケニョン」を引ったくり、もとのようにアルミホイルに包んで袋に戻した。

「これは一応お預かりしておきます。かまいませんね」

「ああ。こっちも一応、鑑定依頼ってことで、預かりの書類にだけはサインしてもらうが……それと、これを依頼した場合、料金はどれくらいかかるかね」

今、そこまで訊くか。

「これから読み取れたことをお教えすれば、それでいいんですか」

「そりゃ、持ち主がどんな女の子か、とか、どこに住んでるかまで分かるんだったら、それも教えてもらえるに越したことはないが」

だから、まだ女の子と決まったわけじゃないんだって。

「分かりました。それは増山と相談して、増山から連絡させます。とりあえず、預書にサインしますから」

「ああ、預書な……それと、増山には、くれぐれもお手頃値段で頼むって、いっといてな。何しろ、殺しじゃなかったら、大して予算なんか出ないからさ。アシが出ちゃったら、最悪、俺のポケットマネーからってことになっちまうから」

なんだそれは。どうせだったら超能力殺人の方が、予算がついて都合がいいってことか。

念のためと、榎本は変死体発見現場の住所を書いたメモを残し、帰っていった。

彼が事務所から充分離れるのを待ち、悦子は口を開いた。

「……明美ちゃんさ、何か見えたからって、客の前でそれいきなり口に出すのやめてくれない？ それじゃ契約前に調査結果報告してるのと一緒でしょう。うちは結果報告で報酬もらってんだから。なんでも見たまま口に出してたら、ビジネスにならないでしょう」

はぁい、すみませぇん、という返事に反省の色は一切ない。

「それからさ、個人的に褒められたいって動機で何かするのも考えもんよ。あたしたちは確かに超能力者だけど、同時に調査業者であり、人間なんだからね。相手の大切な個人情報に触れる仕事なんだから、迂闊なこと口走ったら、それが誰かを傷つけることになるかもしれないんだから。そういうことを勉強するのだって大事な研修なんだよ」

明美のそれは明らかに芝居なのだが、一応しょんぼりしてみせている後輩にこれ以上怒声を浴びせるのも、女子としてどうかと思えてきた。

「もういいわ……」

悦子はソファに戻り、榎本が置いていった包みを再び開けた。

「……あ、早速見るんですか？」

案の定、カラッと明るい笑顔で明美が寄ってきたが、ここは無視。薄汚れた「ケニョン」に意識を集中し、その強弱に拘わらず残留思念を引き出してみる――。

素材はポリエステル、ナイロン辺りだろうか。専門用語でいうと、この行為は「複合媒介感受」に当たる。一級試験科目にもなっている難易度の高いサイコメトリーだが、問題ない。悦子は媒介感受全般を得意としている。

「……ちょっと私も」

「やめて、邪魔よ」

横から伸びてきた明美の手をピシャリと叩き落とす。

「やーん、痛ぁーい」

「明美ちゃん。ここは大人しく、プロの仕事を見てなって」

朋江に呼ばれ、明美の気配が退いていくのを背中に感じる。

さらに集中する——よし、出てきた。

悔しいが、確かにこれの持ち主は女の子のようである。実際には携帯電話ではなく、小型ゲーム機にぶら下げられていたようだ。ゲーム画面を食い入るように見ている思念が強く読み取れる。その手元が、非常に女の子っぽい。袖口がピンクだったり、可愛い黄色の腕時計をしていたりする。それと、背景となる部屋の雰囲気。ぬいぐるみの並んだベッド、花柄のカーテン、少女系アニメのファンシーグッズ、鮮やかな紫色のランドセル。自室なのだろう、気分はとても落ち着いている。彼女自身の性格も大人しめなのではないか。ただし、これだけで女子と断定するのは尚早かもしれない。明美のような特殊な例も身近にあるわけだから。

ゲームは自室でするのが一番多いようで、この風景がやたらと色濃く残っている。しかし油断すると、途端に警察署の鑑識課であろう研究所風の室内や、刑事課のような事務室の風景が割り込んでくる。それと、どこか屋外の風景。いや、町の様子は重要な情報だ。どこかに住所を特定する要素があったらめっけもんだ。ただ、町並みそのものは都内ならごくありふれた、二階家の多い住宅街のそれだった。頭上に張り巡らされた電線、細い路地、玄関先に並べられた植木鉢。

もう少し違う色合いの思念を探ってみる。

二人の、小さな女の子を見下ろしている。でもなんだか、とても視界が暗くて、息も苦しい。胸が、痛い——マズい、これは変死者の、死ぬ直前の思念だ。これは危険過ぎる。他に何か、もっと明るい思念はないのか。

あった。どこかの公園だろうか。遊具を見下ろすような、高いところからの眺めだ。すべり台か、ジャングルジムの上。そう、そこでゲームをやっているらしい。話し声もする。

みなみちゃん、そっちいっちゃ駄目。

えっ、こっちじゃないの?

違う、前にきて、前に。

分かんない。じゃ、りさちゃん先にいって——。

どうやら、二人で協力して進めるタイプのゲームをやっているようだ。二頭身のキャラクターが、画面の中を忙しなく行き来している。ただ、その画面に「ケニョン」は確認できない。違うゲームなのか、単にそういう場面ではないのか。

そして、まもなくだった。

あーあ、死んじゃった――。

そう一人の子が呟き、視線が画面から前方に浮き上がる。丸顔の、ウサギみたいな顔をした女の子が視界に入ってくる。その子が、また呟く。

だからいったじゃん、みなみちゃん。前にきてって――。

どうやら、「ケニョン」の持ち主がみなみちゃん、その友達がりさちゃん、ということらしい。


その日の夕方、事務所に帰ってきた増山に事情は説明した。

「……あっそう。じゃ、その件は悦子がやれば」

一瞬、悦子はバンザイをしたくなるほど喜んだ。これでしばらくは明美の教育担当から解放されると思ったのだ。

しかし、それは早合点だった。

「明美を助手に連れてけばいいよ。いろいろ、奴の勉強にもなるだろうし」

人の気も知らず、背後で「やったぁ」と手を叩く明美。いや、分かっててやっているのか。こいつ、いつか焼き殺してやる。

「……分かりました。じゃあ明日から、現地にいきますけど……榎本さんには、ちゃんと金額のこと連絡しといてくださいね」

「うん、分かってる。ま、適当にふっかけとくよ」

そんなわけで翌日、早速明美を連れて変死体が発見されたという現場まできたのだが、どういうわけか、そこにはすでに榎本がきてスタンバっていた。残留思念にあった風景とよく似た、二階家の多い住宅街。榎本は呑気に、曇り空を見上げながらタバコを吸っていた。

「おはようございます……っていうか、なんなんですか。そんなにあたしの仕事が心配なんですか」

「そんな、朝っぱらから怖い声出すなって、えっちゃん。別に心配とか、そんなんじゃないよ。ただ、俺がいた方が都合がいいこともあるだろうって、そう思っただけさ。そもそも、これは俺の仕事なんだしさ」

嘘つけ。本当は明美の顔が見たかっただけじゃないのか。あえて気持ちを読むまではしないが。

案の定、「おはようございまぁす」と明美が挨拶すると、榎本は「うん、おはよう」と、鼻の下を倍に伸ばして答えた。明らかに悦子に対するときと態度が違う。別に、オカマと張り合う気など毛頭ないが、女の自分よりオカマがモテているという状況は、やはり気分のいいものではない。

「……はい、じゃあ早速いきますよ」

悦子は自分のトートバッグから、事務所でプリントアウトしてきた写真を取り出し、榎本に向けた。

「持ち主は確かに女の子でした。これが、マスコットの持ち主の友達と思われます」

他人の思念を念写する、専門的には「代理念写」と呼ばれる技術である。多少の歪みや不鮮明さはあるが、人間の顔を判別できる程度には写し出せている。

「持ち主じゃなくて、友達なのか」

「本人が本人の顔を認識する場面って、あんまり思念として残らないんですよ。毎朝使ってる鏡とか、ヘアブラシからなら出ることもあるでしょうけど」

「なるほどね」

榎本が写真を注視する。

「小学校、低学年くらいかな」

「だと思います。話し言葉とか、声もそれくらいでした」

「声も聞けたのか」

「ええ、まあ……超能力師ですから」

便利だねぇ、といいながら、榎本は空いていた手を内ポケットに入れた。何を出すのかと思ったら、手帳サイズの地図帳だった。

「この近くっていうと、区立押上中央小学校ってことになるかな。でもこの時間だと、さすがに生徒は授業中か」

確かに、時計を見ると十時半。二時間目か三時間目辺りか。

悦子は周辺を見回した。

「榎本さん。変死体が発見された場所って、どの辺なんですか」

「ああ。そこの、駐車場の辺りだ。発見されたのは八日、十七時頃。近所の住人が一一九番通報をしたが、救急車が到着したときにはすでに心肺停止状態だった」

榎本が示したのは、路地を少し入ったところにある小さな月極駐車場だ。夕方五時なら、まだそこそこ明るかったものと思われる。

「夕方、この路地で、三十六歳の男が、女の子の持っていたマスコットを握って、突然死ですか……ちょっとニオいますね」

そう悦子がいうと、榎本は感心したように「ほう」と漏らした。

「えっちゃん、それも何か。今、この場所から読み取ったのか」

男が変死したのはもう四日も前。そう簡単に残留思念など拾えるものではない。増山なら、ひょっとしたら可能なのかもしれないが。

「別に、そんなんじゃありませんよ。ただ、この人気(ひとけ)のなさそうな路地で、大の男が、小さな女の子の持ってたマスコット人形を持って死んでるって、どう考えたって変でしょ。こんなことといいたくはないですけど……ちょっと、嫌な想像をしちゃったもんですから」

榎本がパチンと指を鳴らす。

「それが、まったくもって嫌な想像ではないんだな。変死者はスギシタマサアキ、三十六歳。実は二十代の頃に、強制わいせつで二度起訴されている。一度は執行猶予で済んだが、二度目は九ヶ月の実刑を喰らってる。しかも相手は、二度とも小学生だった。知っての通り、性犯罪者は再犯を繰り返す者が非常に多い。俺も、今回のケースはそれに当たるんじゃないかと、ちょっと心配はしていた」

これには、ちょっとイラッときた。

「……榎本さん。それ、なんで昨日いってくれなかったんですか」

榎本は、とぼけた仕草で肩をすくめてみせた。

「そりゃ、えっちゃん。君がそういう反応をするのが目に見えてたからさ」

「そういう反応って」

「相手が性犯罪の前科者だと知ったら、君の中にまったく別の心象が生まれるだろう。超能力者ってのは、俺たちと違って物証仕事じゃない。いうなれば、自分の心で他人の心を探る仕事だろう。つまり本人にそのつもりがなくても、余計な情報が色眼鏡になっちまうことだって、ないとは言い切れない。違うか？」

分かっている。同じことを悦子は、増山から何度もしつこくいわれている。おそらく、榎本も増山からそう聞いていたからこそ、昨日の段階ではいわなかったのだろう。

そのとき、横にいた明美がふいに呟いた。

「……殺したの、女の子ですね」

思わず、悦子はその横っ面を引っぱたいてやりたくなった。

「明美ちゃんッ」

怒鳴られて思い出したか、明美は慌てて口を覆い、ごめんなさぁいと肩をすくめた。だがこんな重要なことを、榎本が聞き逃すはずがない。

「おい、明美ちゃん。そりゃ何か、いま何か見えたってことか」

「いえ、なんでもないです。ごめんなさい。口がすべりました」

「すべっていいんだよ。なんだよ、教えてくれよ。見えたことがあるんだったら教えてくれよ」

榎本がこっちに向き直る。

「……なあ、えっちゃん。増山とはギャラの交渉だって済んでる。ってことは、俺は客だぜ。身銭切っておたくに仕事頼んでるんだからさ。分かったことがあるなら、あんたらには漏らさず伝える義務がある。俺には聞く権利がある。そうだろう」

こういうことがあるから、半人前を連れて仕事をするのは嫌だったのだ。かといって、今から明美に何が見えたのかを聞いて、それを悦子なりに意訳して当たり障りなく伝えたところで、榎本は到底納得するまい。

「……分かりました。明美ちゃん、何が見えたか、榎本さんにお話しして」

明美は「はい」と、力なくいってから始めた。

「いや、あの……そんなに、大したことじゃないんですけど……なんか、女の子が、こう、ぎゅーって、何かを絞めつけてるイメージが、ぱぁーっと頭に入ってきたんですよ。だから、女の子が念動力で、相手の心臓を絞めつけたのかな、って。ちょっと、思ったんです」

ほんと最悪、このオカマ。ちょっと思っただけで幼気な女の子を、人殺し呼ばわりしていいと思っているのか。


その後、榎本はいったん署に戻り、覆面パトカーを運転してまた現場に戻ってきた。近所の住人に怪しまれないよう、これに乗って小学校の校門を見張りにいこうというのだ。

現地にいってみると、ちょうど校門近くにコインパーキングがあり、張り込み場所を確保することもできた。

「……ときどき冷房は入れるが、基本的にはアイドリングストップってことで。ご了承いただきたい」

張り込みに関してはこっちもプロだ。その程度のことはまったく苦にならない。ただし、

「あのぉ、私ぃ、暑いの、苦手なんですよぉ」

約一名のセミプロは除く。

幸い、午後一時を少し過ぎた辺りから低学年生の下校は始まった。おそろいの黄色い帽子をかぶった子供たちが、弾かれたように校舎側の校門から跳び出してくる。今も「緑のおばさん」というのだろうか。初老の女性が、子供たちの道路横断を見守ってい

る。

榎本が、ときおりフロントガラスに顔を近づけて呟く。

「あの子、かな……」

「いえ、違うと思います」

悦子とそんなやり取りをしながら、一人ひとり女の子の顔を確認していく。暑さが応えるのか、明美は後部座席で大人しくしている。いや、汗で化粧が崩れるのを心配しているだけか。

二十分くらいした頃。

「榎本さん、あの子」

どピンクのランドセルを背負った女の子が校門から出てくるのが見えた。ウサギのような顔をした、低学年にしても小柄な、可愛らしい女の子だ。そして彼女の横には、ちょうど同じくらいの背丈の、鮮やかな紫のランドセルを背負った女の子がいる。

あれが「ケニョン」の持ち主、みなみちゃんに違いない。

榎本も写真と照らし合わせて確信したようだった。

「ほんとだ、あの子だ……へえ。やっぱり、プロの念写ってすげえな。似顔絵よりよっぽど便利だ」

その分の料金はきっちりいただきますけどね、と思いはしたが口には出さなかった。

「あたし、ちょっといってきます」

「俺もいく」

だがそれを、悦子はやんわりと手で制した。

「駄目ですよ。まだ彼女に対して、警察官が職務質問できるような状況じゃありません。しかも相手は小学生ですよ。ここは民間に任せてください」

榎本が眉をひそめて悦子を見る。

「だからってよ、相手は他人の心臓を停止させちまうような、危険な能力の持ち主かもしれないんだぜ。見たまんまの、ただの小学生じゃないんだ」

「まだそうと決まったわけじゃありません。それに、もしそういう能力の持ち主だったとしたら、榎本さんに何ができるんですか。拳銃だって、今は持ってないんでしょう？仮に持ってたって、客観的に見て危険な状況でなかったら撃てませんよね。ましてや、小学校低学年の女の子に、発砲なんてできるわけがない」

ちらりと通りの方を見る。まだ二人はすぐそこを歩いている。

「……でも、あたしだったら違います。超能力でくるなら、超能力で押し返します。何もさせずに抑え込む自信があります。あたしを誰だと思ってるんですか。もうちょっと、超能力師を信用してください。……ほら明美ちゃん、いくよ」

「あぁ、はいぃ」

車を出て、並んで歩き始めてから明美にいう。

「……いい、今度こそ勝手な真似しないでね」

「はい。了解してますぅ」

「何か見えても感じても、その場では絶対に口に出さないで。必ずあとであたしに相談して、あたしの判断に従って」

「はーい」

少しずつ、ピンクと紫のランドセルとの距離を詰めていく。二人はしっかりと手を繋ぎ、走り出すことも、ふざけることもなく歩いている。

まだ距離があるので簡単ではないが、それでも悦子は二人の思念を拾おうと試みた。特にみなみの思念は「ケニョン」に触れたことによって、多少は把握できている。決して不可能ではない。

しっかりと握り合う、二つの小さな手。みなみは七分丈のスパッツ、りさは同じくらいの長さのデニムを穿いている。

みなみの思念は比較的質感が均一で、この年の子にしては落ち着いた性格であるように、悦子には見えた。それは「ケニョン」から読み取ったものと共通しているが、今は少し緊張しているのか、やや硬さも感じられる。

何かいっている。実際に声に出した言葉ではない。どういうことだろう。明らかに思念で発している。

大丈夫かな、大丈夫だったかな——。

どうも、そんなふうに聞こえる。

大丈夫かな、本当に、大丈夫だったかな——。

何回目か、そう聞こえたときだった。

ピンクのランドセルを背負った子が、隣を見て小さく、うん、と頷いた。紫の子も、不安げではあったが、同じように頷いて返した。

なんだ。この子たちは、思念で意思の疎通をしているのか。

となると、ＤＭ機が検出したのがＴ波というのは、やはり間違いではなかったことになる。変死体が受けたのも、心臓発作を起こすような念動力ではなく、単なるテレパシーだった可能性が高くなる。

ということは、何か。この子、みなみは、自分と同じということか——。

悦子の脳裏に否応なく、ある光景が蘇る。それを明美に悟られまいと念心遮断を強めるが、あとからあとから、様々な光景が悦子の頭の中にあふれてくる。


当時、悦子はまだ十八歳の高校三年生だった。

正直、荒れていた。いわゆる「札付きのワル」というやつだ。喧嘩、喧嘩、喧嘩の毎日。時代的には超能力が科学的に立証され、社会的にも認知され始めていた頃だが、日超協はまだ創設されておらず、悦子の力を抑制するものはこの世に何もなかった。

そう。この頃の悦子は、思うがままに己の力を振るっていた。

男女を問わず、通う学校を問わず、配下の不良どもを従えて繁華街を練り歩き、気に入らない奴を見かけたら必ず捕まえて袋叩き。たいていは手下の男どもが片をつける。だが中には手強いのもいて、なかなか勝負がつかなかったり、下手をすると返り討ちに遭うこともあった。

そうなったら、いよいよ悦子の出番になる。

「……きな。あたしが相手になってやるよ」

もうこの時点で、悦子は相手の思念を読みきっている。自信満々なのか、表情とは裏腹に本当はビビッているのか。武器は他にも何か持っているのか。ナイフ、メリケン、チェーン、あとはなんだ、伸縮警棒か。弱味はなんだ。親か、仲間か、恋人か。

こいつの場合は、ナイフに恋人、と読んだ。

「その前に、お前にもう一度だけチャンスをやろう。……今ここで土下座して謝るなら、赦してやってもいい。でもこれ以上イキがるようなら、容赦はしない。そうなったら、あんたの体だけじゃ済まないし、済ませない……お前の可愛い可愛いトモヨちゃんは、こいつらの玩具にされて、死ぬまで地獄の泥沼を這い回ることになる」

悦子は分かっていた。この男は、それをただの脅し文句としか受け取らないだろうことを。

「うるせえ、何が『川口の魔女』だ。ざっけんな、このクソアマ。テメェこそ、あとで吠え面掻くなよ」

「掻かないよ……っていうかあんた、ポケットから煙出てるよ」

喋っている間、悦子はずっと相手の制服のポケットにあるナイフを狙っていた。そして意識を集中し、発火能力を全開にして送り込む。赤く赤く、融けるほどに熱く、そして、燃え上がれ――。

「えっ？　あっ……わっ、うわちッ」

取り出そうとしてももう遅い。すでに素手で触れる状態ではない。

「ハッハッハ……死んじまえ、このクソバカ野郎がッ」

当然最初に蹴るのは股間だ。そして相手がうずくまったら、焼けたナイフが入っているポケットを、上から踏んづけてやる。その間も、冷めないように発火能力は送り続けている。

「うあ、あ……アアアァァァーッ」

そうだ、焼けろ焼けろ。燃えろ燃えろ。燃えて焦げて、死んでしまえばいい。

「あたしはね、人が死ぬのなんてなんとも思っちゃいないんだよ。……ユキエ、ガソリンよこしな」

背後に控えていた後輩が、五百ミリのペットボトルを一本、悦子に手渡す。

「や、や、やめてくれ……」

「だから最初にいってやっただろ。今、土下座して謝れば赦してやるって」

「あ、あ、謝る。こ、この通りだ」

「残念だね。もう遅いんだよ。あたしはね、男に二言は認めない主義なんだ」

キャップを開け、ボトルを相手の頭の上まで持っていく。

「ひっ、ひえ、ひっ……やめて、やめて」

一連の様子は、すべて別の後輩がビデオカメラで撮影している。あとで負けてないなどと、言い訳をさせないためだ。

「ケッ、情けない声出しやがって。……お前みたいなチンカスは、さっさと燃えて、灰になっちまえ」

「や、やめて、謝ります、ごめんなさい、もう、もう絶対に逆らったりしません、ほんと、ごめんなさい、ごめんなさい……」

もう三十分くらい謝らせて、結局この男は赦してやった。彼もその後は手下になり、悦子の自由になる兵隊は日ごとに増えていった。

そして彼も、手下になってから知るのだ。

ペットボトルの中身が、ただの水だったことを。

不良同士の喧嘩で済んでいるうちは、警察もさして真剣には動かなかった。当時はDM機も所轄署には配備されておらず、超能力はまだまだ使い放題だった。

ただし、発火能力を自在に操る不良少女「川口の魔女」の噂は、日超協の設立に動いていた有志団体、俗に「高鍋(たかなべ)グループ」と呼ばれる能力者集団のアンテナには引っかかっていたようだ。

ある日、悦子たちが溜まり場にしていた鉄工所の倉庫に、一人の男が現われた。

「……住吉悦子さんは、どの子かな」

すらりと背の高い、高級そうなグレーのスーツを着た、二十代後半くらいの男。どうせ刑事か何かだろうと悦子は高を括っていたが、どういうわけか素性を読もうと思っても、まったく何も見えてこなかった。

「ああ、君が『川口の魔女』と呼ばれている、住吉悦子さんか」

誰も何もいっていないのに、男は悦子の方に真っ直ぐ進んできた。この時点で只者ではないと感じてはいたが、周りに十人以上いた手下の手前、慌てた素振りも見せられない。

「誰、あんた」

「分からなければ、読めばいいでしょう。俺の心を」

まだこの頃は「念心遮断」などという技術があることは知らなかった。当時の悦子の目に、男は「心を持たない人形」のように見えていた。あるいは「人の形をした空洞」か。

「……それとも、燃やしてみますか」

そういって男は、無防備にも両手を広げた。そこまでされても、悦子にはまだ何も読めない。男の所持品も、考えていることも、そのときの気分さえも。まるで濃い霧で包まれているように、男の内面だけが見えなくなっている。

何者だ、この男――。

むろん、発火能力も向けてはみたが、何も起こらなかった。そもそも、発火能力とはいっても実際には火を点けることができる、というだけであって、何もないところに火炎を発生させられるわけではない。つまり、正確にいったら「発熱能力」なわけだ。普段なら相手の所持品でも着衣でもいい、燃えやすいものの温度を徹底的に上げていくのだが、なぜかそれができない。いくら熱を注いでも、注ぐそばから冷気で冷やされていくかのようだった。

「……どうしたの。燃やせばいいじゃない、いつもみたいに。川口の〝魔女っ子〟悦子さん」

テメェ、と血の気の多い手下の一人が男に殴りかかっていった。だが彼は男にたどり着く前に、派手に転倒した。普段だったら、大笑いしてしまいそうな転び方だった。すぐさま別の手下が続く。だがそいつも、そのまた次に向かっていった手下も、ことごとく男にたどり着く前に大きく転倒した。

いや、転倒、させられたのか――。

「なんだ。あんまり、大したことないんだね。俺はもっと、とんでもない怪物なのかと期待してたのに……でも、この程度の能力でも、今後の超能力者の地位向上のためには、看過（かんか）することはできない。君のような人には、管理者が必要だ。まずその点を、君には理解してもらいたい」

そこで、悦子の記憶は途切れている。

意識を取り戻したとき、悦子はどこかの部屋におり、一人掛けのソファに座らされていた。すぐ目の前には、あの男が同じ形のソファに座っている。

「……うん、反応はいいね。精神的にも肉体的にも、ダークマターとの親和性が極めて高い。きちんとした訓練を受ければ、君の能力は次々と開花していくだろう」

この段階では男の言葉よりも、ここがどこなのか、男が何者なのかの方が悦子には気になった。すでにヴァージンではなかったが、だからといって男が怖くないわけではない。しかもこの男は、自分とは敵対する立場にあると思われ、なお自分の能力は何一つ男に通用しない。

しかしそこで、男は優しげに笑みを浮かべてみせた。

「大丈夫。ここは俺の自宅だけど、君にヤラしいことなんてしないし、傷つけるつもりもない。だいたい、俺がそのつもりだったら君は、今この段階で……もう、スッポンポンになってるさ」

カッ、と顔が熱くなるのを感じた。

読んだのか。この男は、いま自分の心を、読んだのか。

「そうだよ。俺は君の心を読むことだってできるし、君の発火能力を封じることだってできる。逆に、君に心を読ませないことだって、君を丸焦げ（まるこ）にすることだってできる……丸焦げには、しないけどね」

ぞっとした。心の中を覗かれることが、こんなにも薄ら寒いことだとは思ってもみなかった。

「だからさ、少し肚を割って話そうよ。俺は君の敵じゃない。むしろ、最大の理解者になれるつもりなんだけどな」

マズい。心を読まれると分かった途端、何も考えることができなくなった。反論も、反撃も、何一つ思い浮かばない。いや、これも男の能力なのか。他人から思考を奪うことまで、この男には可能なのか。

「ああ、こっちばっかり情報を握ってるっていうのは、ちょっとフェアじゃないね。大人気なかった……俺は、マスヤマケイタロウっていいます。漢字は、こう」

嘘みたいだった。頭の中に「増山圭太郎」という漢字がダイレクトに浮かんできた。

「そうそう、その増山圭太郎。いいね、なかなか素直で。やっぱり素質あるよ……君も、ニュースなんかで知ってるとは思うけど、今ね、超能力者が何人か集まって、きちんとした団体を作ろうっていう計画があるんだ。簡単にいうと、いま俺たちは、その団体に加入してくれる人を探してる。でも、なかなか上手くいかなくてね。たいていの人は、自分の持っている能力をひた隠しにして生活している。君のように派手に使いまくる人っていうのは、実は案外少ないんだ」

つまり、これは、スカウト——。

「そう、一種のスカウトだ。でもね、逆に君みたいに派手に能力を使う人は、我々にとっては脅威でもあるんだ。我々が目指しているのは、現代社会と共存共栄できる、能力者の労働環境確立……ちょっと、難しかったかな。要するに、超能力を世の中の役に立て、ちゃんとした仕事として社会に認めてもらえるよう、力を合わせていこうってことさ。でもそのためには、君のような子に勝手な真似をしてもらっては困る。ただでさえ胡散臭い超能力のイメージが、余計に悪くなっちゃうからね」

もう怖くて、単語一つ思い浮かべられない。

「でも、今はちょっと安心してる。君は元来、暴力的な人間でも、邪悪な人間でもないんだよね。自分がしてしまったことが赦せなくて、自分という存在が憎くて憎くて仕方なくて、でもそういう自分を否定したら、この先、生きていけなくなってしまうから……だから、ちょっと自棄(やけ)になってただけなんだよね」

何を、分かったようなことを。

「……君はその頃、まだ小学校の六年生だったね」

ちょっと、それは——。

驚きのあまり、逆に急に声が出るようになった。

「何それッ、そんな……そんなことまで、今あたしから読み取ったの？」

「もちろん……と、いいたいところだけど、さすがにこれはね、事前に調べさせてもらった。六年生のときに、お父さんと喧嘩をして、家出同然で身を寄せたのが川口のお隣、越谷市にある祖父母の家だった。大好きだった、お祖父ちゃんとお祖母ちゃんの家だ」

「やめてッ」

だが男、増山は決してやめようとはしなかった。

「……うん、そう。君はお父さんの悪口を散々吐き出して、泣き疲れて寝てしまったんだよね。お祖父さんお祖母さんは君を起こさないよう、隣の部屋に布団を敷いて、その夜は休んだ」

やめて、本当に、お願いだから――。

「君が気がついたとき、周りはすでに火の海だった。君は畳を這って縁側までいき、ガラス戸と雨戸を開けて外に転げ出るので精一杯だった。とても、隣の部屋までお祖父さんお祖母さんを助けにいくなんてできなかった……いや。目を覚ました時点では、自分がどこにいるのかも君ははっきり自覚していなかったね。とにかく、その状況から逃げることしか考えられなかった。生物としては、当然の防御本能だ……お二人は、本当に残念だった」

読まれてる。完全に、記憶を読まれている。

「当時、出火原因は不審火、お祖父さんの寝タバコか何かが原因だろうということで片づけられた……そうか。その頃君は、まだ自分の能力に気づいていなかったんだね。テレパシーは多少感じていたけれど、それも偶然の範疇と思おうとしていた。君がはっきりと自分の発火能力を自覚したのは……ああ、中学一年生のときか」

もう赦して、それ以上、読まないで、お願い――。

「なぜか君は、一つ上の先輩女子に目をつけられて……なんか懐かしいな、こういうの。体育館裏に呼び出され、根性焼きをされそうになったんだね」

駄目、それ以上、ほんとに――。

「先輩三人に囲まれて、両手両脚を押さえつけられて、目の前で先輩の一人がタバコに火を点けた。君はなんとか逃げ出したかったが、手も足も自由にならない。抵抗らしいことは何もできない。できることといったら、そのライターがどこか飛んでいって、失くなればいい……そう、念じることくらいだった。ところがなんの悪戯か、それが現実になってしまった。先輩の持っていたライターはその場で破裂、先輩は右手と顔に重度の火傷を負った……それが、『川口の魔女』伝説の始まりになったわけだ」

そう。あのときの光景は、一生忘れないと思う。

「翌日から君は、学校内で『火を操る女』と噂されるようになった。一般の生徒は次第に近づいてこなくなり、逆に不良の先輩や同級生が君の力を目当てに付きまとうようになった。……そんな頃だね、あの噂が立ち始めたのは。誰が調べてきたのか、一年前に君のお祖父さんお祖母さんの家が火事になっていること、そのとき現場に君がいたことが話題になり、やがて……君が祖父母を焼き殺したかのように言われ始め、君は『魔女』と呼ばれるようになっていった」

その通り。全部、増山が見通した通りだ。

「……ああ、そうだよ。あたしがお祖父ちゃんお祖母ちゃんを焼き殺した……だったらなんだよ。証拠でもあんのかよ」

増山は、ゆっくりとかぶりを振った。

「いいよ、俺の前ではそんな無理しなくて。あれでしょ、普通の友達はみんな怖がって寄ってこない、でも不良たちは寄ってくる。それもみんな、君の能力を褒め、崇めてくれる。君は単に、その居心地のいい環境に順応した、周りに集まってくる不良のノリに合わせていただけなんでしょう。実際、根性焼き事件で君の発火能力は開花し、自在に操れるようになっていた。それをまた、周りの不良仲間たちが持て囃した。そして君は、次第にあの夜のことも、自分のせいだったと思うようになっていった……父親に対する鬱憤が溜まっていたあの夜、夢の中でも父親に毒づき、その怒りが祖父母の家に火を点けてしまったのだろう、自分は眠っている間に、無意識のうちに発火能力を発揮してしまったのだろう、そう結論づけるようになった。確かに、怒りの感情と発火能力は親和性が高い。決して的外れではないのが、痛いところでもあるんだが……」

それも、ほとんどその通りだった。

自分はお祖父ちゃんお祖母ちゃんを焼き殺してしまった。でもそれで自分を責め続けるのはつら過ぎた。だから、自ら「魔女」になろうとした。周りがそう見るなら、そうなってしまった方が楽だと思った。

正直、親に泣かれるのはつらかった。もうやめてとすがりつく母親を振り払い、家の中に火を放ったこともあった。燃やしたければ俺を燃やせと、目の前に立ちはだかった父親の、メガネのフレームを炙ったこともあった。でも、鼻筋とこめかみの火傷程度だった。両親を焼き殺すことも、自宅を全焼させることも、自分にはできなかった。その中途半端さが悔しくて、腹立たしくて、また街に出て暴れた。

ふいに増山がソファから立ち、目の前まできて、跪いた。

「そう、なんだよね……君は、決して魔女でも、邪悪な能力者でもないんだ。ただあの夜のことが、あの火事の原因が自分にあるってことが、赦せなかっただけなんだよね」

そして悦子の右手を、優しく両手で包む。

「でも、もう苦しまなくていいんだ。あの火事は、君のせいなんかじゃないんだから」

あたしのせいじゃ、ない――？

しゅん、と何かが心の中で、音をたてて融けていくようだった。自らが放つ高熱とは裏腹に、氷の冷たさで心を覆っていた何かが、今の増山のひと言で、融解していった。

君のせいじゃ、ない――。

ひょっとして自分は、誰かに、そういってほしかったのか。あたしは魔女だ、あたしは魔女だ。そう唱えながら一方では、あたしじゃない、あたしじゃない――そのことを誰かに、分かってほしかったのか。気づいてほしかったのか。

「……あたし、じゃ……ないの？」

「ああ。あの火事は、君が起こしたんじゃない」

「どうして……どうしてそんなこと、あなたに分かるの」

「見えるからだよ。君があの夜見ていた夢が、俺には見える。君も、火事のショックで思い出せなくなってるだけで、記憶の中には、ちゃんと残ってるんだ……おいで。君にも、見せてあげる。あの夜君が見た夢を、俺が君に、もう一度見せてあげる……」

抱き寄せられ、その大きな胸に耳を当てると、そのまま吸い込まれるように、悦子の意識は夢の中に落ちていった。

よく知っているような、知らないような公園。ベンチにいる父、ブランコに乗っている自分。本当は分かっていた。自分一人では犬の世話なんてできないこと。でもそれを指摘され、犬を飼わない理由にされたのが悔しかった。ただ、それだけだった。

お父さん、ごめんなさい——。

父が微笑む。

いいよ、謝らなくて。悦子が分かってくれたんなら、父さん、それでいい。

いつのまにか、父は誰かとキャッチボールを始めていた。それを悦子は、案外上手いな、と思って見ている。

ごめんね、お父さん。素直に、謝れなくて——。

「……本当は、謝りたかったの……犬と関係ないことで、いっぱい悪口いっちゃったこと、謝りたかった……」

もう、それが自分の記憶なのか、過去に見た夢なのか、あるいは増山が見せた幻影なのか、まったく区別がつかなくなっていた。

ただ、悦子は泣いた。何年分も、溜まりに溜まっていた涙を、そのとき一気に、増山の胸で流した。

増山は、何度も悦子の頭を、優しく撫でてくれた。

「……こんな夢を見ていた君が、こんなに穏やかな気持ちだった君が、お祖父さんの家に火を放ったりするはずがない。あの火事の原因は、やっぱり警察の見立て通り、上手く消せてなかったお祖父さんの寝タバコだったんだと、俺は思うよ。……だからもう、君はこれ以上、自分を責めちゃ駄目だ。いっそのこと、もう『川口の魔女』は卒業して、その君の才能を、世の中のために役立ててみないか」

このとき、うん、と素直に頷いたのは、すでに増山のことを好きになりかけていたからだと思う。

自分のことを、ここまで理解してくれる人は、他にいないかもしれない――。

そして、その思いは今も、微塵も変わっていない。


ピンクと紫のランドセルを追ううちに、悦子は少しずつ、四日前の事件というか事故というか、スギシタという男が亡くなったときの様子が読めてきた。

大丈夫かな、大丈夫かな――。

みなみはずっと、そう心の中でりさに語りかけている。

りさはときおり強くみなみの手を握り、「大丈夫だよ」と声に出していう。

色とりどりのランドセルは、少しずつ下町の景色の中に散らばっていく。「ただいま」と元気よく、路地に面した玄関の引き戸を開ける男の子。「じゃあね」と手を振り、友達が次の角を曲がるまで見送っている女の子。

みなみとりさにも、別れのときがきた。

「じゃあ、また明日ね」

「うん。みなみちゃん、きっと大丈夫だよ……また明日」

ちょうど午前中に、榎本と話をした地点だ。みなみは路地を曲がり、スギシタが倒れていたという月極駐車場の方に歩いていく。ここでりさと別れたということは、みなみの家はこの先にあるのだろう。家に入られてしまったら、話が聞きづらくなる。いくなら、今いった方がいい。

「明美ちゃん、いくよ」

「はい」

悦子は足を速めながら、みなみに直接言葉を送った。遠隔伝心は一級の試験科目だが、悦子はすでにマスターしている。

みなみちゃん、みなみちゃん——。

するとみなみは、まるで空気の壁にでもぶつかったように、その場に両足をそろえて停止、直立不動で固まった。

もう少し続ける。

みなみちゃん、いいの。怖がらなくて。ゆっくり、振り返って。お姉さんたち、何もしないから。怖いこと、何もしないから――。

悦子の伝えた通り、みなみはゆっくりとこっちを振り返った。ランドセルの肩ベルトをしっかりと両手で握り、ちょっと困った顔で悦子たちに視線を据える。

黒目がちで、ぷくっとほっぺたが丸い、可愛い女の子だった。

悦子はその場にしゃがんだ。みなみまでの距離はまだ三、四メートルある。

「……みなみちゃん。ちょっとだけ、お姉さんと、お話ししてくれないかな。みなみちゃんが失くしたケニョン、できればみなみちゃんに、返してあげたいの」

みなみの目に、ぱっと明るい色が差し込んだ。

「みなみのケニョン、お姉さんが持ってるの？」

「んー、今は持ってない。でもあれ、みなみちゃんのだもんね。ちゃんとお話ししてくれたら、返してあげる」

みなみは肩ベルトを握ったまま、トコトコッとこっちに歩いてきた。

「……みなみのケニョン、変なオジサンに取られちゃったんだよ」

「ゲームにつけてたケニョンね。いつ取られちゃったの？」

「友達と遊んで、帰ってきたとき」

「友達って、りさちゃん？」

「そう。いつもみたく、そこでバイバイしたら、ここで、変なオジサンに、いいゲームだね、オジサンにもやらして、っていわれて。ヤダっていったんだけど、オジサンが手を伸ばしてきて。みなみのゲームを取ろうとして。やらせてよ、っていって、みなみを捕まえるみたくして。それで、イヤァーッ、りさちゃん、助けてェーッて、心の中で叫んだら、りさちゃんが、すぐにきてくれて……」

なるほど。その瞬間のＤＭ値が、一七二〇ＴＤＭだったわけか。

「でもそうしたら、オジサン、急に胸を押さえて、ウッ、ってなって。りさちゃんが、みなみの手を持って引っ張るんだけど、オジサンがケニョンを摑んでて、離してくれなくて。でもなんか苦しそうで、大丈夫かなって思ったんだけど、りさちゃんがいこうっていうから、逃げようっていうから、もっと引っ張ったら、ケニョンが、ブチッて切れちゃって。でももうしょうがないから、そのまま走って、りさちゃん家までいって。しばらくして帰ってきたら……もうオジサンは、あそこにいなかったの」

みなみの黒い、真ん丸い目が、悦子を真っ直ぐに見る。

「お姉さん。あのオジサン、大丈夫だったかな。オジサンが苦しがってたの、みなみが、イヤァーッて、やったからなのかな」

悦子はみなみの頭を、黄色い帽子の上から撫でた。

「……みなみちゃんは、優しいのね。オジサンの心配、してあげてるんだ」

本当は、わいせつ行為をしようとしていたのかもしれないのに。

「お姉さん、みなみのケニョン、いつ返してくれる？」

「今ね、みなみちゃんのケニョンはお姉さんの仕事場にあるから、それ、みなみちゃんに返していいですかって、他のオジサンと相談するね。だから、何日か待って。何日かしたら、ケニョン、必ずみなみちゃんのところに、帰ってくるから」

丸いほっぺたが、ぷくっと笑いの形に盛り上がる。

「お姉さん、ありがと……私、ケニョンあったって、明日りさちゃんにいわなきゃ」

そのまま、なんとなく勢いで帰られそうな気がしたので、悦子は慌ててみなみに「ちょっと待って」と手をかけた。

「その前に、いま話したこと、もう一回、順番に思い出してくれないかな」

いいながらデジカメを取り出し、スイッチを入れる。

「みなみちゃんは、りさちゃんとそこまで一緒に帰ってきて……」

「うん。バイバイして、こっちにきたら、オジサンがいて、ゲームやらしてって、いってきて……」

おお、そこそこ上手く録れてるぞ。


携帯に連絡を入れると、榎本は近くまで車で移動してきているということだった。

「どこですか」

『路地を出て、すぐ左手の角に停まってるよ』

いってみると確かに、さっきの覆面パトカーが路上駐車していた。

その後部座席に明美と乗り込む。

「お疲れさまです。おおむね、四日前の状況は摑めました」

「げっ、本当かよ……まったく。ちょっと便利過ぎねえか、超能力」

早速、デジカメを取り出して榎本に向ける。

「なに。なんなんだ、今度は」

「動画の代理念写です。みなみちゃん……あの、紫のランドセルの子の思念をあたしが受け取って、それを動画モードで念写してきました」

「ちくしょう……なんでもアリだな、もはや」

ある程度状況を説明してから、再生ボタンを押す。

しかし、実際に見始めると、少しずつ榎本の表情は曇っていった。

「ね？　ここでスギシタが、手を伸ばしてくる」

「いや、分かんねえな。もっとピント合わせてくれよ」

「無茶いわないでください。これが限界です……あ、ほら、ここでみなみちゃんが引っ張ったから、ケニョンが千切れて」

「ハァ？　全然分かんねえよ。どれがスギシタなんだよ」

「スギシタはもう映ってません。りさちゃんに手を引かれて、みなみちゃんは現場から走り去り、でも心配になって一度振り返り……はい、これがスギシタ」

「分からん。俺の目が悪いのか画質が悪いのか、撮影技術の問題なのかは分からんが、とにかく分からん。まったく納得できない」

悦子も、これを裁判に提出して証拠に採用されるとは思っていないが、でも、捜査の足しにはなるだろう、くらいには思っていた。ここまで、あからさまに否定されるとは思っていなかった。

「……もうちょっとよ、客観的な証拠はねえのかよ」

「そんなもん、あるわけないでしょう。確かにみなみちゃんは能力者ですが、でも絶対に犯人じゃありません。スギシタが心臓発作を起こしたのは、少なくともみなみちゃんの能力が原因ではありません。それだけ分かったら充分じゃないですか。それともなんですか、榎本さんはあの小学生を、あくまでも殺人罪で逮捕するつもりですか」

「そういうわけじゃないけどさ……」

やけに静かだなと思い、隣に目を向けると、明美はスギシタが倒れていた方をぼんやり見ながら、何やら考えているようだった。殺したのは女の子、という自らの見立てがはずれて落ち込んでいるのだろうか。まあ、どっちにしろ静かにしていてくれるのはありがたい。

運転席では、榎本が頭を掻き毟っている。

「こんなんじゃよ、報告書の書きようがねえんだよ……」

だったらもう一つだけ、手がないわけではない。

「まあ、榎本さんがどうしてもっていうんだったら、もう一つある方法を、お教えしてもいいですけど」

くるっ、と榎本がこっちに向き直る。

「なになに、今度はどういう方法」

「スギシタの遺体から思念を読むんです。スギシタが死ぬ直前に見たものをあたしが読み取って、それを榎本さんに、直接見せてあげます……でもこれ、覚悟しておいてくださいね。ちょっと油断すると、人が死ぬ瞬間の思念まで読み取っちゃうんで。場合によっては、死後の世界が見えちゃうかもしれないんで。これやって、発狂した能力者もいるらしいんで。榎本さんがそれくらいの覚悟で挑むんだったら、仕方ありません。あたしもお付き合いします。ちなみに、スギシタの遺体はまだ残ってるんですか」

「うん……まだ監察医務院に、保管されてると思うけど……」

榎本は「うーん」と唸りながら車の天井を見上げ、同じ声を漏らしながらうな垂れ、最後に「うん」と頷いた。

「やっぱいいや、怖いから。報告書は、適当に書いて出しとくわ」

何それ。警察って、そんなんでいいわけ。

その五日後の、夕方。

「……あーあ、疲れたぁ。もうほんと、イントロスコピーって苦手ぇ」

音を上げたいのはこっちの方だ。

「疲れるほどやってないでしょ。ほらもう一度、あっち向いて。とりあえず続けてやって、有機物透視だけでもマスターしちゃわないと」

そういって、悦子が木箱に新しいメモ用紙を仕込もうとしたときだった。

テレビを見ていた朋江が、あれ、と声をあげた。

「ねえねえ、これってさ、この前えっちゃんたちが、エノさんの依頼で調べにいった辺りじゃないかい？」

思わず顔を見合わせ、明美と一緒にソファから立ち、テレビの方にいった。確かに、画面には【東京都墨田区押上】と出ており、まさに悦子たちがいった月極駐車場も画面いっぱいに映っていた。

「あそこで、何があったの」

「殺人事件だってよ。なんでも、同棲相手の暴力に耐えかねた女が、寝ている間に、男の首を絞めて殺したんだとさ」

するとと突如、

「アァァァーッ」

明美が画面を指差し、大きく開けた口を大きな手で覆った。そのままの恰好で、ピョンピョン飛び跳ねる。

「うるっさい……何よもう、明美ちゃん」

それでも「アッ、アッ」と叫びながら、飛び跳ねるのをやめない。

「あの、私が見たの、こっちでしたッ。女の手が、ギューッと絞めて殺すイメージ。間違って私、こっちの女の犯行を、読み取っちゃったみたいです」

うそ——。

朋江が、太い体を無理やり捻って明美の方を向く。

「でもさ、この死体、死後三日っていってたよ。あれからもう、五日経つわけだろう。ってことは、この男が殺されたのは、あんたたちが現場にいった二日後ってことにならないかい？」

明美がさも得意げに、長い人差し指を立ててみせる。

「だからぁ、予知しちゃったわけですよ。私はあの場所に立って、これから起こる殺人を、無意識のうちに言い当ててしまっていたわけですね」

あり得ない話ではない。ただ、予知は多くの者が有する能力である一方で、はずれたことと未来が変わったことの区別がつきづらいため、試験科目にはなっていないし、日超協も積極的には評価しない方針を打ち出している。

朋江が、フンッと鼻で笑う。

「要するに、これから起こる殺人と、過去に起こった突然死の区別がつかなかったってことだろう」

「別に、区別がつかなかったんじゃないですよ。ちょっと、勘違いしちゃっただけです。

でも、これって凄くないですか？　これから起こる殺人が予知できちゃうなんて、私ちょっと、スーパー超能力師じゃないですか？　っていうか、女の勘が鋭過ぎですよね」

バカたれ。あんたの場合は「女の勘」じゃなくて、「オカマの勘」だろ。調子に乗るのもいい加減にしろ。

増山超能力師事務所

Chapter5

心霊現象は飯のタネ

河原崎晃は、所長室の応接セットで得意客の相手をしていた。

「……じゃあ、トヨさん。私の手を握って、失くした指輪のことを、ゆっくりと思い浮かべてみてください」

はっきりいってもう、接触読心をするまでもなく分かっている。

亡くなったご主人が買ってくれたという、血赤珊瑚（ちあかさんご）の指輪。トヨは同居している家族の誰かが売り払ったのではと疑っているが、おそらく違う。整理箪笥（だんす）、茶箪笥、テレビ台の各引き出しと、貴重品入れとして使っているワニ革の古いバッグ。トヨは指輪を盗まれないよう、その四ヶ所を巡回させて保管しているのだが、ときどき自分でもしまい場所が分からなくなってしまう。たぶん、今回もそういうことだろう。

ほら、やっぱり。テレビ台の引き出しに入れたのに、今回そこは捜していない。

「トヨさん。テレビのとこの、引き出しは、捜してみましたか」

「え？　テレビ台の引き出し？　私、あんなところには入れませんけども」

いえいえ、前にも入れてましたよ。

「そうですか。でも、私には見えるんですよね。トヨさんがそこに、大切そうにしまう様子が……しかもそれが、トヨさんが指輪を最後に扱った記憶であるように、私には見えるんです。でも今日、探したのは整理箪笥と茶箪笥の引き出し、それと、いつもの貴重品バッグ、その三ヶ所だったんじゃないかな……どうも、私にはそんなふうに思えるんですけどね」

帰って捜してみて、あったらそれでいいし、なかったらまたご相談ください、今度はお宅に伺いますから。そう晃がいうと、トヨはいつものように「そうですか。ありがとうございました」と丁寧に頭を下げ、千円札一枚を置いて所長室から出ていった。

入れ替わりに、秘書の水島絵理奈が入ってくる。

「……やっぱり、しまい場所間違いでしたか」

トヨの指輪紛失相談は、所内でも有名なリピート案件だ。

「うん、いつもと同じ。小一時間したら、また電話がかかってくるよ。ありがとう先生、お陰で見つかりました、って。……人間って不思議だよね。ちゃんと、しまったときの記憶は頭の中にあるのに、その記憶を引き出すことができなくなっちゃうんだから」

水島が、苦笑いしながらテーブルの千円札をつまみ上げる。そのとき、ブラウスの襟元から一瞬だけ胸の谷間が覗いた。美人で巨乳というのが気に入って事務員枠で採用したのに、この娘はすぐに他の若い二級超能力師と付き合い始めてしまった。正直、彼女の見事なボディラインを見るたび、晃は気が滅入る。自分はこの先、何年こういう女たちに給料を払い続けなければならないのだろう。

「でも所長、千円ってちょっと、いくらなんでも安過ぎませんか。結果が分かってるからって、それでも十五分は相談時間使ってるんですから」

また、そんな下心をひた隠しにしつつ日々の業務をこなさなければならないのも、晃の大きな悩みの一つになっている。

「いいんだよ。こんなことで一万円も取ったら、家族になんていわれるか分からないし、そのうち、何か大きな相談を持ち込んでくれるかもしれないじゃない。この程度でお得意さまを繋ぎ止めておけるんなら、楽な営業だよ。……まあ若干、霊媒師と超能力師を混同してる嫌いはあるけど」

認めたくはないが、仕方ない。この際だからはっきりいおう。自分は、女にモテない。顔は男女を問わず嫉妬されるくらい整っているし、体だって、十代からほとんど変わらないシェイプを保っている。なのに、どういうわけかモテない。美しさのあまり、逆に女性が気後れしてしまうのか。あるいは、超能力の源である星間物質「ダークマター」が、何かよからぬ作用を及ぼしているのか。

「所長、次のお客さまをお通ししてよろしいですか」

「うん、いいよ」

ただし、仕事面は順調過ぎるくらい順調にいっている。

晃が日暮里の増山超能力師事務所を辞め、この「K'zサイキック・オフィス」を立ち上げたのは三年前。三十九歳のときだ。

最初は御茶ノ水に事務所を構えたが、すぐ手ぜまになり、ここ神田神保町に移転してきた。今現在、一級超能力師を三名、二級を五名、研修生を四名、事務員を三名雇っている。超能力師事務所としては、そこそこの大所帯だ。ちなみに二級の二名を除いて、あとは全員女性だ。

三十坪あるフロアは大きく三つ、お客さま待合室、ブースが五つ並んだ相談室、それと事務室とに分かれている。晃のいる所長室は事務室の奥に位置しており、晃だけはブースを使わず、直接ここで顧客の相談に応じる。基本的には、他の所員では難しそうな案件が晃の担当となる。決して、年寄りの相手ばかりをしているわけではない。

「さて、と……」

次の相談者カードをさっとチェックする。

藤宮亜澄（ふじみやあすみ）、二十四歳。若い女性か。相談内容は「PG」となっている。つまり「ポルターガイスト」。なるほど。確かに心霊現象的な案件は扱いが難しい。これまでも晃が担当することが多かった種類のケースだ。

まもなく待合室と直結しているドアが開き、

「失礼いたします」

髪の長い女性が入ってきた。

瞬時に、マズい、と思った。

これは、いかん——また、惚れてしまいそうだ。

「……どうぞ、こちらに……お掛けになってください」

黒目の大きな、それでいて透明感のある目。口角の綺麗に上がった唇。気品すら漂う顎のライン、白い肌。決して胸は大きくないが、許す。ここまで美人なら、胸なんてちょっと膨らんでいれば充分だ。ああ、付き合いたい。結婚したい。今すぐ恋人の有無を探りたいが、しかし、それはさすがに自重する。超能力師は信用第一。勝手に他人の心を読むような、モラルに反する行為はすべきではない。透視して裸を見ようとしてもいけない。

藤宮亜澄は晃の向かいに座り、緊張した面持ちで頭を下げた。肩から、清水のようにキラキラと光る黒髪が流れ落ちる。フリルのついた白いブラウスも、コットン素材のようなパンツも適度に清楚でいい。

「藤宮、亜澄さん……ですね」

晃も軽く頭を下げておく。

苗字も名前もいい。

「はい」

声も素敵だ。まるで深い森を渡る涼風のようだ。

「ご相談内容は……ポルターガイスト、と伺っておりますが、それでお間違いございませんか」

「はい。たぶん、そういうことになるのだと、思います」

誰だ誰だ誰だ、こんなに美しい人に怖い思いをさせる不届き者は。思念がまるっきり、真っ青になっているではないか。

「詳しく、お聞かせいただけますか」

「はい……」

悲しげな表情も、またいい。もうこれだけで、今日きちんと定時に出社してよかったと思える。

亜澄は少し迷ってから、「えっと」といって話し始めた。

「……始まりは、確か、四月頃だったと思います」

今日は九月七日。半年近くも我慢していたわけか。可哀相に。

「最初は、壁に掛けてあったフォトフレームが、夜中に、いきなり落ちて……こう、ハテナみたいな形の、上向きのフックからはずれて、落ちて……でも、フックは壁に残っているし、フォトフレームについているリングも、壊れてないんです。上にいったん持ち上げないと、はずれないはずなんです。でもそれが」

「……自然に、落ちた？」

こくりと頷く。その真剣な眼差しも、いい。

「失礼ですが、一人暮らしをされているのですか」

「いえ、家族と同居しています」

そこは、ちょっと残念。

「家族構成を伺ってもよろしいですか」

「はい。両親と、妹と、四人で住んでいます」

さらに妹がいるのか。それは楽しみだ。

「そのとき、お宅にはどなたがいらっしゃいましたか」

「夜中ですから、全員いました。たぶん……父が出張などしていなければ、いたはずです」

この時点での、誰が原因かの絞り込みは不可、と。

「フォトフレームの落下以外には、どのような」

「ラップ音、というのでしょうか、ドンッ、と壁が鳴ったり、ピシッピシッと、何かが裂けるような音がしたり」

なるほど、典型的なラップ音だ。

「棚の上から、本が……誰かが払い落としたみたいに、ビュンッ、と横に飛んだり」

それは大事だ。

「実際、亜澄さんの見ている目の前で、ですか」

「はい。それは、この目ではっきりと見ました。間違いありません。信じてください」

いや、物体の物理的移動を目撃したという話は、よくよく注意が必要だ。幻覚、錯覚はもちろん、本人が嘘をついているという可能性も大いにあり得る。実際、親の関心を引くために子供が自作自演をした例は枚挙に遑がない。だが今のところ、亜澄の思念に濁りはない。少なくとも、本人に嘘をついているという意識はなさそうだ。

「ええ、もちろん信じます。私は、超能力師ですから」

「あ、そう、ですよね。……すみません。私、超能力とかそういうの、初めてなので」

亜澄は、少し恥じるように晃の目を覗き込んだ。

「あの……こういう、心霊現象的なことで、超能力を頼るって、的外れではなかったでしょうか」

晃は、ゆっくりとかぶりを振ってみせた。

「いいえ。そもそも、一般にいわれるようなポルターガイスト現象が、すべて心霊現象とは限りません。報告例の何割、とまで明言はできませんが、しかし多くのケースが、建物の構造上の問題だったりします。配管などになんらかの圧力がかかって起こる、低周波空気振動が原因だったり、ラップ音などは、使用されている建材が乾燥でひび割れ、裂ける音だったり」

「でも」

眉をひそめ、亜澄が身を乗り出す。

「私は、本が宙を飛ぶのも見てるし、明かりが急に消えたり、壁から、足音みたいな音がするのも聞いてるんです」

真剣な美人とは、どうしてこうも魅力的なのだろう。

「分かります。ですから、あくまでも一例として、建物の構造問題である場合もある、と申し上げたまでです。足音だって、ひょっとしたら家の中の別の場所で鳴ったものが、なんらかの要因で亜澄さんのお部屋に響いてしまったのかもしれない」

「そんな……」

落胆する美人。これまた、なんとも悩ましい。

「すみません、言い過ぎました。建物に原因があるかどうかは、今の段階では判断できません。心霊現象である場合も、それ以外である可能性もあります。もう少し、詳しく伺っていきます」

こんな相談なら、何時間でも受けていたい――。

晃はボールペンを持ち、相談者カードの見取り図書き込み欄に向けて構えた。

「では、ご自宅の間取りを、簡単にご説明いただけますか」

亜澄は、まだ建物を疑うのか、と思ったのだろう。少し機嫌を損ねたように口を尖らせた。思念の色も、心なしか赤みを帯びる。

「……二階建てで、一階は、玄関と」

それでもきちんと答え始めるところに、この藤宮亜澄という女性の素直さと、真面目さが表われている。思念の赤みも、すぐに薄まって消えた。

「その次がリビングで、そのまた奥がダイニングキッチンです。個室はありません」

「水回りは」

少し前屈みになり、晃が描いている図上を指差す。仄(ほの)かにフローラルの香りが鼻先をかすめる。彼女らしい、清潔で可愛らしい匂いだ。

「ここから入って、脱衣場、こっちに浴室です」

「じゃあ、実際には玄関の壁の向こうが、浴室と」

「そうですね。……で、ここがトイレで、この辺から二階に上がります」

階段はリビングの一角にある、と。

「階段を上がったら、こっちが両親の寝室、この辺りが私の部屋で、こっちが妹の部屋です。階段の隣に、もう一つトイレがあります」

つまり、玄関と浴室の真上が妹の部屋、リビングの上が亜澄、ダイニングキッチンの上が両親の寝室、トイレは一階も二階もほぼ同じ位置、ということらしい。

「分かりました。ありがとうございます……他のご家族も、物音や物が動くといった現象を、体験していらっしゃいますか」

「はい。両親の寝室も、ドアが勝手に開いたり、妹もいろいろ。妹の部屋は特にひどくて、朝になったら机にあった本が全部落ちていたり、照明器具のカバーにヒビが入ったりしていました」

「一階ではどうですか」

「ああ……浴室の、脱衣場のタオルが崩れていたり、買い置きの石鹸とかがばら撒かれていたり」

「ダイニングキッチンはどうですか」

「キッチン……そういえば、キッチンはなかったかな。何かあったかな……」

見取り図に、音、移動、破損、などと書き入れていく。

「亜澄さんのお部屋で、他には」

「はい。やっぱりクローゼットの扉が開いたり、あと、ドアが勝手に開くことも……それから、クローゼットの中身も。開けたら、服が何枚か下に落ちていたり。でも私の部屋は、音の方がひどい気がします」

なるほど。現象の大まかな分布は分かった。

どうも、中心となっているのは妹の部屋付近のようだ。妹の部屋の真下は浴室、右側はトイレ、その真下もトイレ。水が関わるものに囲まれているといってもいい。やはり、建物の構造が疑わしい。

しばらく見取り図を見ていると、また亜澄が身を乗り出してきた。

「どうでしょう。何か、分かりますでしょうか」

「そう、ですね……一度、お宅に伺ってみてもいいですし、場合によっては、その現象がビデオに映るかどうか、カメラを仕掛けさせていただけたら、それも有効な判断材料になると思います」

カメラ、はさすがに抵抗を覚えるようだった。思念を読むまでもなく、亜澄の表情が曇る。

「あの、このタイミングでご相談に伺ったのは、実はチアキの……あ、妹は、チアキといいます」

「どういう字を書きますか」

「千の秋で、チアキです」

その通りカードに書き入れる。

「はい、千秋さんの？」

「千秋は高三で、来年、大学受験を控えています。なので、これ以上こういうことが続いて、勉強に支障をきたすのは困るんです。実際、このところ精神的にも、だいぶ不安定になってきてますし……ですので、両親ともずいぶん相談したんですが、やはり、ここはプロにご相談しようと」

「ええ。賢明なご判断だと思います」

頷きはするが、亜澄の表情は曇ったままだ。

「……それと、起こっているのは確かに、常識では考えられない現象ではあるんですけど、でもここにご相談に伺ったことは、できれば千秋には知られたくないんです」

「と、申しますと」

「さっきと、矛盾するかもしれませんけど……できれば心霊現象とか、そういう話ではなくて、さきほど所長さんが仰ったような、家の構造が原因みたいな、常識的な結論にしておきたいんです。ただし、父は東中ホームの社員ですし、うちも実際、東中ホームで建てました。構造の問題という結論も、そういった意味で受け入れ難く……」

東中ホームといったら、かなり大手のハウスメーカーだ。自社ブランドに対するプライドは当然あるだろう。ただし、原因が家屋の構造や心霊現象ではないとしたら、話はさらに面倒なことになる。

「だから……というのも変なんですけど、カメラとか調査とか、そういう、大袈裟な感じには、できるだけしたくないんです。先ほども申し上げましたが、千秋が勉強に集中できなくなるのは困りますし、その結果、やはり心霊現象だとなったら、それはそれで千秋が怖がりますし……できれば、なんとなく自然に治まったみたいにして、終わりにしたいんです」

ならば、カメラ自体は大した問題ではない。

「では、隠しカメラというのはどうでしょう。今は非常に小型のものがありますし、千秋さんに気づかれないように撮影することは充分可能です。もちろん、プライバシーの問題もございますから、映像はまず亜澄さんにご確認いただいて、我々が観ても大丈夫なようでしたら、分析いたします。なんでしたら確認は女性スタッフにさせることも可能です。その上で、閲覧可能な部分だけ編集して、私が確認する、という手順でもかまいません。亜澄さんのお部屋に設置する分についても、同様の手順で行います」

亜澄は長い息を吐き、そのついでのように、はあ、と漏らした。

「やはりそういう、カメラとかを入れないと、駄目でしょうか」

「駄目、というわけではありませんが、問題解決の重要な糸口にはなると思います。原因がなんであろうと。物体の移動が実際に撮影できたなら、具体的にそれについて調査しますし、もしないのだとしたら、亜澄さんは違うと仰るかもしれませんが、ひょっとしたら、勘違いや錯覚という可能性もないではない。そうではなくて、現実には存在しない人影でも映っていようものなら……そうなったら残念ですが、超能力師では対処で

「……信頼できる霊能者をご紹介いたします」


きないかもしれない。その際は、信頼できる霊能者をご紹介いたします」

マズい。本気で怖がらせてしまったようだ。亜澄の愛らしい唇が、酸っぱいものでも食べたみたいに、変な形に歪んでいる。

でも、そんな顔もまた可愛い。

翌日は日曜、ちょうど千秋は夜まで予備校だというので、その間にカメラを取り付けにいった。帯同した二人の超能力師はいずれも女性。資格は二級だが、二人とも実務能力は高い。

実際、晃が一階のリビングで藤宮夫妻とお茶を飲んでいる間に、作業はすべて済んでしまった。

「所長。カメラの設置、完了いたしました」

「うん、ご苦労さん。亜澄さんに器機のご説明はした？」

「はい。亜澄さんのお部屋の電源をお借りして、ベッドの下に置かせていただきました。電波状況の確認も済ませました。録画のテストもして、亜澄さんにご確認いただきました。問題ありません」

とはいえ、晃とてただお茶を飲んでいたわけではない。その間に藤宮夫妻の様子を探るという、重要な任務を担っていた。

ただ、夫妻から何か読めたかというと、それはなかった。父親はごく普通のサラリーマンで、超能力に懐疑的ではあるものの、それでこの事態が収拾できるならやむなし、と考えているようだった。母親の方は怯えきっている。超能力でもなんでもいいから、とにかくこの怪現象を早く止めてほしい、としか思っていない。

そんな二人に、いや、亜澄も含めた家族全員に共通するのは、千秋のこと。一番の心配事はそこで、こんな妙な出来事で千秋が大学受験に失敗したらと、誰もが案じている。現状、千秋の成績は思うように伸びていないようだが、出来の悪い子ほど可愛いとはよくいったものだ。断片的にではあるが、三人それぞれが千秋の世話を焼く様子も読み取れた。受験でピリピリしたムードではあるが、千秋への想いだけは総じて、穏やかな緑色をしている。

晃は立ち上がり、スタッフと一緒に下りてきた亜澄に向き直った。

「亜澄さん。器機の設置には、ご納得いただけましたか」

シフォンというのだろうか、ふわっとした風合いのワンピースが、いかにも休日のお嬢さまといった風情でいい。

「はい……でも、撮影した内容は、先に私たちで確認できるんでしたよね？」

「もちろんです。機材は一般に販売されているものですので、なんでしたら詳しい方に確認していただいてもけっこうです。カメラからベッド下に置かせていただいたレコーダーに映像を送っていますが、外部には漏れない仕組みになっています。我々はもちろん、第三者も傍受できない、信頼性の高いシステムです」

こういった点は父親にも了承を得ている。彼も知人に確認したらしく、少なくとも「K'zサイキック・オフィス」が信頼できる調査機関であることは理解してくれているようだ。娘の寝姿を盗撮されるかも、などとは疑っていない。

「では、今日はこれで失礼いたします。水曜日の夜に、一度お伺いする予定にしておりますが、その間にも何かございましたら、お気軽にご相談ください。料金内で対応させていただきます」

それから運搬用のケースなどを車のトランクに戻し、玄関先で今一度挨拶をし、

「ごめんください」

晃たちは車に乗り込んだ。お辞儀から顔を上げるまで亜澄を見ていたい気持ちはあったが、社員の手前それもできず、晃は後部座席のシートに背中を預けた。

車が走り出し、一つ目の角を曲がったときだった。

「……所長。やはりDM値、出ました」

大島(おおしま)という、助手席に乗ったスタッフがいった。「K'zサイキック・オフィス」は今年初め、一千万円近くするダークマター測定機を購入し、調査や所員の教育に活用している。もの自体は、ハンディクリーナーほどの大きさだ。

「何が、いくつ出た」

「最高で八七〇CDM。妹の部屋の、ベッド付近です」

CDMは念動力の発動を示す数値。八七〇は、決して数値としては高くないが、DM

値は時間経過と共に減衰する。発動時にどれくらいの値があったかは計りようがない。少なくとも、一千万円クラスの測定機では。

しかし、これによって分かることも、確実にある。

「妹の千秋が、能力者である可能性がある……わけか」

「そのことを、ご両親やお姉さんはご存じないんですか」

もっともな質問だ。

「おそらく、知らないだろう。千秋が能力者だなんて話は一つも出てこなかったし、それを隠している様子もなかった。ごくごく普通の、末っ娘想いの、いい家族だよ」

運転をしている柴崎(しばざき)が口をはさむ。

「でも、そんなことってあり得るんでしょうか。高三になるまで、親に能力を知られないなんて」

そう。超能力というものは、たいていは幼少期に発現するものだ。適性者は、遅くとも四、五歳になるまでには何かしらの能力を現わす。ただし、初期段階における能力は極めて不安定であり、万能性もない。そして多くの場合、能力は成長するにつれて物理法則や既成概念によって抑制され、やがては消えて無能力化する。しかしごく一部の者は思春期を越えても能力を持ち続け、そのまたごく一部がしかるべき機関で訓練を受け、ある程度の万能性と制御能力を身につけた上で、超能力師となる。

いずれにせよ、子供の能力を最初に認知するのは保護者、たいていは肉親だ。子供の能力を、まったく気づきも疑いもしない親はごく稀だ。もしいるとしたら、それはよほど子供に関心がないか、鈍感か、子供の能力が微弱な場合だ。しかし、藤宮夫妻はそうではない。二人の娘に充分以上の愛情を注いでいる。むしろ、若干過保護な嫌いがあるくらいだ。注意力もある方だろう。それは晃自身が見て確かめたことなので断言できる。

ということは、つまりどういうことか。

十七、八歳になって、初めて能力が発現した？　そういうことも絶対にないとは言い切れないが、やはり超能力師の現実、常識からすると考えづらい。少なくとも晃は、耳にしたことも目にしたこともない。

ただし、似たケースなら一件だけ記憶にある。

俗に「井山文乃事件」といわれるのがそれだ。

今からちょうど二十年前。まだ「超能力師」という言葉も一般には定着しておらず、この業界の先駆者として知られる高鍋逸雄がグループを結成し、ようやく有志が活動を始めた頃の話だ。

率先してこのケースに当たったのは、あの増山圭太郎だ。彼はほとんど一人でその事件を解決し、しかし以後、詳細な経緯を報告することも、勉強会で課題にすることも徹底的に拒んだ。高鍋にはある程度報告したのだろうが、高鍋もこれについては口をつぐんだ。日超協内でも、もうほとんど忘れ去られた事件だ。

もし、藤宮家のＰＧがあれと同種の現象なのだとしたら、少々厄介なことになる。

これは、依頼人が美人でよかったなどと、呑気に鼻の下を伸ばしている場合ではないかもしれない。

藤宮家のPGは、正真正銘の本物だった。

亜澄から連絡があったのは火曜の朝九時。会社から携帯でかけているらしかった。

『昨夜もありました。今度はクローゼットの中の、私のシャツが破れてたんです』

取り急ぎ、昼前にスタッフに確認にいかせるとだけ約束し、電話を切った。ちなみに亜澄の勤め先は三藤(みつふじ)商事。いわずと知れた大手商社だ。

すぐに大島を呼びつけた。

「今すぐ藤宮家にいってくれ。奥さんがいるから、一緒に映像を確認してもらって、不都合な部分は君の判断でカットして、コピーを持ち帰ってくれ」

「了解しました」

大島が編集した映像を持ち帰ったのは、午後二時過ぎだった。

「所長。これ、本物ですよ」

「……ああ。そのようだな」

カメラを仕掛けたのは亜澄、千秋の部屋、両親の寝室と、一階のリビングの四ヶ所。現象が見られたのは、まず千秋の部屋だった。

千秋が勉強を終えてベッドに入り、一時間ほどした午前三時過ぎに、ラップ音は鳴り始めた。カチッ、と、パチッ、の中間みたいな音。念動力だとすると、壁の中の小さなゴミ、建築時に溜まった木屑などが移動して、壁に当たっている可能性が考えられる。

画面は四分割されており、同時に他の三ヶ所で何が起こっているかも観られるようになっている。音声はそれぞれオンオフができるので、繰り返し観ればどこでどんな音が鳴ったかを確認することもできる。

よほど受験勉強がハードなのだろう。千秋はちょっとやそっとのラップ音では目を覚まさない。逆に亜澄は隠し撮りのことが頭にあるからか、隣の部屋で鳴った音にも敏感に反応し、ベッドから体を起こす。

「千秋の体の動きと、微妙にリンクしてますね」

「ああ」

大島のいう通り、寝ている千秋がピクッと体を動かすと、少し遅れて、どこかでラップ音が鳴る。寝返りを打ったときに、机の上の本が払い落とされた場面は決定的だった。しかし、それでも千秋は起きない。亜澄もこのときは目を覚まさなかった。

さらに衝撃的だったのは、早朝の場面だ。

クローゼットの扉を開けた亜澄が、しばらくその場で立ち竦む。恐る恐るといった手つきで、中からハンガーごと一枚、服を出してくる。スーツと合わせて着るような白いシャツだ。それを持ったまま、カメラに近づいてくる。ひらりと裏返し、背中がばっさり裂けている様をこちらに示す。顔が、今にも泣きそうになっているのが不憫でならない。

千秋も目を覚ました途端、室内の散らかった様子に気づき、うな垂れた。覚束ない足取りで参考書やノート、筆記具を拾い集め、だが最後は叩きつけるように机に置く。ボリュームを上げると《なんなのよ、なんでこうなるのよ》と、歯を喰いしばるようにして呟いていた。

「相当、強烈でしょう」

「ああ。場合によっては、人体に被害が出てもおかしくないな。今日の数値はどうだった」

「一八八〇CDMです。シャツが裂けたのが何時かは分かりませんが、おそらく発動時には二〇〇〇CDMを超えていたでしょう」

二〇〇〇CDMあれば、能力者は手を触れずに人間の皮膚を裂くことも、体内の血管を破裂させることもできる。つまり、人を殺すことが充分に可能というわけだ。むろん、そういうことがないように日超協は警察庁に協会員名簿を提出し、また会員にも、調査で超能力を使用した日時、場所を細かく報告書に記載するよう指導している。

これは、下手をしたら刑事事件にも発展しかねない案件だ。

「大島。俺ちょっと、今からブロック長に相談にいってくる。もし亜澄さんから結果確認の電話があっても、分析中だといって報告はしないでくれ。いいね」

「了解しました」

それからすぐに、タクシーで日暮里に向かった。

ブロック長というのは、正式には「日本超能力師協会　東京支部　城北ブロック」の「長」である。

ちょうど今月、あの増山圭太郎が就任したばかりだ。

幸運にも、増山は事務所にいてくれた。

「よう、晃。久しぶりだな」

事務所の様子は、ほとんどあの頃のままだ。

机に足を載せて知恵の輪をやっている増山も、

「珍しいじゃない、晃くん」

帳面から顔を上げ、焦点が合わなそうにこっちを見る朋江も、晃がいた頃とちっとも変わっていない。

唯一違うのは、悦子と健、篤志は仕事で出ているのか、姿が見えない。

「ああ、その子、最近入ったの。アケミちゃん」

モデルのようにスタイルのいい、今風の女の子が一人いることか。

「初めまして、ウカワアケミです」

応接セットにいた彼女は、立ち上がると背もかなり高かった。百七十センチ、ひょっとしたら超えているかもしれない。

思わず、唾を飲み込む。

「ああ……河原崎、晃です」

いかん。また、惚れてしまいそうだ――。

いやいや、今はそれどころではない。藤宮亜澄のためにも、一刻も早く増山に意見を聞かなければならない。

「あの、増山さん。ちょっと、相談したいことがあるんですが、いいですか」

増山は、机から足を下ろしはしたものの、まだ手では知恵の輪を弄り続けている。目はこっちに向けもしない。

「うん、いいよ……なに」

「いや、ちょっと、外に出られませんか」

「なんだよ。朋江さんには聞かれたくない話か」

すると朋江が「またフラレたんだろう」と余計なツッコミを入れてくる。これも非常に懐かしくはあるのだが、今は受け流す。

「そういうことじゃなくて、ちょっと、ブロック長として、聞いてほしい話があるんです」

それでもまだ、増山はこっちを見もしない。

「外ぉ?……なんか、面倒くせえなぁ」

「いや、これ、真面目な話なんですって」

「俺だって真面目だよ……これさ、もう三日もやってんだけど、全然抜けないんだ。やっぱり俺、手先が不器用なのかな」

さすがに、懐かしさより苛立ちの方が勝った。

「それどころじゃないんですってッ」

やーん、怖ぁい、とさっきの新人が変に甘えた声でいう。ほとんどキャバクラ嬢のノリだ。それはそれで嫌いではないが、ここは心を鬼にして無視する。

致し方ない。こんな脅すような真似はしたくないが、こうなったら直接、増山の脳に訴えるしかあるまい。遠隔伝心、いわゆるテレパシー。一級超能力師なら誰もが習得している能力だ。

《緊急です。文乃さんと似たケースが、起こりました》

すると、むろん増山は反応したが、背後でも声がした。

「……朋江さん。フミノさんって誰ですか？」

ちょっと、なんだ――。

慌てて晃が振り返ると、例の新人が朋江に耳打ちしていた。

朋江も、驚いた顔で彼女を見る。

「アケミちゃん……なんで、文乃さんのこと知ってんの」

ガラリと、キャスターチェアの動く音がした。

向き直ると、増山がようやく立ち上がっていた。

「……晃、迂闊なことすんなよ。そいつ、見た目はともかく、能力はちょっとしたもんだぜ。油断してっと、お前の恥辱に塗(まみ)れた失恋遍歴くらい、かるーく読まれちまうぜ」

なに――。

確かに、多少は油断していたかもしれない。でも増山に送った言葉を、真後ろから読まれるなんて、常識では考えられない。遠隔伝心は、音声会話よりむしろ無線に近い。送り手と受け手の関係性ははっきりしている。

　ということは、何か。通常レベルとはいえ、念心遮断の隙間を縫って、思念を読まれたということか。一級超能力師である自分が、おそらく二級にも合格していないであろう、新人に——。

「やだあ、所長。私、そんなはしたないことしませんよ。初対面の方の、過去を覗き見るなんて……いま好きな人の顔は、ちょっと見えちゃいましたけど」

　さっきか。この子に惚れそうだと思い、それを打ち消すため、亜澄を思い浮かべた、あの瞬間にか——。

　増山が「よせよ、アケミ」と半分笑いながらいう。

「こいつは一応、お前にとっても先輩に当たるんだから。変なからかい方するなって」

　すると、新人がぺろりと舌先を出す。

「ごめんなさぁい、先輩」

　隣まできた増山が、ぽんと晃の肩を叩く。

「分かったよ、ちょっと出ようか。しゃぼん亭でいいだろ」

　しゃぼん亭。これまた懐かしい、昔よく二人で昼飯を食った喫茶店だ。

夕方五時のしゃぼん亭は、マスターもカウンターに突っ伏して居眠りをするくらい、客がいなかった。

窓際のテーブルにつき、晃は早速、今回の案件について説明した。

「……俺の観たところ、完全に本物です。ＤＭ値も出てます。映像もあります」

コーヒーが運ばれてきたのは、増山にも映像を観てもらおうと、ノートパソコンをテーブルに出したときだった。

「はい、お待ちどおさま……あれ、ひょっとして、晃くん？」

「ええ、お久しぶりです」

「いや、懐かしいな。元気だった？」

二、三分近況報告のようになったが、増山が「仕事の話をしにきたんだからよ」というと、マスターも「ごめんごめん。じゃ、ごゆっくり」と下がっていった。

ひと口、コーヒーを飲んだ増山が短く息を吐く。

「……で、それと文乃の件と、どう関係があるってんだ」

さすがの増山も、文乃絡みとなるとナーバスになるらしい。いつもの寝惚けたような表情ではない。目には針のように尖った光がちらついている。

「どう関係って、明らかじゃないですか。今年の四月ってことは、たぶんその千秋って娘もまだ十七歳だったはずです。そこから始まってるんですよ。文乃さんとそっくりじゃないですか」

「文乃はＰＧなんて起こしてないし、寝ながら本を払い落としたりもしなかった」

「でも、文乃さんのご両親も、彼女の能力の発現を認知していませんでした」

「あれは能力なんかじゃない」

「だったらなんだっていうんですか」

「お前には関係ない」

正気か。城北ブロック長ともあろう者が、過去のケースについて、まだ隠し立てするつもりか。

「増山さん、これは重大な問題ですよ。超能力というものは、子供のときに発現するからこそ、周りが認知できるんです。教育で制御することも、さらなる育成をすることもできる。でも成人近くになって発現するのでは、それが間に合わない可能性が高い。物理法則や既成概念が備わっているにも拘わらず、それを突き破って能力が発現すれば、反動でより強い能力になるという学説もある。しかも、それを自分ではコントロールできない。そんなの、安全装置のない銃を放置するようなものでしょう」

こんなことは、いわれずともブロック長なら百も承知だろうが。

反応がないので、もう少し続ける。

「……むろん、太古から超能力は存在した。能力者の教育や管理なんてものは、ここ十数年の話だってことも分かってます。しかし、超能力が社会に認知されるようになり、逆にそれが社会通念として定着すれば、能力が発現するハードルは自然と下がる。それもまた当然の結果です。あって当たり前と思えば、自分にもあるんじゃないかと誰もが思う。実際、小学生以下の適性者認知件数は、ここ五年で七パーセントも上がっている。これに成人前、成人後の発現が加わったらどうなるか……高鍋グループが目指した、管理された能力者と社会の共存とは、まったく逆の結果になる恐れがある。認知不能、管理不能な能力者が続出し、超能力犯罪が横行する社会になることが懸念される。このケースを放置しては、日超協の設立意思に反することになります。違いますか」

ようやく、増山は小さく頷いた。

「……でも、それ自体はお前が請け負った仕事だろう。うちには関係ないじゃない」

「だから、PGが単なる低周波空気振動によるものだったり、錯覚や子供の悪戯、親の関心を引くための自作自演だったらうちで処理しますよ。でもこれは違うから、成人前後の能力発現が疑われるケースだから、だからブロック長に相談してるんでしょう」

ここまでいっても、増山は首を傾げる。

「……っていうかさ、そういうのって、ブロック長マターだっけ？ 普通、本部の企画研究なんとかセンターだか、委員会に報告するんじゃなかったっけ」

確かに。そこだけは増山の言い分の方が正しい。しかし——。

「いいんですか。俺がこの件を、協会本部に持ち込んでも」

「なんで？」

「これを本部に持ち込んだら、参考案件として、文乃さんの件がまた浮上してくるかもしれませんよ。そうなったら、困るのは増山さんなんじゃないですか」

増山が、チッと舌打ちをする。

「なんだよ、今度は脅しかよ……独立しておかしな知恵つけやがって。ヤラしいねぇ」

「俺は増山さんのためにいってるんですよ。それと、文乃さんの件をどうやって解決したのかにも興味がある。暴走した能力者を、いかにして制御するのか……悔しいですが、今の俺にそのノウハウはありません。念動力で喧嘩していいなら別ですがね」

だからさ、と増山が眉をひそめる。

「文乃は能力者じゃなかったし、暴走もしてないって」

「だったら当時の経緯を詳しく教えてください」

すると、また増山は黙り込む。

「……ね？　いえないでしょう。増山さん、いつだってそうだ。他のことには正し過ぎるくらい正しい判断が下せるのに、文乃さんの件になると、いつだってダンマリだ。だから、それはもういいです。俺もこれ以上は訊きません。その代わり、この件に力を貸してください。藤宮千秋の能力はなぜ十七歳になって発現したのか、その原因を探る手伝いをしてください」

しばし返答を待つと、増山は困ったように、眉を段違いにした。

「別に、いいけどさ……それ、タダで？」

なんだ。結局は金の問題か。

「まあ、ギャラは多少払ってもいいですけど」

「あ、じゃなかったらさ、現金じゃなくてもいいや。お前んとこ最近、DM測定機、買っただろう？ わりといいやつ。あれさ、たまに貸してくれよ。そっちが使ってないときでいいからさ。ほら、協会からレンタルすると、けっこう高くつくじゃん」

セコい。こんなに、増山圭太郎というのはセコい男だったろうか。

それとも、以前より事務所の経営が厳しくなっているのか。


さらに一時間ほどしゃぼん亭に居座り、増山にビデオをチェックしてもらった。音は、ヘッドホンで聴いてもらっている。

「……ちょい戻して」

しかし、面白い。増山の着眼点は、晃たちのそれとはまったく違う。晃も大島もノーチェックだった場面を、増山は繰り返し繰り返し観ている。

「今のところ、もう一回」

「っていうか、このボタンですから。自分でやってくださいよ」

増山がさっきから観ているのは、実際に現象が起こる千秋の就寝後、ではない。まだ千秋が机に向かって勉強している、夜九時くらいの場面だ。その頃、亜澄は風呂にでも入っているのか部屋におらず、リビングでは母親がテレビを観ている。父親は、まだこの時点では帰宅していない。

なるほどね、と呟き、増山はヘッドホンをはずした。

「……何か、分かったんですか」

「うん。大体ね」

「やはり、文乃さんと同じですか」

「いや、全然違うね、このケースは」

嘘だろう。ビデオを観ただけで、一体何が分かったというのだ。

「どういうことですか。教えてください」

増山は、呆れたように鼻息を噴き出した。

「おいおい、お前だってもう、事務所構えていっぱしに看板出してやってんだろう。いつまでも先輩に頼るなよ」

「できるならそうしたいですよ。でも、これは手に負えないケースだから……」

「いいや、違うね。お前はちゃんと答えを知ってる。実際、お前はさっき、俺にその答えをいっている」

自分が、答えを知っている？　どういうことだ。

増山が続ける。

「確かに、ＤＭ値が検出されたんなら、この千秋って娘が何かしらの能力を発動したんだろう。でも、その能力が働いたところだけを観てたって仕方ない。そりゃそうだよな、お前だって、発現したその原因を探りたいっていってんだから。だったらそうすりゃいいじゃない。超能力を使う、その前の段階を観ればいいじゃない」

超能力を使う、前?

「こんなのさ、超能力師が扱う案件じゃねえぜ、最終的には」

「どういうことですか。超能力師じゃなかったら……」

「警察だね。じゃなくて、事を荒立てたくないっていうんなら、本人と親御さんの問題だよ。親子関係にも、けっこう問題あるんじゃないの? ここん家」

ますます分からない。

「増山さん、何をいってるんですか」

「だからさ、仮に超能力が介在してるにしたって、解決すべきは所詮、人間同士の問題だろう。人間の抱える問題なんて、どれも大して違いやしないんだって。そもそも超能力なんて、大なり小なりみんなが持ってるものじゃねえか。それを抑圧して無力化してるのは物理法則や既成概念だって、ついさっき、お前自身がいったんだぜ。逆にいったら、一時的に物理法則や既成概念を無視することさえできれば、その間は超能力が使用可能になることだって、ないとはいえないわけさ」

物理法則や既成概念を、無視?

「いいからさ、これの九時から九時半までの三十分を、よーく観てみろよ。正確にいうと、九時三分からだけどな。俺は、それこそが答えだと思うぜ」

増山は、さもダルそうに「よっこらしょ」と立ち上がった。

「……ま、ここはご馳走になっとくよ。それから、一応協力はしたからな。今度、ＤＭ機貸してな。もちろんタダで」

マスターにも「ご馳走さん」と声をかけ、増山は店を出ていった。

晃は、通りを事務所の方に戻っていく増山の背中を、ただ黙って見ていた。

九時から九時半までの、三十分間――。

そこに、どんな答えがあるというのだろう。

事務所に帰り、晃は増山にいわれた辺りの時間帯を改めて観てみた。

映っているのは、夕食と入浴を済ませた千秋が勉強をする後ろ姿だ。正確にいうと、やや左斜め後ろからのアングルということになる。むろん、なんの教科を勉強しているのかなどは分からない。分厚い問題集のようなものを開き、横に並べたノートに書き写したり、シャープペンシルを弄(もてあそ)びながら考え込んだりしている。ときおり何か感じるのだろうか、千秋はふいに背後を振り返る。そこにあるのは見慣れた、明るい自室の風景。何もないと分かれば、また千秋は勉強に戻る。

しかし増山が着目した九時頃はというと、若干集中力が途切れてきたのか、天井を見上げたり、髪を掻き毟ったり、眠いのか机に突っ伏したりしている。あるいは、いくら解き直しても答えが合わない問題にぶつかり、イラついているのかもしれない。

そして、問題の九時三分に差しかかる。

千秋は机の引き出しから、何やらポーチのようなものを取り出す。色は分からないが、半円形の縁に沿ってファスナーがある、小さめの化粧ポーチのようなものだ。千秋はそこから、まず目薬を出し、右左に点眼。その後しばらくは上を向いたままになる。顔まては映っていないが、おそらく目は閉じているか、パチパチしているのだろう。

その、上を向いた姿勢のまま、千秋は再びポーチから何かを取り出す。掌に隠れる程度の、ごく小さなもの。タブレット菓子のケースとか、その程度のものだ。実際、それから粒状であろう何かを出し、ぽんと口に入れる。すぐにケースはポーチにしまわれ、ポーチは引き出しにしまわれる。その間も、千秋は天井を仰いだままだ。非常に手慣れた感がある。

しばらくその姿勢のまま、だらりと両手を垂らして動かなくなる。だが突然、ガッともとの姿勢に戻り、よし、と気合いを入れ直して勉強を再開する。それが九時二十八分。以後、千秋は午前二時頃まで勉強に集中。その後はいったん部屋を出て、歯磨きとトイレを済ませて戻り、あとはぐるりと部屋を見回して、すぐ明かりを消してベッドに入る。ラップ音が鳴り始めるのは、ここから一時間ほどあとのことだ。

そうか、こういうことか——。

この案件を、如何(いか)にして決着させるべきか。

晃は悩みに悩んだ。

増山がいったような、警察に委ねるといった方法は、晃としてはとりたくない。甘いといわれるかもしれないが、今すぐ、そこまでする必要はないのではと思う。

では、どうしたらいいのか。

やはり、まずは直接の依頼人である亜澄に、ひと言断りを入れるべきだろう。

水曜の朝に電話を入れると亜澄は、昼休みなら少し話ができると応じた。待ち合わせは大手町。三藤商事本社の向かいにある、ビジネスビル一階の喫茶店になった。

十二時半になって現われた亜澄は黒のパンツスーツという出で立ち。週末のそれとはかなり雰囲気が違う。

「遅くなりまして、申し訳ございません」

歩き方も頭の下げ方も、どことなくきびきびしている。

「いえ、私も今きたところです」

コーヒーを二つオーダーすると、早速、彼女の方から訊いてきた。

「……何か、お分かりになりましたか」

晃は、少し深めに頷いてみせた。

「はい。結果から申し上げますと、ご自宅で起こっていた怪現象の原因は、家屋の構造問題でも、心霊現象でもなく、一種の……超能力によるものであると、判明いたしました」

眉をひそめ、亜澄が小首を傾げる。思念も、不安と疑念が複雑に交じり合い、斑(まだら)で暗い青になっている。

「誰かが、超能力であの現象を、起こしていたということですか」

「簡単にいうと、そうなります」

なるほど。うちの家族に、何か恨みを持っている人の仕業ですか」

「誰ですか。これだけの情報だと、外部の者による嫌がらせという解釈になるわけか。

コーヒーが運ばれてきたので、ウェイトレスが下がるのを待ってから晃は答えた。

「それは……現時点では、なんともいえません。しかし、亜澄さんに一つお願いがあります。私に、千秋さんと二人きりで話をさせていただけませんか」

は？ と亜澄が、今度は反対に首を傾ける。

「どういう意味……」

自分でいって、途中で気づいたようだった。

「まさか、千秋が超能力者だなんていうんじゃないでしょうね」

「その可能性は、否定できません」

さらに、小さくかぶりを振る。

「嘘ですよ、そんなの、あり得ないです。何かの間違いでしょう。あの子に超能力なんて、ありっこないですよ」

「ええ。ですから、あくまでも可能性の一つとして、です。なので、超能力の有無はさて置き、とりあえず私と千秋さんが話をする機会を、亜澄さんに作っていただきたいんです。公園とか、どこかのロビーとか、オープンカフェとか……そう、どこか開けた場所がいいでしょう。千秋さんも不安に思わなくて済むでしょうし、少し離れた場所からでしたら、亜澄さんが見ていてくださってもかまいません」

しばらく考えていたが、昼休みが残り少ないのだろう。亜澄はちらりと腕時計を覗き、最終的には頷いた。

「……承知しました。千秋の都合を聞いて、なるべく早くご連絡いたします」

翌日。亜澄から連絡があったのはやはり、朝九時だった。

『うちの、自宅の近くでもかまいませんか』

「ええ、もちろんです。何時頃に伺えばよろしいでしょう」

『今日は予備校がないので、千秋の帰りは、五時とかそれくらいなのですが、それだと私がお引き合わせできないので、六時半くらいでいかがでしょうか』

「私はかまいませんが、亜澄さんは、そのお時間で大丈夫ですか」

『ええ、なんとか……早く切り上げていきます』

場所は藤宮家のすぐ近くにある、児童公園に決まった。

そして九月十二日木曜日、夕方六時半。

すでに日は暮れていたが、児童公園の隣にはテニスコートがあり、その照明がむしろ園内を明るく照らしていた。

藤宮姉妹は、きっかり時間通りに現われた。

「お待たせいたしました。あの……妹の、千秋です」

晃はベンチから立ち、一礼した。

「K'zサイキック・オフィスの、河原崎と申します。このたび、お住まいで起こっている怪現象について、ご相談いただいております、超能力師事務所の者です。それについて、少し千秋さんからもお話を伺いたいと思い、お姉さまに無理をいって、お出でいただきました。受験勉強でお忙しいところ、お時間をいただきまして恐縮です」

「……はい。姉から、聞いてます……藤宮、千秋です」

仏頂面というほどではないが、さも面倒くさそうに会釈をする千秋は、亜澄に似ているといえば似ているけれど、全体としてはだいぶ雰囲気の違う女の子だった。

目鼻や口といったパーツは似ているのに、どこか亜澄とはバランスが違う。整った顔立ちではあるけれど、ぱっと見て「美人」と思うほどではない。いい言い方をすれば、「個性的」ということになるだろうか。

「では、申し訳ありませんが、亜澄さんは」

「はい、分かりました。……じゃあ千秋、私、あっちにいるからね」

亜澄が指差したのは公園の出入り口、清涼飲料の自動販売機とベンチがあるところだ。

「分かってる」

「うん……じゃあ、すみません。よろしくお願いいたします」

晃に今一度頭を下げてから、亜澄は歩き始めた。しかし千秋は、その後ろ姿に目も向けない。さっきからずっと、自分の足元に視線を落としている。

「座りませんか」

「……ああ、はい」

ブルーのペンキが剝げかかった、木製のベンチに二人で腰を下ろした。千秋はいったん自宅に帰ったのだろう。制服を着てはいるが荷物は何も持っていない。思念は、何か非常にドロドロとしている。暗い青と、赤茶色が交じったような鈍い色。精神状態としては、決していいものではない。

ひと呼吸置いてから、晃は始めた。

「……先ほども申し上げました通り、そちらの、ご自宅で起こっている怪現象について、弊社がお姉さまからご依頼をいただきまして、お調べしておりました。これは、お父さま、お母さまもご存じです。千秋さんにお伝えしていなかったとしたら、それは、受験勉強の妨げにならないように、という配慮だったのだと思います」

千秋は頷くこともせず、ただ一メートルほど先の地面を、無言で見つめている。

「その、調査の過程で、大変ご不快に思われるでしょうが、千秋さんのお部屋に……カメラを、仕掛けさせていただきました」

こっちを向くほどではなかったが、千秋がハッとしたのは分かった。視線も鋭く跳ね上がった。それでも、まだ口は開かない。

「むろん、これは怪現象がカメラに撮影可能なものかどうか、第三者が認知できる現実の出来事なのかを確かめるためでした。カメラは亜澄さんのお部屋と、ご両親の寝室、リビングにも設置いたしました。現象は、確かにカメラに捉えられていました。我々はそれを分析し、この怪現象は、ある種の超能力によって引き起こされたものであるとの結論に至りました」

初めて、千秋がこっちに顔を向ける。

「……えっ、超能力?」

この驚きは本物だ。灰色が、うねりながら思念に差し込んでくる。

「はい。それは、千秋さん。あなたから発せられたものです」

灰色が、さらに龍のように暴れる。

「まさか……違いますよ。私じゃありません。私、超能力なんてありません」

「ええ。確かに、普段のあなたに超能力はない。でも、ある特殊な状態のときにのみ解放される超能力、というふうに考えれば、お心当たりもあるんじゃないですか」

ぐらぐらと、灰色の龍が赤に、青に、紫になってまた灰色に、めまぐるしくその色を変える。一種異様な混乱状態だ。

「……ない、ですよ……心当たりなんて」

「千秋さん。我々は、映像であなたが勉強する姿を観ています。お母さまは何もお気づきにならなかったようですが、我々は、あることに気づきました」

正確にいったら、気づいたのは増山だが。

「……机の引き出しにしまってあるポーチには、目薬と、何が入っているのですか」

千秋の思念が、砂のように、一気に色を失くす。

「千秋さん、よく聞いてください……我々は、警察ではありません。これは取調べではないし、これで何かが分かったからといって、私が警察に通報することもありません。ご両親やお姉さんにその内容をお伝えすることもしません。答えたくなければ、お答えにならなくてもけっこうです。でも、聞いてください……今週、月曜日の夜九時頃。あなたが目薬を注(さ)した直後に口に入れたのは、何かの違法薬物ではないですか」

砂が、雨に濡れるように、少しずつ色を増していく。

「おそらく合成麻薬、MDMAではないかと、私は見ています。夜九時に摂取し、効き始めは三十分か、一時間後でしょう。つまり九時半から十時くらい。その後四時間、長ければ六時間くらい効果は続く……ぴったりですよね。あなたは午前二時まで、脇目も振らずに勉強をし続けた。なかなかの集中力です。しかしその後、電池切れを起こしたようにベッドに入る……怪現象が始まるのは、その約一時間後です。それは、MDMAの効果がなくなる時間と、ほぼ一致しています」

もう、千秋の思念は水浸しだ。青黒い水面に、ささくれのように、小さな茶色の水柱が立つ。繰り返し、繰り返し、何かを自問するように。

「MDMAはその効果が切れると、精神が不安定になります。妄想や、場合によっては記憶障害もあるといいます。他にもいろいろ、障害が出ます。千秋さんの場合、睡眠障害はなかったようですが、その代わり、ある特殊な精神状態が作り出されたと考えられます。それによって……極めて稀なケースだとは思いますが、あるはずのない超能力を、千秋さんは得てしまった。別の言い方をすれば、一時的に、超能力が使えるようになってしまった」

思念全体が内出血のような、ドス黒い紫に侵されていく。晃も、あまり直視していたくない精神状態だ。

「……しかし、その能力は非常に不安定で、突発的で、なおかつ暴力的です。それが、本をばら撒いたり、壁を蹴ったり、お姉さんの服を破ったりしているうちはまだいいです。しかし場合によっては、被害が家族の身体に及ぶ可能性だってあるんです。お姉さんか、ご両親かは分かりませんが、あなたに備わった超能力が暴走し、その結果誰かを……怪我で済めばいいですが、ひょっとしたら、殺してしまうことだってあるかもしれないんですよ」

もう、思念を読むまでもなかった。

千秋は歯を喰いしばり、目に涙を浮かべている。

そして、亜澄とよく似た形の唇が、薄く開く。

「……お願い。誰にも、いわないで」

押し殺した、本当に晃にしか聞こえない、小さな小さな声だった。

晃は、心持ち大きく頷いてみせた。

「ご安心ください。秘密は、必ず守ります」

「……親にも、警察にも？　誰にもいわないって、約束してくれる？」

「お約束します。私がご依頼を受けたのは、あくまでも怪現象の原因究明と解消です。違法薬物の取締まりでも、ましてや検挙でもありません。なので、お聞かせください。クスリは、どうやって手に入れたのですか」

しばらく答えはなかったが、一度大きく息を吐くと、心も決まったようだった。

千秋は話し始めた。

「予備校の、先輩が……眠気が、なくなるよ、って……みんな、飲んでるよ、って……飲まないと、勉強、遅れちゃうよって……最初、三粒くらい、タダでくれて……でも、それからは……」

なんと卑劣な売り文句だろう。そもそも、ＭＤＭＡで眠気を飛ばしたところで、そんな頭で受験勉強なんてできるはずがない。あまりに滅茶苦茶な商売ではないか。

「うち……家族みんな、一流大学出てるし……お父さんも、お姉ちゃんも、会社一流だし……でも私は、そんな、お姉ちゃんほど頭よくないし……美人じゃないことも、自分でよく分かってるけど……でも、私なりに努力はしてた。なのに、やればやるほど、無理だって思い知らされるだけだった。今だって、あと偏差値三つ上げて、ようやくお姉ちゃんがすべり止めにしてた大学なんだよ。同じレベルの大学なんて絶対無理なのに、それでもがんばれ、がんばれって……もう放っといてよって、私じゃ無理だよって、怒鳴ったって泣き喚いたって、大丈夫、もうちょっとだからって……どこにも……私には、どこにも逃げ場なんてなかったッ」

受験のストレスを紛らわすための、違法薬物摂取。まさに想定内の結果だった。おそらくそういうことではないかと、思った通りの理由だった。だが、実際に面と向かって聞いてしまうと、どうしていいのか分からなくなる。肩くらい抱いていいものなのか、背中をさするべきなのか、頭を撫でるくらいがいいのか。慰めるにはどんな言葉が相応しいのか。どうしたらこの少女を傷つけず、泥沼から引き上げることができるのか。

増山なら、こういうとき、どうするのだろう——。

千秋が、悔しげに自分の腿を叩く。

「怖かった……受験失敗して、これ以上……家族に、嫌われたくなかった……私だって、もっとお姉ちゃんみたく、可愛がられたかった」

「いや、それはないって」

思わず、晃は千秋の肩を摑んでいた。

「どうしてさ。どうしてそんなふうに考えるの。お父さんだってお母さんだってお姉さんだって、君のことを嫌ったりしてないし、可愛がってないなんてことないじゃないか。むしろ、一番に考えてる。君のこと、みんな大切に思ってるよ」

確かに過干渉はあったと思うし、それが苦痛だったのは理解できる。だが、それをもって可愛がられていない、嫌われていると思い込むのはあまりに身勝手な解釈だろう。

くしゃっと、千秋の泣き顔が歪む。

「なんで……なんでそんなこと……あんたに分かるの」

「分かるさ。僕は超能力師だよ。そりゃ、瞬間移動なんてできないし、未来を予知することもできない。物を動かす力だって、実際は大したことない。でも、人の心は分かる。君のお父さん、お母さん、お姉さんが、君のことをどんなに大切に思ってるか、それは分かるんだ。それだけは間違いない。できることなら、君にも見せてあげたいよ」

千秋の頰が、悲しみをいっぱいに溜め込んで膨らむ。

「じゃ、見せてよ。私がみんなに好かれてるって、超能力師なら、その証拠を見せてよッ」

ひやりとした。

できるのか、そんなこと――。

なんの技術が使えるか、脳細胞をフル稼働させて足し算をした。言葉を伝えるなら遠隔伝心。何かの記録媒体に絵を残すなら念写。それらをミックスすればいいのか。他から受け取ったイメージを用いる場合は、代理念写。それで伝わるのか。分からない。分からないが、やってみるしかない。

この子を、救うためには――。

「……いいよ。僕の手を、握ってごらん」

もう、ただ念じるしかなかった。千秋の、か細い右手を握って、ただただ、伝えるしかなかった。両親が、亜澄が、千秋を想う気持ち。それは、美しい緑色をしている。穏やかで、喜びに充ちている。豊かな森のように、深い慈愛にあふれている。

そう、この子なら分かるはずだ。受験の失敗より、違法薬物に手を染めることの方が、どれだけ深く家族を傷つけるか。どれだけ自分の将来に汚点を残すか。だが人は目の前の苦痛から逃れるため、ときとして誤った道に逃げ込もうとする。そうならないために必要なのは、おそらく罰や、さらなる忍耐ではない。受容と、自分を客観視できる冷静さだと、晃は思う。今あるがままの自分を、受け入れてくれる人たちがいる。そのことを心から理解することができれば、その逃げ道が、単なる落とし穴であることも見えてくるのではないか。

千秋の心を読む余裕はなかった。ただひたすら、晃の中にある藤宮夫妻の親心と、亜澄の優しさを伝えるだけで精一杯だった。

だが人の心の移り変わりは、超能力がなければ分からないものではない。晃の手を、恐る恐る握っていた千秋の手。次第にそこに、すがりつくような力がこもり、しかしそれも徐々に抜けていく。

やがて千秋は、するりと右手を、晃のそれから引き抜いた。

「……あの……ありがと……」

不思議だった。千秋の思念はいつのまにか、晃が見た、藤宮家の家族と同じ、穏やかな緑色に染まっていた。

千秋が、照れたような泣き笑いを見せる。

「……ありがとう、ございました」

それでも、晃は不安だった。これで、この子を救ったことになるのか。この美しい緑が、またあのドス黒い紫に染まることはないのか。そもそも、自分に他人を救う技量などあったのか。低周波空気振動や物理トリックの類ではない、人の心の問題を解き明かす力など、自分は備えていただろうか。

「……本当に、もう、大丈夫？」

いけない。こんな訊き方をしたら、またこの子を不安にさせてしまう。

案の定、千秋は小首を傾げた。

「自分だけの力で、どこまでできるか分からないけど……でももう、クスリには頼りません」

いや、と晃はかぶりを振ってみせた。

「自分だけとか、そんなふうには思わない方がいい。君は一人じゃないんだから。家族みんなが君を応援してる。一緒になって、君の将来について考えてる。もっと、愛されている自覚を持った方がいい。……僕は、そう思うな」

すると、千秋は小さく頷いた。

「そう、ですよね……私も、もっと家族のことを、思いやらないといけないんですよね。受験だけが、人生じゃないんだし」

「そうだよ。もっと大きく構えて、広く周りを見た方がいい」

「うん……なんか、分かる気がします。そう……そうですよね。私、自分のことしか考えてなかったけど、こんなこと続けてて、もし私が警察にでも捕まっちゃったら、お姉ちゃんの結婚話も、駄目になっちゃうかもしれないですもんね」

「……え？」

一瞬、自分の思念が真っ白になるのを感じた。いや、これは単なる、思考停止というやつか。

「お姉ちゃん、私の受験が終わる、来年の春に、結婚するんです。会社の先輩と。けっこうごっつくて、ゴリラみたいな顔してるけど、でもすごく優しい、いい人なんです。私も、お義兄さんができるの、ちょっと楽しみなんです」

ああ、そう。そうなんだ――。

でも、そういう情報はあんまり、いらなかったかな。

後日、結果を増山に電話で報告した。

『……そうか、よかったじゃねえか。なんにせよ、薬物事犯に発展する前に防げたんだから』

「ええ。これも、増山さんのお陰です。ありがとうございました」

これによって、晃なりに分かったことと、逆により分からなくなったことがある。分かったことは、こういったケースの解決方法。結局、心の問題は心でしか救えない、ということ。

逆に分からなくなったのは、やはり――。

「あの……やっぱり気になるんで、教えてください。文乃さんの事件って、結局、原因はなんだったんですか」

『なんだよ。もう訊かねえっていったじゃねえか、この前』

「ええ。でも、やっぱり……藤宮千秋の場合、原因はＭＤＭＡの副作用でした。文乃さんのときは、なんだったんですか。まさか、文乃さんも薬物だったなんてことは」

『ないよ。そういうんじゃないし、何度訊かれたって、俺は答えるつもりないよ。もう、終わったことだしな』

「そうですか。……すみません。しつこくて」

じゃあ、といって、その電話は切った。

だが増山のいった、もう終わったこと、というのは違うと思う。

少なくとも増山にとって、文乃の件は終わってはいないはずだ。

だからこそ増山は文乃と結婚し、今も彼女のそばから離れようとしない――。

晃には、そうとしか思えない。

増山超能力師事務所

Chapter6

面倒くさいのは同性の嫉妬

案の定というか、なんというか。

明美は九月半ばに実施された日超協主催の二級超能力師試験を受験したものの、結果は見事なまでの不合格だった。

その後の、男性所員二人による慰め合戦の凄まじかったこと。

「明美ちゃん。もう全っ然、落ち込む必要なんてないから。よし、今日は飲みにいこう。ガンガン飲んで、パーッと忘れちゃおう」

ここぞとばかりに肩を抱きにきたのが、去年二級に合格したという高原篤志。もう、思考を読むまでもなく下心が見え見えだった。後ろから胸元を覗こうとする視線には痛いほど鳥肌が立った。

「私、別に落ち込んでませんけど」

そう答えたのも、中井健の耳には入っていなかったようだ。

「そうそう。僕が四年、篤志なんて六年もかかってるんだからさ。全然焦る必要なんてないって」

口ではそういいながら、健はベロンベロンに酔っ払った明美を介抱する場面を夢想している。明美は決して「遠隔読心」が得意な方ではないが、ここまで強烈に妄想されると、否が応でもそのイメージが脳内に流入してくる。

「ですからぁ、別に焦ってるとか……」

「大丈夫大丈夫。とにかく飲みにいこうよ。ね？　とことん付き合うから。明美ちゃんはどこがいい？ カラオケいく？ そうだ篤志、なんか洒落た個室カラオケがあるって、この前」

「あー、はいはい、晃さんとこの女の子たちといったところ。はい、いいっすよあそこ、最高っすよ」

いや、むしろ最低だ。その個室ですることの妄想が、二人ともエロ過ぎる。っていうか、二人とも二級超能力師なのだから、もうちょっと心を読まれない努力――エチケット程度の「念心遮断」は心がけてもらいたい。それと、明美が法的に「男」であることは二人とも承知しているわけだから、ある程度は異性視するのを遠慮するとか、そういうデリカシーも持ってもらいたい。

一方、震えがくるほどクールなのは住吉悦子だ。

「……っていうかさ、あたしが注意しろっていったところ、ことごとく全滅してんじゃん。筆記は探偵業法、協会規定、両方とも赤点。挙句、イントロスコピーの三十二点って何よ。これじゃ一般人の当てずっぽうと変わんないじゃない」

しかし、明美自身はこの、悦子のクールさが嫌いではない。ひと言でいうと「姉御肌」となるだろうか。こういう女性と一緒にいることに、なんともいえない心地好さを感じる。思わず甘えたくなる。

「んもぉ、悦子さんひどぉーい。ちゃんといいところも見てくださいよ。念心遮断は、七十三点でパスしてるじゃないですか」

「平均点、六十九点ってなってるけどね。合格ライン六十五点だから、ほとんど誰でも受かるレベルだけどね」

　斜め向かいにいる事務のおばさん、大谷津朋江もけっこう好きなタイプだ。

「まああ、えっちゃん。そうカリカリしなさんな。初回は勝手が分かんないもんだって、あんただっていってたじゃないさ」

「にしたって朋江さん、三十二点だよ？　あたし、朋江さんがやったってもうちょっといくと思うわ」

　悔しいが、あり得ない話ではない。「イントロスコピー」は密閉した容器の中身を透視する科目。超能力者でなくとも、勘のいい人なら当たることはある。

　そんな事務所内で、一番分からないのが所長の増山圭太郎だ。

「しょうがねえんじゃねえの、初回は。試験に慣れるのも、勉強のうちの一つだろう。健なんて、初回は緊張し過ぎて……」

「ちょ、ちょっと所長ッ」

　健は慌てて遮ったが、もう遅い。最後まで聞かなくても先は読めてしまった。どうやら健は初めての試験中にお腹が痛くなり、何度もトイレにいっているうちに不合格にされてしまった、ということのようだった。

　ただし、今のは明美が増山の思考を読み取ったというより、増山があえて思考を伝えてきた、といった方が正しいのだろう。いわゆる「遠隔伝心」。増山の思考を読むなんて、実際にはナンバー2の悦子ですら不可能だと思う。

増山が所長デスクから立ち上がる。

「ま、明美には次、三月の試験でがんばってもらうってことで……今日は残念会だ。篤志、どっか店予約しろ」

「えっ、所長の奢りっすか」

「飲み放題のある店、限定でな」

「飲み放題のある、個室カラオケでもいいっすか」

その残念会があったのが、九月の最終週。

あれから、一ヶ月とちょっと。

明美は以来、ずっと悦子や健、篤志の調査補助をしながら勉強を続けてきた。だが自身のレベルアップは、悲しいかなさほど実感できていない。

イントロスコピーは、相変わらず中がごちゃごちゃに見えて、折り畳んだ紙に何が書いてあるのかなんてちんぷんかんぷん。サイコメトリーの三科目中、「有機物媒介感受」はなんとかこなせるようになったものの、「液体媒介感受」「金属媒介感受」はいまだに不得意。特に金属が駄目で、残留思念を読み取り過ぎてしまうのだろうか、古い情報と新しいそれとが入り乱れ、結局わけが分からなくなってしまう。

テレパシーの科目、「念心遮断」はまあまあだが、「遠隔読心」「接触読心」は共に今一つ。「念写」に至ってはほとんど上手くいった例がない。どうも焼き付けが強過ぎるらしく、たいていは画面を真っ白くしてしまう。

成績表にあった総合評価は「D」。つまり最低ランク。ただし、講評にはちょっと希望の持てる記述があった。

【各々の能力自体は強いので、今後はそれを抑制する方向で制御する訓練をしましょう。一般的な物理法則を意識しながら、小さな単位での正確な能力発動を心がけましょう。】

つまり自分は、ある種の「天才」ということなのだろう。


十一月に入ってからは篤志の受け持った浮気調査の補助についていたが、その案件にもうほとんど目処（めど）はついていた。

「じゃあ私、お先に失礼しまーす」

「ええーっ、明美ちゃん、もう帰っちゃうのォ？」

現状、研修生扱いの明美は夕方六時以降に居残っていても残業手当はつかない。

「報告書、もうちょっとじゃないですか。写真のプリントアウトも終わっちゃったし。私もう、やることないですもん」

「もうちょっと、あとちょっとだけ待っててよ。そしたらさ、あそこのラーメン食べにいこうよ。ほら、つけ麺のさ、ほら、なんて店だっけ」

知ってるけど、今は教えてあげない。

「あー、ごめんなさーい。私、今日デートなんで」

そういった途端、ギョッとしたのは篤志と健。ふんっ、とつまらなそうに鼻息を噴いたのは悦子。朋江と増山は無反応。

「じゃ、お先でーす。お疲れさまでしたぁ」

適当に手を振って事務所をあとにする。最後に見た、篤志の泣きそうな顔はちょっと面白かった。

階段を下りて通りに出ると、辺りはもうすっかり夜の暗さになっていた。でも、まだ十一月八日。そんなに寒くはない。上はプリントカットソーにベスト、それにロングジャケットを重ねて、ボトムはサルエルパンツ、ブーツは編み上げのキャメル。まだまだ秋コーデが楽しめる陽気だ。

デート、といったのは半分冗談、でも半分は本当だ。今夜は小学校からの幼馴染、宮田純一と会う約束をしている。

待ち合わせは七時。上野のマルイ近くにある、和風居酒屋。

明美が店に入ったのは七時十分前。まだきていないだろうと思っていたが、店内をくるりと見回したら、奥の方で誰かが手を振っているのが見えた。純一だった。

こっちも小さく手を振りながら店内を進む。

「えー、なに、チョー早いじゃん。仕事忙しいとかいってたから、絶対遅刻してくると思ってた」

「こっちから呼び出したんだから、それはないよ……お疲れ」

とりあえず向かいに座り、通りかかった店員に「同じの」といって生ビールをオーダーした。純一はすでに三分の一くらい空けている。ツマミは、まだ枝豆しかきていない。

「他なに頼んだ？」

「ホッケと煮込み、あと、なんとかサラダは頼んだ」

「じゃ、とりあえずいっか」

生ビールはすぐにきて、まずは乾杯。

「お疲れぇ」

「うん、お疲れさまぁ」

さっきから、斜め向かいのテーブルにいる男子三人がこっちをちらちら見ている。あえて心を読みはしないが、明美に興味があるのは明らかだった。でも、そういう視線は嫌いじゃない。男に興味を持たれるのは、基本的には気分のいいものだ。まあ、度が過ぎたらNGだが。何事も。

「相変わらずお洒落さんだね、明美は」

純一のこういう褒め方も、けっこう好き。

「ありがと。純一も、相変わらず綺麗だよ」

これは、全然お世辞でも冗談でもない。純一は小学生の頃からけっこうな女顔で、もちろん女子にはモテたし、それでいてサッカーが得意で、性格もヤンチャだったから、男子の中でもリーダー的存在だった。

ただ本人は、顔について褒められるのは好きじゃない。それも昔から変わっていない。

「そういうの、よせっつってんだろ。俺はお前とは違うの」

「それがもったいないっていってんの。純一が本気でメイクとかしたら、メチャメチャ可愛いと思う」

「俺は百パー男なの。お前とは根本的に別物」

それは、確かにそう。

明美が戸籍上「男」であることは事実だが、肉体的にもそうかというと、それは違う。医学的というか、生物学的というか、体の造りを正確にいうと、明美は「半陰陽」となる。いわゆる「インターセックス」というやつだ。

むろん、こういうことを他の誰かにいわれたら傷つくが、純一は別だった。明美が半陰陽であることを理解した上で、子供の頃から自然体で付き合ってくれているから、特に腹も立たない。

「……でもさ、純一って不思議だよね。私のこと、男友達とも思ってないし、女友達とも思ってないもんね」

ついでにいうと、純一は明美を「女」とも思っていない。そこは心を覗いて何度も確かめたので間違いない。なのに、人間としての好意はあふれるほど持ってくれている。これがいわゆる「親友」なのか、と思わなくもなかったが、本音をいったら、ちょっと明美の片思い気味、なのかもしれない。ほんの、ちょっぴりではあるけれど。

「いいんじゃないの、ただの友達で……それよっかさ、超能力の方、どうなったの。前より、けっこうパワーアップしたの」

明美の超能力に期待しているところも、昔から変わらない。

「んん……パワーアップ、っていうのとは、ちょっと違うかな」

だいぶ違うかな。

「やっぱこう、人の気持ち読むのとか、上手くなったりしたの」

今日明美を呼び出した狙いは、どうもその辺にありそうだが、もうしばらくとぼけて話を合わせてやろう。

「上手く、っていうのとも、ちょっと違うんだよね。なんか私の場合、能力自体はあるんだけど、むしろ強過ぎるっていうか。何個かモノがあって、そのうちの一つを浮かせればいいところを、全部スパーンッてばら撒いちゃったり。人もさ、今なんとなく思ってることを読むくらいならいいんだけど、記憶をたどるとか、そういうの全然駄目で。昨日のことなのか十年前のことなのか、そういうの全然判断できないんだよね」

そうなんだ、と純一が口を尖らせる。おい、何が不満だ。

「……何よぉ。どうせまた、私になんか探れっていうんでしょう」

純一がその手の頼み事をしてくるのも、もう昔からだ。中学高校は別の学校で、その気安さも逆にあったのだろうが、要は気になる女の子の気持ちを確かめてほしいとか、カノジョが浮気をしてないか探ってほしいとか、人の気も知らないであれこれ明美に頼んでくる。

結果はここまで、二勝三敗といったところか。まんまと純一のことが好きだとの確証を得られた一件で、一勝。悲しいかな浮気が発覚したので、二勝目。あとは明美の見立てと違う結果になり、アタックしたのにフラレてしまった一件で一敗。喧嘩が余計にひどくなったので二敗目。「好きだったのに」とビンタを喰らったので三敗目。ただし、ビンタの一件は明美のせいではないと思う。詳しくは聞いていないが、純一自身が、何かその直前に嫌われるようなことをしたのではないかと思う。でなければ、好きな男子にビンタなんてしない。普通は。

それはさて置き。

「何よ、いってごらん。また同僚の女の子の気持ち確かめてくれとか、要はそういうこと？」

純一は現在、大手玩具チェーンの店員をしている。

「いや、今回はちょっと、今までと違うんだよね。俺が直接っていうよりは、その、他のスタッフの子がね」

というわりには、さっきから可愛い女の子の顔が脳味噌のど真ん中に浮かんできていますが。

「うんうん……小柄で可愛い子だよね。髪伸ばしてて、後ろで一つに括ってて」

「おい、俺の頭は勝手に覗かないって約束だろう」

「覗いてないよ。純一がイメージを垂れ流してるだーけ」

しかもその「覗かない」って約束、小学六年のときの話だし。

純一はクシャクシャッと頭を掻き、うん、と一つ頷いた。

「実はさ……まあ、その子のことなんだけど。ハタナカ、アオイっていってね」

漢字では「畑中葵」と書くらしい。まあ、可愛らしいお名前だこと。

「どうも、周りの女性スタッフから、イジメに遭ってるらしいんだよね。シカトっつーか、なんか、完全に孤立させられてて」

もうちょっと詳しく引き出してやろうかと思ったが、失敗した。他にもいろいろ顔が出てきてしまい、さらに棚に並んだぬいぐるみとか、ゲームのジャケットとかそのロゴとか、BGMとか、どんどんぐちゃぐちゃになって、わけが分からなくなってしまった。

純一が続ける。

「俺さ、女のそういうの、苦手なんだよね。なんかさ、男と違って、女のイジメって陰険じゃん」

明美は、わざと純一をひと睨みしてみせた。

「……私、そういうの、あんまり好きじゃない」

純一が「へ？」と目を丸くする。

「だから、俺だって好きじゃないって」

「違う違う。女のイジメの方が陰険だとか陰湿だとか、そういう偏見が好きじゃないっていってるの。イジメなんて、男がやったって女がやったって陰険で、陰湿なもんだよ。直接暴力に訴える分、男の方がかえってタチ悪いと思う」

それでも、純一は「いや」とかぶりを振る。

「そんなことねえよ。男のは、結局は喧嘩だからさ。拳で語り合って、あとはさっぱりしたもんだよ」

「それは純一が喧嘩も強かったからで、でも他のところでは、陰湿なイジメだってあったよ」

「そりゃ小学校のときだろ。だからそれは、俺が助けてやったじゃねえか」

「確かにそうだけど、でも中学のときだってあったし……私じゃなくて、他の男子がね、けっこうひどいイジメに遭ってたし。ニュース観てたって、イジメで自殺するのって男子の方が多いじゃん。そんな気しない？」

純一は曖昧に頷き、一つ溜め息をついた。

「……分かった分かった。女のイジメが陰険だっていったのは悪かった。撤回する……でもさ、いま実際に起こってるのは、ほんと陰険なんだって。でも俺じゃ、原因とかよく分かんねえし、首謀者も誰だか分かんねえし。そのくせさ、店長とか男性スタッフがいる前だと、葵ちゃんがんばってくれてますからァ、とかしれっというんだよ。でもって、俺がそいつらに、畑中さんとなんかありました？　とか訊いても、ハァ？　みたいな顔されるだけで、全然態度直んないし」

その程度のイジメはどこにでもある気がするし、比べたら明美の受けたイジメの方が陰湿だったと思うし、そもそもイジメから救ってあげたいと思うこと自体、その葵ちゃんを好きだといっているも同然だと思うのだが――。

「……分かったよ。じゃあ明日、ちょっとそっちのお店いってあげる。純一と、その葵ちゃんは明日いるわけ」

「うん、いるいる。明日土曜だから、スタッフ全員出てきてるから。ちょっと探ってもらえれば、明美なら人間関係見えてくると思う」

そんな。超能力ってそんなに便利なもんじゃないって、今までも散々説明してきたはずなのに。

人は小さな頃の記憶をどれくらい持っているのか。そんなデータは見たこともないし、結局のところ調べようもないことだと思う。ただ明美は他人と話をしていると、自分はかなり幼少期の出来事をはっきり記憶している方だな、と感じることはある。

理由は二つ考えられる。一つは、写真やその他の物品から無意識に残留思念を読み取り、記憶を強めてきたという可能性。もう一つは、親の記憶が勝手に流れ込んできて定着してしまった可能性。

こういった場合、どちらの信憑性が高いかというと、圧倒的に物品の残留思念の方だ。人の記憶は多くの場合、自分に都合がいいように脳内で改ざんされる。特に苦い経験や悲しい出来事に関しては、自分を正当化したり、逆に必要以上に責めたりしていることが多い。

そういった改ざんをできるだけ排除して整理すると、明美の幼少期というのは、おそらくこんな感じだったものと思われる。

東京都杉並区の、ごく一般的なサラリーマン家庭に明美は生まれた。家族は両親と、十一歳年上の姉。だいぶ間が開いての第二子というのもあり、両親は男子の誕生を熱望していたようだ。

ところがその第二子は、本当の意味での「男の子」ではなかった。それっぽいモノはついているものの、その根元には、男子にはないはずの割れ目があった。尿道も下裂気味で、将来は立ってオシッコをするのが難しくなるだろうといわれた。医学的な分類でいうと「真性半陰陽」。男性器と女性器を両方併せ持った状態だった。

両親はかなり悩んだと思う。

半陰陽児の多くは生後まもなく性器形成手術を施され、男性か女性か、どちらかの性別に寄せられる。だが、明美はちょうどド真ん中。どちらに近いとも言い難いバランスだった。

このとき父親は、男にすることを希望したらしい。そもそも男子を望んでおり、考えていた名前も「明義」だった。ところがこれに、強烈に異を唱える者がいた。

母親と、姉だ。

こんな小さな子に手術なんて可哀相だ。いま健康ならこのままだっていいじゃないか。もう少し大きくなって、体力がついてから手術をしたっていいじゃないか。名前だって、一文字変えて「明美」としておけば、「あきよし」とも「あけみ」とも読める。とにかく、今すぐは決めない方がいい——。

この母親と姉の意見は、ある程度は採用された。ただし父親は、戸籍だけは「男」とすることに拘った。半陰陽児の場合は性別を保留するという手段もとれるのだが、父親はそうはせず、「男」として届を出した。理由は定かでないが、おそらく自分が、会社で「男の子ですか女の子ですか」と訊かれて答えられないのは困る、とか。そんな、世間体を慮っての判断だったものと思われる。

転機は、三歳を少し過ぎた頃に訪れた。成長過程でいうと、そろそろ昼間はオムツもとれ、トイレで用を足すようになった辺り。このくらいから、明美自身の記憶もかなりはっきりしてくる。

最初は母親や姉に付き添ってもらい、立ってするオシッコにトライした。しかし、これが上手くいかない。どうしても尿が前に飛ばず、真下に垂れてしまうのだ。

母親はトイレにしゃがみ、明美の濡れた脚の内側をトイレットペーパーで丁寧に拭いてくれた。

「……上手く、いかないねえ」

始めのうちは、それがさほど困ったことだとは思わなかった。立ってできなければ便座に座ってすればいい。明美自身はその程度にしか思っていなかった。だが、母親と姉は違った。

男の子として幼稚園にいって、立ってオシッコができないのは困るんじゃないか。いっそ女の子として入園させたら？　いや、幼稚園でパンツを脱ぐようなことがあったら、すぐにおかしいと思われる。女の子で通すには、明美のこれはあまりに目立ち過ぎる――。

これらの思考が母親のものだったのか、姉のだったのか、あるいは、実際に二人が口に出して相談していたのを明美が聞いてしまったのか、そこのところは判然としない。ただ明美自身、立ってオシッコができないことに罪悪感を抱いたのは覚えている。

母親は、明美の小さな男性器に手を添え、なんとか立ったまま用を足させようと躍起になった。でもそれが、明美には苦痛でならなかった。上手くいかない、上手くいかない。そういう、母親のネガティブな思考が背後から覆いかぶさってきて、窒息しそうになった。

やがて明美は、母親が性器に触れるのを拒むようになった。トイレにも一人でいき、座ってするようになった。立ってできないの？　座ってしてるの？　そういう質問にも一切答えなくなった。

だが姉、千尋(ちひろ)に対しては、ちょっと違った。

「アキ……お姉ちゃんにだったら、いいよね？　ちょっとだけ、見せてくれる？」

年の離れた千尋は何かと明美の世話を焼いてくれたし、何より最高の遊び相手だった。おままごと、お絵描き、ゲームにブロック。絵本も読んでくれたし、一緒にコンビニにいってよくお菓子も買ってくれた。明美が家族で一番好きなのは、間違いなく千尋だった。

明美はパンツを脱ぎ、すべてを千尋に見せた。そして千尋は、尿道が縦に大きく裂けた明美の男性器を見て、目に涙を浮かべた。

「ねえ、アキ……お姉ちゃんにだけは、本当のことといっていいんだよ。嫌なものは嫌、本当はこうしたい、分からなかったら分からない。そういうこと、ちゃんといっていいんだからね」

正直明美には、自分が何をいうべきなのかも分からなかった。だが、千尋が全身全霊で自分のことを案じてくれていることだけは、痛いほど分かった。母親が示す哀れみや苛立ち、父親の抱く苦悩とはまったく別の、いや、むしろそれを凌駕(りょうが)するほどの、純粋で強固な愛情だった。

「うん、もう穿いていいよ……それと、ちょっとだけお姉ちゃんの話、聞いてくれる？」

それから千尋は、男女の別について丁寧に説明し始めた。従兄弟や近所の子、さらにはアニメのキャラクターなどを例に出し、あの子は男の子、あの子は女の子、男の子はこうで、女の子はこう。でもアキは今、その両方を持ってる。そのままでもいいし、どっちか一方に決めてもいい。それは、アキが自分で考えて、決めていいんだよ――。

話を聞くうちに、明美は疑問に思い始めた。何かがおかしい。この話を始めてからの千尋は、さっきまでとちょっと違う。自分に向ける愛情に違いはないけれど、でも、何かが引っかかる。

だから、訊いてしまった。

「……お姉ちゃんは、女の子？」

すると再び、千尋の両目から涙があふれ出した。それと呼応するように、氷水のような思念が千尋から噴出し、明美はそのあまりの強さと冷たさに、溺れそうになった。

「うん……学校では、女の子。でも本当は、女の子でも、男の子でもないの。だから、アキとは反対かな。あたしはね……もうどっちでも、なくなっちゃったんだ」

こんなに悲しい言葉を、明美はそれまで聞いたことがなかった。

そしてこの先も、聞くことはないだろうと思っている。

父親も加わっての家族会議が行われたのは、その直後ではなかったか。

「とにかく、明美は男として育てる。手術だって、その方が上手くいく確率が高いって、大森（おおもり）先生はいってる」

これに真っ向反対したのが、千尋だった。

「だから、どうして片一方にする必要があるのよ。今のアキに、一生男で生きるか女で生きるかなんて決めらんないんだから、もうちょっと待ってあげたっていいじゃない」

「明美に決めろなんていってない。先生と相談して、親として判断していってるんだ」

そのときのダイニングには、憎しみにも似た思念が大きく渦を巻いていた。母親は「もうやめて」と金切り声をあげたが、父親も千尋もまるで聞こうとしなかった。

千尋が立ち上がり、拳でテーブルを叩く。

「それが勝手だっていってるの。もしいま男になる手術をして、でも大人になって、本当は女の方がよかったったっていったって遅いんだよ。そんな大事なこと、他人が一方的に決めないでよッ」

父親は腕を組んだまま、かぶりを振った。

「俺は他人じゃない、父親だ」

「そうやって、あたしんときだって決めつけたんでしょッ」

そのひと言で、また氷水の思念が千尋からあふれ出した。

「あたしは、手術なんてされたくなかったよ。お父さんには分かんないでしょ。恥ずかしいから、一度も相談なんてしなかったもんね……あたし、ずーっと痛かったんだよ。子供の頃から、ずーっとずーっと、手術の痕が痛いの。それだけじゃない。クラスの友達はとっくにみんな生理がきてるのに、あたし、こんなに背は高いのに、まだなんだよ。なんでか知ってる？　知ってるよね。あたしには、子宮がないんだよ。子宮がないのにさ、そんなの、いつまで待ったって生理なんてくるわけないじゃんッ。だったらせめて

「……どうしてあたしに、男として生きられる可能性を残しておいてくれなかったの。どうしてよ、どうしてこんな……女でも、男でもない体にしたのよッ」

振り返り、片膝をついた千尋に、明美は抱きしめられた。

氷水の思念は、もはや止めようもないほどの勢いになっていた。

それでも、千尋の体はあたたかだった。熱いくらいだった。

「……アキに、あたしと同じ思いはさせたくない。他人の決めた手術なんて、絶対に受けさせたくない。アキには、自分の意思で決めてほしい。それくらいの自由、あたしたちにもあったっていいじゃない。苦しいこと、いっぱいあるんだよ。なんにも悪いことしてないのにさ、この体で生きてるってだけで、嫌な思いいっぱいするんだよ。だったらせめて、選ぶ権利くらい与えてよ。自分の生き方くらい、自分で選ばせてあげてよッ」

母親も千尋も、明美も泣いていた。

父親は、黙って目を閉じていた。

千尋が交通事故で亡くなったのは、その数ヶ月後のことだった。

享年十五。

明美は、まだ四歳になったばかりだった。

以後、明美は一日の大半を千尋の部屋で過ごすようになった。

千尋の匂い、千尋の思念に包まれていれば、寂しくはなかった。悲しくもなかった。ベッドで枕を抱えていると、まるで千尋の話を聞いているようだった。

学校での出来事も、そこには多く刻まれていた。

千尋は、同じクラスのナルミという女の子のことが好きだったようだ。ショートカットの、背の高い女の子。仲も良かったように見える。ただ、その関係が友情の範囲を超えることはないと、千尋は自分で分かっていた。彼女を思うたび、千尋の心はザリザリと音をたてて削れていった。四歳の子供にはあまりに複雑な感情だったけれど、でも、千尋の思念はどれも大切な宝物だった。

それとは別に、タツヤという男子からは告白されていた。悪い気はしなかったが、しかしナルミに抱くような感情はどうにも湧いてこない。それもまた、千尋を深く傷つけていた。男子を好きになれない自分。それを自覚することで千尋は一層苦しみ、一人涙を流していた。

しかし、残留思念は時間の経過と共に薄れていく。もっと教えて、消えないでと手を伸ばしてみても、千尋の心は千尋の部屋から、薄紙を剝がすように少しずつ、天に昇っていってしまう——。

ひょっとすると、今の明美の能力が過剰なのは、この辺りに原因があるのかも知れない。微弱になった千尋の思念を、長時間感知しよう感知しようとし過ぎ、かえって通常量の思念では感知過剰となってしまい、読解不能となってしまう。そういうことなのではないだろうか。

また、そんなにいつまでも千尋の部屋にばかりこもってもいられなかった。

ある日、ダイニングでおやつを食べているときにいわれた。

「あっくん。春になったら、あっくんは幼稚園にいくんだけど、その前に、ちょっと病院にいっとこうか」

千尋が生きている頃、母親は明美のことを、千尋と同じように「アキ」あるいは「アキちゃん」と呼んでいた。だが、父親にその呼び名はやめろといわれたらしく、いつのまにか「あっくん」と呼ぶようになっていた。ただ、これに関しては父親の気持ちも分からないではない。「アキ」という呼び名は、千尋を思い出させる。それがつらかったのだと思う。

いや、それと病院はまた別の話だ。

「……病院、何しにいくの？」

しゃがんだ母親が、明美の両肩に手を添える。薄暗い思念が、否が応でも明美の中に流れ込んでくる。

「ちょっとだけ、ちょっとだけ手術すれば、オシッコが今より簡単にできるようになるから。それを治すだけだから」

手術、と聞くだけで明美は寒気がした。

「お姉ちゃん、手術はしちゃ駄目だっていってるよ」

「うん、それは分かってる。だから、大きなのじゃないの。オシッコのところだけ、ちょっと縫うだけだから。あっくんはあっくんのまま、なんにも変わらないから」

特に意識したわけではなかったが、そのときの母親の言葉は信用できる気がした。思念のうねりと言葉のニュアンスが、たぶん一致していたのだと思う。

「男の子か女の子か、決めなくていいの？」

「そう。そういう手術じゃないの。オシッコのところだけ。ほんのちょっとくっ付けるだけだから」

でも、それだけで納得できるものでもなかった。

「うん……じゃあ、ちょっとお姉ちゃんに訊いてくる」

明美は二階に上がり、千尋の部屋に入った。千尋の枕に触れ、机に、椅子に触れ、二人でよく遊んだ床にぺたりと座った。

千尋の言葉を、一つひとつ思い出す。

「ねえ、アキ……嫌なものは嫌、本当はこうしたい、分からなかったら分からない。そういうこと、ちゃんといっていいんだからね」

こんなこともいわれた。

「アキは凄いんだよ。まだ、どっちにだってなれるんだから……サッカーとかさ、野球とかが好きになったら、男の子にしてもいいし。見て見て、こういう服、ね？　可愛いでしょう。こういう服が着たいなって思ったら、女の子だっていいんだよ。どっちでも、好きーな方でいいの」

そのとき千尋が見せてくれたファッション誌に、手を重ねてみる。

そう、まだ男の子か女の子かなんて、自分には決められない。それを決めるのはまだ先でいいのか、そのことだけはちゃんと確かめよう。父親にも、病院の先生にも訊いて、そのとき少しでも変に思ったら、手術はやめよう——。

そう決心し、立ち上がると、母親がドアロまできていた。

眉をひそめ、怪訝そうに明美を見ている。

ママ、あのね——。

そういおうとしたのを、母親は遮った。

「あっくん……今、何してたの？」

足元には、まだそのファッション誌があった。

「お姉ちゃんの……お話、聞いてたの」

母親の眉間に、さらに変な力がこもる。

「お姉ちゃんのお話って、どういうこと？」

明美は、自分が何を訊かれているのかも、よく理解できなかった。

母親が続ける。

「あっくん……お姉ちゃんは、もう、いないのよ。死んじゃったの。分かる？」

それには、うん、と頷いてみせた。

「分かる。お姉ちゃん、死んじゃった……」

「でも、お姉ちゃんとお話ししてたんでしょう？　ひょっとしてあっくん、死んじゃったお姉ちゃんが、見えるの？」

ちょっと部屋を見回してみたが、それは違うと自分でも思った。

「お姉ちゃんは、見えないよ。だって、死んじゃったんだもん。お葬式して、お墓に入っちゃったんでしょ？」

「でも、あっくんはお姉ちゃんとお話ししてたんでしょう？　見えないのに、お姉ちゃんとお話ししてたの？」

どうやら自分の説明が悪かったようだと、ようやく気づいた。

「あの……お話ししてたんじゃなくて、お姉ちゃんのお話を、もう一回聞いてたの」

「聞く？　もう一回聞くって、どういうこと？」

「聞くのは……こうやって、触ると、聞こえるの」

雑誌や机、枕を順番に触ってみせる。

「こうすると、お姉ちゃんのことが、今でもよく分かるの。学校のことも、学校のお友達のことも、よく分かるの。見えるみたいなの……でもね、ちょっとずつ見えなくなってるの。だからね、あっくんはもっと、お姉ちゃんのお話が見たいの」

気づくと、母親の体から、青みがかった灰色の思念が湧き出してきていた。どろどろと、もやもやと、濃い煙のように——。

「あ、駄目ッ」

明美はとっさに母親に体当たりし、相撲をとるように、そのまま廊下に押し出した。

「なに、どうしたのあっくん」

「駄目、お姉ちゃんのお話が消えちゃう、そんなの出したら、お姉ちゃんのお話が消えちゃう」

むろん、思念の上書きを概念として知っていたわけではない。ただ、感覚的には理解していたのだと思う。母親の抱いた疑いの思念によって、千尋の残留思念が掻き消されてしまう。そんな予感がして、とにかく怖かった。

ただ、母親はそれどころではなかったようだ。

明美の両肩を摑み、ぐっと目の中を覗き込んできた。

「あっくん……あっくんにはもしかして、目に見えないものが、何か見えるの？」

見えないものは見えないだろうと、子供ながらにおかしく思った。

「んーん……だから、お姉ちゃんは、見えないよ。だって、お姉ちゃんのお話だもん。お姉ちゃんは見えないけど、お姉ちゃんの見たものは、触れば見えるよ。枕とか、お姉ちゃんのお話が、いっぱい入ってるよ。ママもやってごらん」

おそらくこのとき、母親は初めて明美の能力に気づいたのだろう。四歳まで気づかれないというのはわりと稀なことらしいが、それまでの経緯を考えると、無理もないように思う。二人の子供が共に半陰陽という、そのことだけで母親は頭が一杯だったのだろう。

しかし、気づいてしまった。この子は超能力者だ——そこまでの確信ではなかったかもしれないが、少なくとも何か、常人にはない力を持っている。それは認識したに違いない。

そしてこの日を境に、母親の明美を見る目は、明らかに変わった。

明美は純一と会った翌日、約束通り彼の働く玩具屋にいってみた。

この玩具チェーンはどこも、一つひとつの店舗が大きい。しかもここはお台場。土日は暇潰しがてら来店する親子連れが多いと聞いている。客が多くなってからでは、それこそ店員の思念を読んで回るなんて絶対に不可能になるだろうから、早めにいって店の前で開店を待ち、ドアが開くと同時に店内に入った。

さて、ここからが問題だ。

そもそも明美は遠隔読心が得意ではない。距離が離れていると、別の人の思考まで読み取ってごちゃごちゃになってしまう。しかし、触ったら触ったでまた読み込み過剰になってしまうので、接触読心もあまり有効とはいえない。一番いいのは、そのとき目の前で、パッと目的のことを思い浮かべてもらって、その瞬間にちょこっと、ほんの上澄みをすくいとるくらいの感じで読心する、というもの。でもイジメをしてるかどうかなんて、そうそう都合よく思い浮かべてくれるはずもない。

それとなく店内を見回してみる。さすがにまだ客は少ない。縦横升目に入り組んだ通路を横切るのは、たいていおそろいの、赤と青のコスチュームを着込んだ店員たちだ。

とりあえず明美は、フロア左手のベビー用品売り場から見て回ることにした。

壁際の棚には、紙オムツが何十種類も詰め込まれている。各々の商品にどういう違いがあるのか、安いのか高いのかも明美には分からないが、なんだか圧倒される。安売りのトイレットペーパーなどとは根本的に違う、それ自体がとてつもない生命力を持っているような、異様な迫力を感じる。

そこを過ぎると食器類だ。プラスチックのフォーク、スプーン、お箸、あるいはそのセット。哺乳瓶、ストロー付きマグカップ、お皿、茶碗、またそのセット。色は白が中心だが、黄色やピンク、水色もある。キャラクターはディズニー系から日本のアニメキャラから、ほとんどなんでもそろっている。続いて粉ミルク、離乳食。これまた、とんでもない数の品揃えになっている。

別に、こういうものは一生自分には縁がないとか、そこまで卑屈には思っていなかったけれど、なんか、見ているだけで異様に疲れる。ちょっと、向いていない気がする。

ベビーカーのコーナーに至って、ようやく女性店員を一人見つけた。しゃがみ込んで、値札を付け替えている。

「あの、すみません」

「はい、いらっしゃいませ」

スッと立ちながら会釈をくれる。

とりあえず、この人でテストしてみよう。

「えっと……畑中、葵さんは、今日は」

そう訊いた瞬間だった。

ほぼ黒に近い、でもよく見たら濃い赤紫のような、不快な色合いの思念が彼女の両耳から噴出した。同時に、純一のイメージよりは数段不細工な、でも畑中葵であろう女性の歪んだ顔が思考に浮かび上がる。それともう一人、中年男性の顔も――。

だが案の定、すぐに別の人の顔や声、仕事中という緊張感だろうか、綺麗な黄緑色の思念も差してきて、明美にはなんとも解読不能な状況になってしまった。

ここは、一時撤退しよう。

「……あ、ごめんなさい、分かりました。すみませんでしたァ」

でも、今のでなんとなくコツは摑めた。もう、不自然でも挙動不審でもいいから、とにかく手当たり次第に「畑中葵」と聞かせて、その反応を見て回ろう。そう決めた。

実際の調査時間は、一時間もかからなかったと思う。

声をかけたのは、売り場で見かけた純一と畑中葵以外の店員、十三人。うち十一人は女性、男性は二人だけ。明美が訊いたときの表情、思念の色に多少の違いはあったものの、多くの人は共通して、醜く歪んだ葵の顔と、同じ中年男性の顔を思い浮かべた。

そして、十三人の中にはこの中年男性も含まれていた。売り場責任者らしきその男は、むろん自分の顔など思い浮かべはしなかったが、代わりに違う人物の顔をはっきりと明美に見せてくれた。

それで、ようやくすべてが繋がった。

帰り際、袋菓子のコーナーで商品補充をしている純一の肩を叩き、明美はその耳元で囁いた。

「……原因と首謀者、分かったよ。適当に連絡して。説明してあげるから」

今の言い方、自分でもちょっと色っぽかったな、と思った。

案の定、振り返って見た純一の周りには、ほんのりピンク色の思念が漂って見えた。

イジメと聞いて明美が思い出すのは、やはり小学校時代のことだ。

尿道下裂の手術は四歳のときに受けたので、入学した時点ではもういっぱしに、男子スタイルで小用が足せるようになっていた。同級生のそれと比べると極端に小さくはあったものの、それがイジメの原因になることは特になかった。

超能力に関しては、それが誰にでも備わっているものではないことは承知していたので、気づかれないよう常に注意していた。

むろん、あえて読まずとも相手の思考が分かってしまう、思念が見えてしまう、それをうっかり口に出してしまうこともあったが、そこは所詮小学生。「前にいってたじゃん」と言い添えておけば、相手も「あそっか」と納得してくれた。誤魔化すのは案外簡単だった。

やはり一番の原因といったら、この顔と雰囲気だろう。

明美は小さな頃から、十人と顔を合わせれば十人に「可愛いお嬢ちゃんね」といわれるくらいの女顔だった。髪も真っ直ぐでサラサラ。それでも低学年の頃は坊ちゃん刈りにしていたせいか、学校でからかわれることはあまりなかったが、四年生くらいで少し髪を伸ばし始めると、周りの反応は早々に変わっていった。

「明美って、前から思ってたけど、名前だけじゃなくて、顔も女みてーな」

「走り方とか、すげー変なんだぜ。見たか？　女みてーに、クネクネ走るんだぜ」

でも、その程度の陰口はなんとも思わなかった。顔が女っぽいのは自分でよく分かっていたし、走り方はわざと女子を真似ていたくらいだから、「女みてー」と思われれば、それはしめたもの。逆に「やった、成功ッ」と喜んですらいた。

好きなアニメも完全に女子寄りだったし、欲しいものもサッカーボールよりは可愛いバッグ。ゲームもリアルな戦闘系よりは、可愛くてカラフルなキャラクター系だった。実際、男子より女子と遊ぶことの方が多かったし、その頃の女子は案外、気安く明美を仲間に入れてくれていた。

もう、自分の中では完全に白黒がついていた。

ああ、自分は男の子じゃなくて、女の子として生きたいんだな、と。そしてつくづく思った。あのときお姉ちゃんが止めてくれて、男の子になる手術を受けずに済んで本当によかった、と。

小学生なのでまだ法的な部分はよく理解していなかったが、それでも将来的には女の子になる手術を受けて、戸籍も女に変えたいと思っていた。

あの事件が、起こるまでは――。

あれは、五年生になってすぐのこと。ユイカという女子が掃除の時間に、男子数人に集中的にからかわれたのが始まりだった。

「お前、二組のタケルのこと、好きなんだろう」

それはおそらく事実だった。へえーと思い、心を覗いてみたので、たぶん間違いない。ちなみに明美たちは一組だった。

「塾からの帰りも一緒でェ、ちょーラブラブゥ」

「コンビニで二人でお買い物ォ」

「チューとかしちゃうの？　エーッ、もうしちゃったのォ？」

塾とコンビニの件も事実だが、それはどうやら偶然らしかった。チューに関しては完全にデマ。少なくとも、ユイカの中では。

当然ユイカの仲間、カヨたちが援護射撃に出る。

「ちょっと、やめなよ」

「サイテーだね、お前ら」

いわれれば、男子も気色ばむ。

めた。

「オメーらは関係ねーだろ」

男子と女子、にわかに一触即発状態。しかも、仲間にかばわれたユイカが急に泣き始めた。

「あーあ、ヨシフミが泣かしたァ、かわいそぉー」

「泣かしたァ、ケンジもハルキも泣かしたァ」

「明日の帰りの会でいってやろ」

ところが女子は、そのものズバリを「帰りの会」にはかけなかった。これまでに何日も、ヨシフミにハルキ、ケンジたちが真面目に掃除をしていなかったこと、リコーダーや絵の具セットを二組から借りてきて忘れ物を誤魔化していたこと、チョコレートや飴を学校に持ってきて密かに食べていたことなどを、先生のいる前で一気に暴露するという手段に出た。

しかも、それをやめろとはいわない。

「どうしてそういうことするのか、説明してください」

頭いいな、と明美は思った。やめろといわれたら、ごめんなさい、もうしません、で済む。でも説明しろといわれたら、ごめんでは済まない。しかも説明なんてできるわけがない。掃除が面倒だった、忘れ物を減らしたかった、学校でもお菓子を食べたかった。理由を述べればそうなるが、そんな説明で女子が納得するはずはないし、そもそも先生に聞かせられる内容ではない。

明美は思わず目を背けた。ヨシフミたちの思念は、吐き気がするほど真っ青になっていた。名指しされ、立たされた男子だけではない。座っている中にも、同じことをしていた男子は何人もいた。彼らもモクモクと、同じ色の思念を立ち上らせている。

一方女子は、自分たちの攻撃が功を奏したことに有頂天になっていた。当初あった思念の色、怒りの赤はオレンジに転じ、まもなく黄色に近くなっていった。喜びの色だ。彼女たちは明らかに、男子を吊るし上げることにサディスティックな喜びを感じていた。

最後は立たされた男子たちが泣き出し、先生が彼らに反省を促すことで、その日の帰りの会は幕引きとなった。

もう、その翌日からは陰湿な悪戯合戦だ。

男子が足を引っかけて女子を転ばせる。怒った女子が、あとで男子の椅子に瞬間接着剤を塗る。お尻と椅子がくっ付いたその男子を、さらに女子が寄ってたかって笑い者にする。そこに助けに入った別の男子たちが、思わず直接暴力を振るう。でも女子も負けていない。今度はそいつらの椅子にも瞬間接着剤を塗る。

そう。女子は決して、直接暴力には訴えない。それは力で敵(かな)わないからではなくて、帰りの会のネタにされないようにとの計算からだった。要は、犯人を特定できない手段を選んでいたわけだ。また、暴力は先生も大きく取り上げる。それを女子は熟知していた。そういった点では、明らかに女子の方が一枚上手(うわて)だった。少なくとも、この段階では。

　やがて男子は暴力にも訴えられなくなる。女子を真似て瞬着攻撃を試みても、注意深い女子たちは簡単には引っかからない。攻め手に困った男子は結局、振り出しに戻るしかなかった。

「カヨってよォ、純一のことが好きなんだぜェ」

「誰にもいわないでぇ、とかいって、チョコレート渡してやんのよォ」

「おっぱい触っていいよォ、ほらほらァ」

　しかも、カヨが純一にチョコレートを渡したのは四年生のとき。完全に賞味期限切れの話題だった。

　もう、明美は馬鹿らしくて仕方がなかった。なまじ心が読めるだけに、その報復合戦の愚かしさには辟易（へきえき）していた。何より気分が悪かった。学校にいる間中、ずっと明美は悪意の思念にさらされ続けるのだ。本当に、体調不良寸前まできていた。

　だから、ある日の帰りの会で、思わずいってしまった。

「……もう、そういうチクリ合いするの、やめませんか。きりがないし、そういうのに加わってない子たちには、はっきりいって迷惑です」

　しかし、それに対するクラスメートの反応は、明美の予想を遥かに超えたものだった。悪意に塗（まみ）れた思考が、濁流の如く明美に押し寄せる——。

　なに、オカマのくせして。今まで仲良くしてやったのに、なに裏切っていい子ぶってんのよ。とりあえず、あいつ泣かす。パンツ脱がしてチンコ出さしてやる。あの髪、ハサミで切っちまうか。教科書隠しちゃおうか。いや、捨てちまおう。体操着、破っちゃおう。あいつ、おっぱいあるんじゃねえの。気持ちワリ。やっちまうか。やっちゃおうか。そうだ、やっちまおう。やっちゃおう――。

今度は男子グループ、女子グループが、結託して明美を攻撃するようになった。だが明美も注意はしていたし、そもそも何かされる前にたいてい思考が読めていたから、回避するのは難しくはなかった。

しかし、さすがに十人以上の男子女子に囲まれて、廊下の行き止まりまで追い詰められたときは万事休すだった。

「おい、明美。お前って本当に男なのかよ。男だったら、チンコ出してみろよ」

「うん、ウチらも知りたい。本当はないんじゃないかって、みんないってるし。っていうか最近、マジで胸とか出てきてるし」

そう。どうも明美の場合、精巣より卵巣の方が強かったらしく、この頃には体つきも女性に近づきつつあり、実は微弱ながら、生理も始まっていた。

「ヨシフミ、剝いちゃいなよ」

「ああ、やっちまうか」

男子五人くらいが、一斉に明美の体に手を伸ばしてきた。

「やだ、やめてよッ」

「ヤメテヨォ、だって。マジ女みてェ」

「もう、声もキモいんだよ、男のくせに……ハルキ、ズボン下げちゃいなよ」

むろん全力で抵抗はしたが、壁に押し付けられ、両手両脚の自由を奪われ、ベルト、ホックとはずされ、ジッパーまで下げられると、さすがに明美の理性も臨界点を超えた。

「やめろ……やめろって、いってんだろォッ」

すると「アッ」と声がし、ふいに右手が軽くなった。明美の右腕を抱えていたケンジが、急にその場から退いたのだ。

「い、いってェ……」

見ると、ケンジの掌から血が流れている。

マズい、と思った。ついに、学校で力を使ってしまった。他人を傷つけたことなど今まで一度もなかったし、自分にそんなことができるとも思っていなかったけれど、感覚としてはあった。叫んだときに、つい力を解放してしまった。それで、ケンジを傷つけてしまったようだ。

でも、謝る暇もなかった。

「こいつ……気をつけろ、カッター持ってるぞ」

「ま、マジか」

全員が明美から離れ、今度は近くにあった掃除用具入れからホウキやモップ、チリトリなどを持ち出し、明美に向けてきた。

「大丈夫かケンジ」

「マジだよ、こいつマジで、カッターで切りやがった」

「やっちゃいなよ。もう遠慮することないよ」

そのときだ。

男女混成グループではない生徒が一人、そこに現われた。

「おい、もうその辺にしとけよ。オカマだのなんだのいってる、お前らの方がよっぽどダセーぞ。そんな、明美一人に何人も寄ってたかってよ」

純一だった。純一は男子のイジメグループには加わらず、これまでは一歩引いたところで静観を決め込んでいた。だが、なぜだろう。このときは違った。

ヨシフミがモップをその場に捨てる。

「オメェ、なにカッコつけてんだよ。オメェはあれか？　この、オカマ野郎が好きなのか？」

「ああ、お前みてえな、寄ってたかってオカマをイジメるクソ野郎よりは、明美の方が百万倍マシだよ。俺も、お前らにはムカついてたんだ。この前まで喧嘩してたかと思ったら、いつのまにか女の手下かよ。バカ丸出しだな、まったく」

そういっている間に、他のクラスメートも純一の後ろに集まり始めていた。

イジメグループの、誰かの思考が漏れてきた。

暴力使ったら、帰りの会で吊るし上げを喰う——。

直後、ヨシフミの肩を叩いたのは、ユイカだった。

「もう、よそうよ……いいよ、こんなオカマ、どうだって」

でも、といったのはハルキだ。

「こいつ、カッター使ったんだぜ。マジで切ったんだぜ」

純一の後ろの方から、うそ、という声が漏れてくる。

「それはそれで、先生にいえばいいじゃん。帰りの会んときでもいいし。ウチら、なんも悪いことしてないんだから」

いいながら、ユイカはグループ以外の子たちに鋭く視線を飛ばす。

「ね、ウチらはなんも悪いことしてないから。手ぇ出したの、明美の方だから。こっち、怪我人出てるし」

ユイカがその場を離れると、他のメンバーもそれに続いた。

代わって、明美に近づいてきたのは純一だった。

「お前……ほんとに、カッターとか使ったのか」

それには、かぶりを振ってみせた。

「使ってないよ。だって、持ってないもん。確かめたっていいよ、ほら……ポケットにもないし。ね？　持ってないでしょ。なんだったら、服脱いだっていいよ」

純一は片頬を歪め、ちょっと大人びた笑みを浮かべた。

「いいよ、そこまでしなくて……信じるよ。お前のこと」

実際、帰りの会で話題になったときも、純一は「宇川くんはカッターなんて持ってませんでした」と証言してくれた。グループ外の生徒も何人かそれに同調してくれた。中でも、普段は大人しめの女子が明美の側に立ってくれたのは嬉しかった。

先生は、そもそも何が原因なのかを疑問に思っていたようだが、ヨシフミが「ちょっとフザケていただけ」としかいわなかったので、明美もそれ以上、事を荒立てることはしなかった。先生もそれで、一応納得したように振る舞っていた。

このとき、つくづく思った。

男も女も、同じくらい陰湿で、陰険で、残酷だ。でも中には、純一みたいな男子だっているし、それに同調してくれた女子もいる。心の中を覗いてみればよくわかる。男と女に大した違いなんてない。あるのはあくまでも個人差。善意と悪意のどちらが強いのか、正直なのか嘘つきなのか、真面目なのか怠け者なのか、利口なのか馬鹿なのか。一人ひとりの人間を形作っているのはそういうバランスであって、男か女かではない。強いていえば体の形は男女で違うけれど、幸い自分は両方持っている。不便なところもあるけれど、いいところだってたくさんある――。

しかし家に帰ると、明美はまた違った問題と向き合わなければならなくなった。学校から電話があって、先生が事件のあらましを母親に説明したらしいのだ。

「……明美。あなたまさか、学校でおかしな力を使ったんじゃないでしょうね」

もう、母親とこの話をするのはうんざりだった。

半陰陽の上に、得体の知れない力を使う我が子。この子は一体、どこまで変わってるんだ。なんでこんな化け物が、自分の子供なんだ——そう思っているのは明らかなのに、それを自身で否定しようとする。自分は我が子に対して、そんなことは思っていない。化け物だなんて、これっぽっちも思ったことはない——。

どう考えても、そう思ったことがあるから否定しようとしているのに、それでもまだ自分を正当化しようとする。特殊な事情の子供を育てている、私は健気な母親。もっとみんなに同情してほしいけれど、夫にだって協力してほしいけれど、一人でなんとかしようと懸命に努力している、私は生真面目で、可哀相な母親——。

しかも、明美に妙な力が備わったのは半陰陽だからだと、なんの根拠もない考えにまで至っていた。

「お願いだから、そろそろ手術を受けてちょうだい。生理だって始まってるんでしょう？　もう、男になれなんていわないから、女でいいから、ちゃんと手術を受けて、普通の人になってちょうだい。体さえちゃんとしてたら、戸籍だって変えてもらえるって、お父さんいってた。ね？　そうしよう、明美。その変な力だって、情緒不安定が原因なんだって、木田先生がいってたわ」

木田というのは、一応心理カウンセラーという触れ込みだったが、明美にはインチキ宗教家にしか思えない、胡散臭い男だった。

本当にもう、いい加減嫌気が差していた。

「ねえ、普通ってなに？　ちゃんとってなに？　ぼくはこの体で生まれてきて、生きてきて、ぼくにはこれが普通なんだよ。なんにも不自由してないし、なんでもちゃんとできてるよ。勉強だってしてるし、体育だってちゃんとやってるじゃない。ねえ、どうしてこのままじゃいけないの？　これがぼくなんだよ。今のぼくの、どこがいけないの？　何がいけないの？」

　いっているうちに、千尋の言葉が脳裏に甦ってきた。

　なんにも悪いことしてないのにさ、この体で生きてるってだけで、嫌な思いいっぱいするんだよ。だったらせめて、選ぶ権利くらい与えてよ——。

　確かに水泳のときの着替えとか、特にこれからは男女の別がはっきりしてきて、不自由することが増えるだろう。でもそんなのは、自分が出なければいいだけの話だ。体がこんなだから、水泳は休ませてください。どうしても出なきゃいけないなら、女子の水着を着させてください。着替えはトイレで一人でします。誰にも迷惑はかけません。そう先生にいうくらいの覚悟はあった。

　そもそも生まれつき食物アレルギーがある子に、給食なんだからみんなと同じものを食べなさいなんて、さすがに学校側だっていわないはず。喘息の子に、無理に運動をしろとはいわないはず。だったら、自然と体が女の子になってしまった自分にだって、無理やり男子と同じようにしろとはいえないはず——その程度の理論武装は、もう明美の中にもあった。

また、千尋の言葉が浮かんでくる。

嫌なものは嫌、本当はこうしたい、分からなかったら分からない。そういうこと、ちゃんといっていいんだからね――。

千尋はこうもいっていた。

アキは今、その両方を持ってる。そのままでもいいし、どっちか一方に決めてもいい。それは、アキが自分で考えて、決めていいんだよ――。

もう、明美の心は決まっていた。

「……ママ。悪いけど私、手術受ける気、ないんだ」

それまで明美は、嫌々ながら自分のことを「あっくん」あるいは「ぼく」といっていた。だがこのときは、意識して「私」といってみた。

「ママは私のこと、何者なんだ、って思ってると思う。男でも女でもない、挙句に変な力を使う、化け物みたいに思ってると思う」

そんなことない、という声は無視した。

「でもね、お姉ちゃんはいってくれた。どっちかにするのが嫌だったら、そのままでもいいんだよ、って。アキはそのままでも凄いんだよ、って。……お姉ちゃんは、男にも女にもなれなかったことを、凄く悲しんでた。私にはそれが、痛いほど分かった。でも私は逆なの。男であると同時に、女でもあるの。両方持ってるの。だったら、私はその両方とも捨てたくない。両方持ったまま、生きていきたい……お姉ちゃんの分まで、男としても女としても、生きたいの」

そうなのだ。これまでは捨ててもいいと思っていた、男の部分。これについても、ちょっと考えが変わっていた。

あの、ズボンを脱がされそうになった瞬間。あのときに漲った何か。怒りと連動して弾けた力。あれは、自分の男の部分と密接に関わっている気がした。そしていずれ、自分にはあの力が必要になる。だったら、男であることも捨てるべきではない――とても母親に面と向かっていえることではないが、それが明美の、そのときの考えだった。

「自分で責任持つからさ……自分の体だもん。自分でなんとか遣り繰りするからさ、許してよ。この体で生きること、認めてよ。やってみたいんだよ、やれるところまで。お姉ちゃんの分まで……んーん、この体には、もともとお姉ちゃんが入ってるんだと思う。お姉ちゃんが持ってなかったところ、きっと、私がもらっちゃったんだと思う。だから、捨てたくないんだよ。全部持ったまま、生きられるところまで、生きてみたいよ。……弱音は吐かない。甘えたりもしない。なんでも自分で、ちゃんとやるから……だから、ただ、見守っててよ」

母親は何もいわず、ただ泣いていた。

明美も黙って二階に上がり、千尋の部屋で泣いた。

不思議と、千尋の声は聞こえてこなかった。でも、寂しくはなかった。

お姉ちゃんはもともと、私の中にいたんだ――。

そう思うと、お腹の辺りが、仄かにあたたかかった。

そうはいっても、明美が選びとった性別は結局、「女」だった。少なくとも外見上は。それは単純に、女性のファッションの方が華やかでバリエーションも豊かだというのと、自分が美人だという確固たる自覚があったからだ。要は向き不向きの問題。さらにいうと、本物の女性に負けない美しさを持つことで、女性に対して優越感を覚えることができたし、男性をその気にさせると、「上手く騙せたぜ」と意地の悪い喜びを得ることもできた。

そう。けっこう自分は意地悪なのだと、明美は自分で分かっている。でもそれでいいと思っている。人間なんて、陰湿で陰険で、残酷な生き物だ。あの正義感の強かった純一ですら、他人の心を覗くことに明美の力を利用している。それだってけっこう、卑劣な行為だと思う。

「お待たっせ。で、何が分かった？　どういうことだった？」

翌日の日曜。場所はこの前と同じ、上野の居酒屋。

「うん……実はねェ」

しかしそれも、正直に話そうかどうか迷っている。本当のことを話して、今のところ純一に実害がないのにあの職場で働く気がなくなってしまったら、それはそれでもったいないと思うからだ。

「んん……まあ、そもそもの原因、っていうか、首謀者？　は、売り場責任者っぽい、せん、せん……」

「えっ、染谷さん？」

そう、そのオジサン。

「……染谷さんが、なんだっつーの」

「ちょっとその前に、一つ確認ね。葵ちゃんって、わりと新人？」

「うん。女性では、一番新しい子」

やっぱり。

「なあ、それと染谷さんと、どういう関係があんだよ」

「あー、えーとねえ……あのね、そもそもは彼が、その染谷さんが、純一のことを気に喰わなかったのが原因なんだよね。ちょっと仕事覚えるのが早かったからって、あいつ生意気だ、みたいな」

純一が眉をひそめる。

「うそ……染谷さん、俺にはずっと優しかったぜ」

それはそうでしょう。だってこれ、嘘だもん。

「まあ……表面上はそうでも、本当はムカついてたの。だから、女性店員を使って、何かと意地悪してたんだけど、純一が鈍感過ぎて、それに気づかなかったみたいなのね」

「えっ、俺、意地悪されてたの？」

そう。染谷が女性店員たちに、純一を無視させて孤立するよう仕向けていたのは本当。たぶん、間違いない。

「で、それが可哀相だっていうんで、ちょこっと意見したのが畑中葵ちゃんで。それが今度は、リアルに周りの女性の反感買っちゃって、シカトされて、孤立させられて……現在に至っている、と」

感情の流れはかなり脚色しているが、それ以外は大体事実を言い当てていると思う。

純一は、うーんと頭を抱えた。

「なにそれ……じゃあ俺、どうしたらいいわけ」

確かに、それが問題だ。

「まあ、染谷さんに気に入られるのが一番いいんじゃん？　挨拶もにこやかにしてさ、仕事の相談もできるだけしてさ。頼りにしてるんすよぉ、みたいな空気醸し出してさ。そしたらそのうち、丸く収まるよ」

「えー……俺、なんかよく分かんないけど、あんま染谷さん、好きじゃないんだよね。なんかこう、微妙に距離を置きたい、みたいな」

それは、無理もないかもしれない。

実は、染谷が純一に意地悪をしたのは、単に純一のことが好きだったからだ。男同士の友情としてではなく、ストレートにいってしまえば性的な、恋愛の対象として好みだったのだ。だが純一は、何かと染谷に冷たかった。当たり前だが、むしろ周りの同僚女性たちと仲良くやっていた。だから染谷は、女性店員に純一を無視するよう圧力をかけた。あまり職場で男性店員と親しくすると、ボーナスの査定に響くよ、とか。実際は違うかもしれないが、でもそんなふうに脅したのだと思う。一方、敏感な女性店員たちは、染谷の性癖を見抜いていたのではないか。だから、面白半分にその命令に従った。染谷と純一、どうなっちゃうのかしらと、静観を決め込んだ。

しかし、その後に入ってきた畑中葵は、その御布令を知らない。当然、純一とは親しくなる。それがまた、染谷は気に喰わなかった。だからさらなる御布令を出した。畑中葵も無視しろと。女性たちも純一と葵の急接近は癇に障っていたので、再びその案に乗った、と。

明美の読み取ったのは、要約するとそんなところだ。

目の前の純一は、まだ頭を抱えている。

「なんだよ……要するに男の嫉妬かよ。面倒くせえな、そういうの。俺、昔っからそういうの、大っ嫌いなんだよな」

まあ、本当は「男の嫉妬」ではなく、むしろ「同性からの熱烈な好意」なのだが。

でも、これ以上は教えてあげない。

タダでやってあげられるのは、この辺が限界だ。

ちなみに、次からは有料にしようと思っている。

明けて月曜日。

悦子も健も篤志も、それぞれ自分の担当案件の調査で九時半には事務所を出ていった。十時を過ぎた頃には、朋江も出かける支度をし始めた。

「所長。あたし、ちょっと銀行いってくるよ。他に何か用事はあるかい」

「いえ、特にないです」

「じゃあついでに、携帯の修理にいってきてもいいかね。なんか、画面に変な線が出ちまって、読みづらくてしょうがないんだよ」

「ええ、いいですよ。いってらっしゃい」

いっそ新しいのにしちまうかね、などと呟きながら、朋江も事務所を出ていった。

「いってらっしゃぁい……」

明美は出入り口の脇、応接セットのソファに座ったまま朋江を見送った。いまだ明美は専用の机をもらえていないので、この応接セットを定位置とするしかないのだ。

すると、ふいに所長デスクにいた増山が、背もたれから体を起こした。

「明美、ちょっとこい」

「あ……はぁい」

立ち上がり、四つ突き合わせた机の島を迂回して増山のところまでいく。表情は、特にない。怒られるのか褒められるのか、何か厄介事を言いつけられるのか、まるで見当がつかない。

「はい、なんでしょう」

「ちょっと、これを見ろ」

増山が差し出してきたのは、一枚のA4判コピー紙だった。何かのデータか、数値がずらずらと並んでいる。

【住吉悦子　VDM／21　MDM／78　TDM／207　CDM／7　RDM／0】

なんと、全部DM値だった。VDMは透視、MDMはサイコメトリー、最後のRDMは発火能力。要は、悦子がどんな種類の超能力を、どれくらい使ったかというデータなのだろう。いや、悦子だけではない。健や篤志、朋江や明美の数値まである。能力者ではない朋江は、見事なまでにすべての値が「0」になっている。

「なんですか、これ」

「今朝の、全所員の出勤時のDM値だ。朋江さんを除く全員に共通するのは、TDMが二〇〇以上と比較的高い点だが、これは単に、普段から『念心遮断』をしているというだけのことだろう。この程度の数値は致し方ない。だがお前だけは、TDMが三八三……明らかに他より数値が高い。……正直にいえよ、明美。お前、この休みの間に、何かで力を使ったんじゃないか？」

それ以前に、無断でこんな数値を測定するのって、ちょっとした人権侵害ではないだろうか。

「こんな精密な数値の出せるＤＭ測定機、いつ買ったんですか」

「いや、買ってはいない。知り合いから借りたんだ。玄関の、傘立ての脇に置いてあるのがそうだ」

とっさに振り返ったが、ここからでは机と書棚が邪魔でよく見えない。

「そっからな、無線ＬＡＮでデータを飛ばして、パソコンで見てたんだ……って、いいから答えろ。お前、休みの間にだいぶ力を使っただろう」

わざわざ口に出さなくても、明美の思考くらい、増山には簡単に読めるはずだが。

「……はい、使いました。ちょっと、友達に頼まれて……職場の人間関係について……短時間ですが、確かに調べました。すみませんでした」

増山は、いかにも困ったふうに溜め息をついた。

「明美な……お前のＤＭポテンシャルは、確かに高い。だがそれを、悪用しようとする人間がいないとは限らないんだぞ。迂闊な行動は、できる限り控えてくれ。試験に不合格だったとはいえ、お前はすでに、超能力師事務所の一員であることに変わりはないんだ。これからは、その倫理観も厳しく問われる。公の場で力を使うのには、それ相応の理由、もしくは調査上必要であったことが証明できるようでなければならない。ちゃんと、協会規定にそう謳ってあるだろう？」

まったく、ぐうの音も出なかった。一分の反論の余地もなかった。

「……すみません。以後、気をつけます」

だが、そのとき増山が浮かべた薄笑いが、なんとなく明美の癇に障った。何を笑われたのかは分からないが、何か仕返ししてやりたくなった。

「あの、所長……私からも一つ、訊いていいですか」

いま明美が何を考えているのかも、増山には読めているはずだった。だが、口に出さずにはいられなかった。

「この前いらした、河原崎さんでしたっけ。あの方がいってた、フミノさんって、誰なんですか。フミノさんと似たケースが起こった、とかなんとか。ずいぶん、慌ててるみたいでしたけど」

増山は薄笑いのまま、小さく頷いた。

「……教えてやる。読んでみろ」

そういって、スッと真顔になる。

それがまた、明美にはカチンときた。

試験の講評には「抑制する方向で制御する」よう書いてあったが、かまうものか。全力で読んでやる。プライベートも過去も、ホクロの数から持病の有無まで、一切合財、洗いざらい読んでやる——。

こんなに集中して、渾身の力で読むのなんて初めてだった。上の階の誰かが会計仕事をしている様子、隣のマンションの住人がテレビを見ながら遅い朝食をとっている様子、外の道を通りかかった車のドライバーの不機嫌、そんなことまで手にとるように分かった。下手をしたら、近くを飛んでいる鳥の思考まで読めてしまいそうだ。

だが、駄目だった。増山の思考だけは、砂粒一つほども読めなかった。まるで白紙の束だ。どこにも、何も書いてない。とても人間とは思えない。いや、石や水ですら、そこから残留思念を読み取ることはできる。こうなると、もはや物体ですらない。この世のものとは思えない。

はっきりいって増山には、死体より心がない。

「……どうだ。何か読めたか」

分かってるくせに――。

「いえ、何も……分かりませんでした」

また増山が薄笑いを浮かべる。だが、なぜだろう。今のは、別に不快ではなかった。

「ま、そのうち明美にも分かるさ。……俺、ちょっとコーヒー飲んでくるわ。朝、アリスのことでちょっとバタバタしちまってさ。なんにも食ってねえんだ」

「そう、ですか……はい、いってらっしゃい」

増山は、コートハンガーからバーバリーのそれをひったくり、振り回すようにして羽織り、

「じゃ、留守番頼むな」

足音をリズミカルに響かせて、階段を下りていった。

残ったのは、明美一人と、絶対的な敗北感。

こんなに、一ミリも歯が立たない念心遮断なんて、今まで一度も直面したことはなかった。ここまでまったく何も読み取れないと、逆に清々しくすらある。

正直、凄いとしかいいようがなかった。

うん——ちょっと、惚れちゃったかもしれない。

増山超能力師事務所

Chapter7

相棒は謎の男

榎本克己は十七時十五分に通常勤務を終え、十八時前には本所警察署を出た。庁舎警備をしている、生活安全課の巡査長にひと声かける。

「お疲れ。お先に」

「どうも。お疲れさまです」

十二月九日。さすがに日中の最高気温が十五度を超えると、夕方になってもまだ風がふわりと生暖かい。だが明日、明後日はぐっと下がって、十度を下回るだろうとテレビではいっていた。寒いのは嫌いだ。二十年前に痛めた左足首がキリキリと痛み出す。

まだ多くの車が行き交う四ツ目通り沿いを歩き、錦糸町駅に向かう。榎本の数メートル前方、同じくらいの歩調で歩いていたサラリーマン風の三人組は、駅の近くまでくると、「ここでいいか」とチェーン店の居酒屋に入っていった。

しくんと、乾いた痛みが胸に刺さる。

榎本にも、何年か前まではあんな仲間がいた。富山順一（とみやまじゅんいち）。年は六つも下だったが、真面目で、正直な、気持ちのいい男だった。榎本が飲みに誘うと、奴はよく「奥さん放っといていいんですか」と片頰で笑った。決まって榎本は「お前が奢れば問題ない」と返したが、でも、いつも割り勘だった。

他愛ない話しかしなかったが、楽しかった。気が合うとはこういうことなのだろうと思った。いい女がいたら紹介してやろう。常々そう思ってはいたが、結局そんな機会は一度もなかった。

富山は、死んでしまった。不可解な事件に巻き込まれての殉職だった。あまりに謎が多過ぎるその事件は、現在も警視庁内で最上級の極秘事項になっている。捜査の進捗状況は、渦中にいた榎本ですら知らない。知りたいとも、もはや思わない。

錦糸町から総武線に乗り、御茶ノ水で中央線に乗り換え、新宿で降りた。待ち合わせの店は、東口を出てすぐの雑居ビルに入っている居酒屋。さっきのサラリーマンたちが入っていったのと大差ない、大衆的なチェーン店だ。

エレベーターを六階で降りると、すぐに黒い前掛けをした男性店員が声をかけてきた。

「いらっしゃいませ。一名さまですか」

「いや、待ち合わせなんだが」

「お連れさまは、何名さまでしょう」

「一人、男なんだけど」

「一名さまですと……」

店員は薄暗い路地のような通路を進み、一人で座っている男性客を示した。半個室のボックス席だ。

「あちらのお客さまでしょうか」

「いや、違うな」

「はい。では、二名さまでお席をご用意いたします」

そのまま案内されたのは、やはり半個室の席だった。腕時計を見ると十八時四十分。

待ち合わせは十九時頃としてあった。まだきていなくても無理はない。生ビールをオーダーし、それがきたのが十八時四十九分。相手がきたのはその二分後だった。

「……あれ、榎本さん、早いな。絶対きてないと思ったのに」

増山圭太郎。日暮里駅の近くで「超能力師」なる怪しい仕事をしている男だ。いや、怪しいなどといったら職業差別か。今や超能力による調査業はれっきとしたビジネスだ。増山の営む事務所も、正規の探偵業として都の公安委員会から認可を受けている。彼自身、いつもパリッとスーツを着ており、見た目にも怪しさはない。

「いや、ちょっと寄ろうと思ってたところがあったんだが、思いがけず、日中に済んじまってな。署からそのままきたんだ」

「そうですか」

マフラーを解きながら座った増山は、通りかかった店員に麦焼酎のお湯割りを注文した。榎本はポケットからピース・ライトの箱を出し、ライターと重ねてテーブルの端に置いた。

増山が、それに目をやりながら訊く。

「今日は、どうしたんですか。急に」

この男から質問をされると、いつも不思議な気持ちになる。

訊かずとも、お前なら俺の心が読めるんだろう。頭の隅ではそう思うが、超能力師は仕事以外でめったに能力を使わないもの。そのことは、ここ二十年の付き合いでよく分かっている。いや、そういうものだと割り切ったからこそ、二十年も付き合ってこられたのか。

「ああ。この前、えっちゃんを勝手に使っちまって、その詫びもちゃんとしてなかったし。ギャラも、まだだったろ」

「いや、あれはもう、いいですよ。調査ってほどの内容でもなかったし。何しろ子供相手だし」

「そういうわけにゃいかねえだろう。二人も借りたんだ。なんつったたっけ、明美ちゃんだっけ。あの若い、可愛い娘」

ふっ、と増山が、鼻から笑いを漏らす。

「なんだよ。若いし、可愛いじゃねえか……あ、それともアレか、彼女もお前の愛人なのか」

増山のところにいる二級超能力師、住吉悦子が増山の愛人であることは、関係者の間ではほぼ公然の秘密だ。

それでも増山は苦笑いを引っ込めない。

「榎本さん……ま、いつまでも黙ってて、あとで騙したみたいになるのもアレなんで、今いっときますけど。あいつ、明美。ああ見えて、男なんですよ」

「ハァ?」

今も榎本は、超能力を完全には信じていない。騙されているんじゃないか。そういう感覚が、部分的にではあるが拭いきれない。しかし、あの宇川明美という、すらりと背の高い、モデルのようにスタイルがいい、サラサラの髪が清水のように美しい、無防備な笑みが逆に妙に色っぽい、あの女性が、いや女性ではないのか——とにかく、明美が男だということの方が、榎本には超能力よりよほど信じ難い。

「いくらなんでも、そりゃ、嘘だろう……」

「いや、分かりますけどね。でも実際そうなんですよ。履歴書もそうなってるし」

「なんか、確かめたのか。こう……透視、してみるとか」

また増山が鼻で笑う。

「そういう破廉恥(はれんち)な真似は、超能力師はしないんです」

「知ってるけどさ、でも気になるだろう、さすがにそこは。こう、電車で向かいの女が脚を組み替えたりすると、反射的に目がいったりするだろう。そういう感覚でさ、つい覗いちまうみたいな」

「ないですよ。だから、そんなに超能力は便利じゃないんですって」

そう、こういうところだ。

超能力師は誰もが、自身の能力を「そんなに便利なものじゃない」という。だが結果を見る限り、榎本のような一般人にはやはり、超能力はとてつもなく便利な力のように思える。簡単にいうと、できることとできないことの線引きがよく分からない。説明されれば、そのときは分かった気になる。だが、やはり感覚的な部分は理解できない。本当はもっと凄いことができるのに、それを明かさないだけなのではないかと思うことがある。逆に、超能力ではないものまで超能力に見せかけているのではないか、という疑念も一方にはつきまとう。

お通しとお湯割りがきて、ついでに料理も注文したので、宇川明美の話はそれきりになってしまった。

改めて乾杯をし、二つ三つ世間話をしたところで、榎本から切り出した。

「……そりゃそうと、文乃さん、どうしてる。元気か」

増山なら、これだけで今日の本題を察するだろう。わざわざ超能力を使わずとも。

「ええ。お陰さまで、元気にやってます。特に変わったことは」

「アリスちゃん、いくつになった」

「五歳です。幼稚園……年中か」

アリスは文乃によく似た、なかなかの美人さんだ。いや、アリスも、というべきかもしれない。おそらく増山には、美人を引き寄せる能力が備わっているのだろう。それが「超」のつく類かどうかはともかく。

「そうか。元気なら、よかった……うん」

増山が、冗談っぽく眉をひそめる。

「なんですか。何か、あったんですか」

「いや、お宅がどうこうって話じゃないんだ。ただな……本部の公安が、ここのところ妙な動きを見せている」

本部とはつまり、警視庁本部のことだ。

増山が小首を傾げる。

「妙って……文乃の件に絡んで、ってことですか」

「そういうことじゃないとは思うんだが、何しろ、俺は所轄の人間なんでな。本部の、しかも秘匿性の高い公安部のことは、知りようがない。あんたなら、分かると思うが」

「でも、妙な動きは感じとったんですよね」

榎本は、あえて一拍間を置いてからかぶりを振った。

「俺が感じとったわけじゃない。向こうから接触してきたんだ。内密に話が聞きたいと……ひょっとしたら、専従班でも立ち上げる腹積もりなのかもしれん」

増山の表情から、一切の感情が消え失せる。そしてこの顔こそが、この男の本性なのだろうとも思う。超能力師、増山圭太郎の素顔だ。

「そんなこと、俺に喋っていいんですか」

何を今さら。

「俺がお前と通じてることくらい、公安はとっくに承知してるよ。むしろ、だからこそ俺に直当たりしてきたんだ。こうやって俺から漏れることも、想定済みかもしれない。俺が喋るのか、お前が勝手に読み取るのかは別にして」

増山が瞬き一つせずに訊く。

「なんのために？」

「分からん。それが何かしら、抑止力になるとでも思ってるのか。あるいは、お前まで〝込み〟で釣り上げるつもりなのか。なんにせよ、公安の狙いははっきりしてる……」

榎本が黙ると、それを嫌うように増山が自ら口を開いた。

「……高鍋、ですか」

「ああ。いよいよ、上も本気になってきたのかもな」

そういいながら榎本がジョッキを手にすると、増山も倣ってお湯割りのカップに手を伸ばした。

ビールの泡は、すっかり消えてなくなっていた。

お湯割りも、だいぶ冷めてしまっているだろう。


二十年前。

榎本は港区南東部を管轄する、三田警察署の刑事課にいた。配置は今と同じ強行犯捜査係。暴力事件や強盗などを扱う部署だ。ただし所轄署には宿直勤務、現行制度でいうところの「本署当番」がある。基本的には六日に一度、朝の八時半から翌日の十七時十五分まで、係の分掌を問わず事案を取り扱う勤務だ。つまり、普段は暴力事件などを担当していても、宿直の日は泥棒だろうとわいせつ犯だろうと扱わなければならない、ということだ。

あれは忘れもしない、七月二日金曜日の夜。署の近くにある都立芝東高等学校の生徒が道端で倒れ、区内の救急病院に搬送されたという知らせを受けた。

「でも係長。なんで警察が、道端で倒れた高校生の様子を見にいかなきゃならないんですか。どうせ貧血とか、日射病かなんかじゃないんですか」

当時、榎本は二十九歳。携帯電話もまだ持っておらず、ポケベルで呼び出しを受けて、あとから公衆電話で折り返すという連絡方法だった。

『こっちもよく分からんのだが、どうも脳挫傷(のうざしょう)だとか、そういう話でな。一緒にいた友達も、揉め事があったとかなかったとか、いってるらしいんだ。それで担当医が、傷害事件の疑いもあるってんで、知らせてきたと』

揉め事があるのとないのとでは大違いだ。

「ちょっと確認します。マル害(被害者)は、高校生なんですね」

『ああ。女子だそうだ』

「マル被(被疑者)は」

『それはお前が調べるんだ』

「相手が高校生の疑いがあるんだったら、少年係にいってもらったらどうですか」

少年係は防犯課。それでなくとも刑事課の仕事は激務だ。取り扱い事案は一つでも少ない方がいい。

『だから、今の段階じゃなんともいえんだろう。調べてそうだったらあっちに回すから。とにかくいってみてくれ。頼んだぞ』

致し方なく、そのとき扱っていた自転車盗の処理を済ませてから病院に向かった。

着いたのは二十時過ぎだったと思う。それでも担当医はちゃんと残っていてくれた。医局というのだろうか、医師の事務室のようなところで話を聞いた。

「三田署の榎本と申します」

「わざわざすみません。第二外科の小泉です」

榎本より少し若そうなその医師は、最初は事務的に患者の容体を説明した。

「患者さんのお名前は、ミズハラユカさん。水曜の『水』に野原の『原』、自由の『由』に『夏』で、水原由夏さん。十七歳の高校二年生です。水原さんは搬送されたときすでに意識がなく、倒れたとき近くにいた友達の話では、急に頭を押さえてうずくまり、そのまま寝転ぶように倒れたということでした。その段階ではまだ意識があったそうです。なので、まずＣＴを撮ってみたところ、硬膜外血腫が複数ヶ所見られました。大小合わせると、六ヶ所に及びます。画像を見たところ難しいオペになりそうだったので、当院でもっとも優秀な脳外科医が執刀することになりました。今もまだオペ中です。なので、説明はご連絡差し上げた私からいたします」

それのどこに事件性があるというのか。まったく理解できない。

「あの、硬膜外血腫というのは、つまり、脳の表面が？」

「そうですね。頭蓋骨と脳の表面の膜、硬膜の間に血溜まりができたということです」

「それが、大小六ヶ所も？」

「はい」

「原因は？　殴打か何かされたんですか」

「いえ、外傷はありません」

「……は？」

外傷がなければ、事件性もないということではないのか。

「ええと、外傷がないということは、では、どういった原因で？」

小泉医師は深く頷いてから、説明を再開した。

「むろん、なんらかの疾患によって硬膜の動脈から出血することも、ないとは言い切れません。がしかし、硬膜外血腫は通常、頭蓋骨骨折などによって脳の表層が損傷を受けて起こるものです。また複数ヶ所あることから、脳挫傷……一方から衝撃を受けて、脳が頭蓋骨内部でバウンドし、受傷とは反対側の脳が広範囲にわたって傷つく現象ですが、六ヶ所というのはそうやってできたものと思われます。大小というのも、脳挫傷を疑った一つの要因です」

この説明で分からないのは、自分の頭が悪いからだろうか。

「すみません。ちょっと……というか、まったく状況が把握できないので、一つひとつ確認させてください。まず水原さんは、なんらかの衝撃を受けて、脳挫傷を起こした、というのは間違いありませんね？」

「脳挫傷と思われるような状態に脳そのものが傷ついている、というのは間違いありません」

「損傷が大小六ヶ所、ということは、少なくとも三回は大きな衝撃を受けた、ということですか」

「断言はできませんが、複数回の衝撃はあったものと考えられます」

「そして、それは通常、頭蓋骨骨折などによって起こる」

「はい。通常は、そうです」

「しかし？」

「はい。水原さんの頭部には、骨折は疎か、打撲傷も擦過傷もありませんでした。痣すら見当たりません」

「つまり、それは……どういう？」

「申し訳ありませんが、我々にもよく分かりません」

一瞬、フザケるなと怒鳴って胸座を摑んでやりたい衝動に駆られた。

「小泉先生。脳挫傷は通常、頭蓋骨が折れるくらいの衝撃によって起こるわけですよね」

「いえ、硬膜外血腫が、頭蓋骨骨折によって……」

くそ。単なる言い間違いだ。

「すみません。硬膜外血腫は、頭蓋骨骨折をするくらいの衝撃を受けてできるもので、六ヶ所それが見られることから、脳挫傷を疑ったわけですね」

「ええ」

「でも骨折は疎か、水原さんの頭には痣もないと」

「その通りです」

そういって小泉は、初めて気まずそうな顔をしてみせた。

「まあ、非常に考えづらいケースではありますが、結果から推測するとですね……これは、外部から頭部に衝撃を加えたのではなく、直接、頭蓋骨内にある脳に、衝撃を与えたのではないかと。そう推測せざるを得ないわけです」

頭蓋骨内の脳に、直接、衝撃——？

黙っていると、小泉が続けた。

「むろんボクシングなどでは、顎に受けた衝撃で脳が揺れ、脳震盪を起こすことはあります。脳挫傷も少なくありません。しかし何度もいうようですが、水原さんの頭部には、顔面も含め外傷はないんです。何か似たような状態を作り出す方法が、ひょっとしたら他にあるのかもしれませんが、でも、これだけ脳が損傷を負っているのにですよ、表皮に擦過傷も痣もないというのは、ちょっと考えにくいです」

それが本当だとしたら、いよいよ理解不能になってくる。

「ええと……これが珍しい症例であることは、よく分かりましたが、一つ確認させてください。警察にご連絡くださったのは、小泉先生ということで、間違いありませんか」

「はい。第一報は救急隊からかと思いますが、三田署にご連絡したのは私です」

「しかし、いま伺ったところ、事件性があるようには、私には思えないんですが」

するど、意外にも小泉は小さく頷いてみせた。

「私も、普通はそうだろうと思います。普通というか、五年前、いや三年前でも、不可解な症例として扱うだけで、警察には届けなかったと思います。しかし、今は違います」

段々、嫌な予感がしてきた。

「……今は、どう違うんですか」

「ここ数年、超能力の研究が盛んになってきていることは、刑事さんもご存じでしょう」

やはり、それか——。

小泉が続ける。

「むろん私は専門外ですので、ダークマター云々の知識はありません。しかし、仮にですよ。体を傷つけず、いや直接触れもせずに、体内の任意の器官を破壊することができるとしたら、これは怖ろしいことですよ」

「まあ、そうですが、現在いわれている超能力というのは……」

にわかに小泉が眉を吊り上げる。

「そこまで便利じゃないという話ですか？　警察は、本気でそんなことを信じているんですか。私はそうは思いませんけどね。これまでの物理法則に囚われなくていいのなら、私は人殺しなんていくらだってできると思いますよ。しかも完全犯罪です。見えざる手で気道を閉塞させたら窒息死させられます。そこまでしなくても、頭部の動脈を閉塞させたら数秒で気絶させられる。運転中にそんなことをされたらとんでもない事故になりますが、証拠は残りません。いいんですか？　そんなことになっても」

何をムキになっているのだ、この男は。

「いいわけないでしょう。よくはないですけれども、でも現行法の下では、警察はそういった事案には……」

「それはそうでしょうけど、でも、超能力者が自白をすれば、なんらかの罪に問うことはできるんじゃないですか？　刑事さん、私だってね、超能力がどういうものかはっきりしていない現状で騒ぎ立てるのには、抵抗がありますよ。でも、このケースはまさにそれが疑われる症例なんです。外部から頭部に衝撃を加えるのではなく、脳に直接ダメージを負わせる。分からないですけどね、詳しいことは。でも、そういうことがもし可能なのであれば、こう……念力の拳のようなもので、頭皮や頭蓋骨は通過するけれども、脳には直接ダメージを与えることができる。乱暴に、滅茶苦茶に脳だけを揺するんでもいい。平手で叩くイメージかもしれない。でもそれを、脳に直接やることができるのであれば、まさに、水原さんのような状態になるんじゃないかと思うんですよ、私は」

そんな、無茶な――。

夜が明けても刑事の宿直は終わらない。取り扱った事案の書類作成やら事後捜査やらで、結局次の日の夜までかかってしまう。

おまけに係長まで、この件に妙な興味を示した。

「外傷を残さずに、複数の脳挫傷か……ひょっとしたら、ブラックジャックみたいな凶器かもしれんな」

「ブラックジャック？」

榎本が訊き返すと、係長は急に嬉しそうな顔をした。

「なんだ、ブラックジャックも知らんのか。布や革の袋に、砂やコインを詰めただけの簡易な代物だが、威力は絶大だ。海外じゃ、カジノの用心棒なんかが棍棒代わりに使うらしい。外傷を残さず、体内にダメージを与えるといったら、まずこれだろう」

中身を砂に詰め替えた、ソフト警棒みたいなものだろうか。

「それならまあ、傷害事案ですね。確かに」

「とにかく、マル害が倒れる場面を見ていた友達がいるんだろう？　その子らの話くらい、聞いてきたらどうだ」

「はあ……了解しました」

超能力よりは遥かに信憑性がある話だったので、休み明け、通報から四日経ってはいたが、榎本は芝東高を訪ねてみることにした。

昼休みを狙い、まず教員室で水原由夏の担任と話をした。すると、彼女が倒れたとき近くにいた生徒というのは、隣のクラスの谷田(たにだ)雅代(まさよ)、本宮(もとみや)聖美(きよみ)の二人だという。

早速、その二人を呼び出してもらった。場所は視聴覚室。両クラスの担任と、校長にも同席してもらった上で話を聞いた。

「水原由夏さんが倒れたときの様子を、詳しく聞かせてもらえますか」

谷田も本宮も、わりと大人しそうな生徒だった。そのせいか、最初は話しづらそうに互いの目を見合わせたりしていたが、やがて意を決したように、谷田が口を開いた。

「……学校から、駅の方に歩いて、ちょっとのところにある、駐車場みたいな空き地から、由夏が、フラフラッと出てきて……でなんか、カバンも落としちゃって、頭抱えて、うずくまってしまって。どうしたのって、大丈夫って、聖美と声かけたんですけど、そのままパタッて、地面に寝ちゃって。なんか、そういうときって動かしちゃいけないって、保健体育で習ったんで、すぐ、私が学校に戻って知らせて。で、救急車呼んでもらいました」

榎本は頷いてから、谷田の目を覗いた。

「そのとき、周りに誰かいなかったかな」

するとまた本宮と目を合わせる。彼女が頷くのを見て、谷田は続けた。

「たぶん、なんですけど。同じ駐車場から、うちの生徒が……」

やはり、加害者は高校生ということか。

「それが誰だかは、分かりますか」

「はい……たぶん、イヤマ、フミノじゃないかと」

担任に確認すると「井山文乃」という生徒が二人と同じクラスにいるという。この報告は事前に受けていたのか、教員らに動揺する素振りはなかった。

彼女たちの担任に訊く。

「その井山さんは、どんな感じの生徒さんですか」

「井山は、去年うちに転校してきたんですが、真面目で、大人しい生徒です。確か、水原とは小学校が一緒だったんじゃないかな」

被害者の水原由夏と、小学校が同じ、か。

谷田に目を戻すと、なんだろう。微かに眉をひそめている。

「谷田さん、何か思い当たることはありますか」

「いや……小学校が一緒っていっても、あの二人、たぶんあんま、仲良くなかったんじゃないかな、と」

「仲良くない、というのは、具体的には？」

「んんと……まあ、一年とき、私、由夏とも文乃とも同じクラスだったんですけど、なんか、転校してきたときから、由夏は文乃に冷たかった印象があります。由夏も別に、そんなね……」

谷田がまた隣を見、本宮が頷き、するとまた話し始める。

「……由夏は性格も明るいし、そんな、友達に意地悪とかする人じゃないんですけど、でもなんか、文乃には当たりがキツかったっていうか。仲良くはしてなかったと思います」

そこで、本宮が「あ」と小さく漏らす。

「どうしました、本宮さん」

「いや、これは、私の見間違いかもしれないけど……駐車場から出てきたとき、文乃、ちょっと駐車場を振り返ったっていうか、チラッと見て。それから、駅の方に歩いていって……歩きっていうか、ちょっと小走りみたいな、わりと速足で。で、うちらが駐車場の前まできたら、由夏が出てきた……って感じだったよね？」

うん、と谷田が頷く。

榎本は担任に向き直った。

「今日、井山文乃さんは登校してますか」

「ええ。普通に、授業に出てましたが」

「井山さんは、部活動は何か」

「書道部、だったでしょうか」

それには谷田がかぶりを振る。

「文乃、いま部活やってないですよ。帰宅部です」

それは、かえって好都合だ。

榎本はいったん署に戻り、六時間目の授業が終わる頃にもう一度、芝東高を訪ねた。さっきと同じ視聴覚室で、今度は井山文乃から話を聞く。同席者は、クラスの担任一人になっている。

「三田警察署の、榎本といいます。あまり、緊張しないでくださいね。先週金曜の、水原由夏さんの様子を、伺いたいだけですから」

「……はい」

あえてこちらからいうほど、井山文乃は緊張してはいなさそうだった。会議テーブルの向かいから、ごく自然に視線も合わせてくる。

文乃は、なかなかの美人だった。ややツリ目気味ではあるものの、目そのものが大きいのでキツさは感じない。高校生を前にして警察官がこんなことを思うべきではないのだろうが、少し厚めの下唇も妙に艶(なまめ)かしい。現在十七歳。これからもっともっと綺麗になるのだろうな、などとつい考えてしまう。

「先日、水原由夏さんが倒れる直前に、井山さんが近くにいたんじゃないかと、そういうお話を耳にしたんですが、それは、間違いないでしょうか」

「はい。たぶん、由夏は私と別れたあとに、倒れたんじゃないかと思います」

口調も落ち着いている。

「そのときの水原さんは、どんな様子でしたか」

「別に、いつもの感じで。普通でしたけど」

「場所は学校近くの、駐車場ということで」

「はい」

「何か、お話でもされていたのでしょうか」

ちょっと、困ったように首を傾げる。

「話、ってほどのことでもないんですけど。ただ、犬のお墓参りをしたいって、それだけですけど」

「お墓参り？　犬の？」

文乃はきゅっと唇を引き結び、小さく頷いた。

「私、小学校一年のときに静岡に引っ越して、去年またこっちに戻ってきたんです。そうしたら、同じクラスに由夏がいて。小さい頃は、よく一緒に遊んだんです。家が近所だったんで。その頃、由夏の家で飼ってた犬が死んでしまって。家の庭に、今もそのお墓があるって聞いてたから、お参りさせてほしいって、頼んでたんです。ちょうど、死んじゃったのも夏だったんで……でも、それだけです」

この娘がブラックジャックで水原由夏を殴打、というのは、ちょっと考えづらい。しかも、六ヶ所の脳挫傷を負わせるほど。かといって、超能力で脳挫傷を作り出したとも、到底思えない。そもそも凶器がなんであろうと、犯罪を犯した者はここまで平静ではいられないものだ。年が十七歳と若ければなおさらだ。

「体調が悪そうだったり、そういうことは？」

「いえ、ですから、私には、普通に見えました。別に、具合が悪そうでは、なかったです」

似たような質問を別の言い方で繰り返してはみたが、それ以上の情報を文乃から引き出すことはできなかった。聴取の時間は、せいぜい十五分か二十分だったと思う。

「ありがとうございました。でも、何か思い出されたら、いつでもかまわないので、教えてください」

「はい。分かりました」

この子は関係ない。それが榎本の印象だった。むろん、文乃が美人だからとか、そういうことでは決してない。刑事の目で見て、怪しい部分が一つも見出せなかった。そういうことだ。


榎本は校門を出て、水原由夏が倒れていたという場所にいってみた。【モダンパーク】という看板の掛かった月極駐車場の前。ガードレールもない、幅二メートルほどの歩道。倒れ方が悪かったら、仮に車道に出るような恰好で倒れていたら、水原由夏はそこで車に轢(ひ)かれ、命を落としていたかもしれない――。

そんなことを、考えたときだった。

ふと視界の端に違和感を覚え、駐車場の敷地内に目を向けると、男が一人、すぐそこに立っていた。細身の長身で、ライトグレーのスーツを着ている。髪も短く整えている。身なりに怪しい点はない。駐車場の借主が車から降りてきたところか。しかし見たところ、敷地内には六台分の枠線があるだけで、車は一台もない。

男もこっちを見ている。かなり強く西日を浴びているのに、目を細めもしない。なんだ。この男は、そこで何をしている。

榎本はあえて、職務質問とは違う切り口で声をかけた。

「……何か」

いいながら、男の方に踏み出す。男は動かない。ただ、おどけたように眉を動かしただけだ。

「何か、とは、どういう意味ですか」

低くも、高くもない声。だが妙に耳に残る、微妙にズレた感じの声。なんというか、頭の中の、ちょっとした隙間にすべり込んでくる音波のようだった。そう、ちょうど頭蓋骨と脳の、隙間辺りに――。

もう少し男に近づいてみる。年は榎本とさして違わなく見える。

「こちらを見ていらしたから、私に何か用でもあるのかなと」

「そんなことは、ないんですけどね」

やはり変だ。一般人にこんな訊き方をしたら、普通はもっと警戒してみせる。逆にヤクザ者なら「因縁つけてんのか、コラ」と逆捩を喰わせてくる場面だろう。だが、何もない。この男はなんの抵抗も示さず、ただそこに立っている。

　何者だ、この男。

「……そこで、何をしていらっしゃるんですか」

「別に、何もしてませんが」

「何もってことはないでしょう」

「ああ、すみません。ここの駐車場の管理の方でしたか」

「いえ、そういうことではないですが」

「じゃあ、警察の方ですか」

　ヒヤッ、とした。攻めているつもりが、一瞬にして攻守を引っくり返された。どうすべきだ。白を切るか。いや――。

「……よく、分かりましたね」

「ほう。じゃあ刑事さんだ」

　私服を着ているのだから、そう解釈するのは当然だろう。

「ええ、三田警察署の者です。もう一度お訊きしますが、そこで何をしていらっしゃるんですか」

　また、ふざけたように眉を吊り上げる。

「それは、職務質問ですか」

「いえ。ただ、月極駐車場とはいえ私有地です。あなたが部外者であるならば、無断で立ち入るのはあまり褒められた行為ではないですよ」

「それは申し訳ありませんでした。すぐに出ていきましょう」

男がこっちに近づいてくる。

二歩、三歩、四歩——。

するとすれ違いざま、ふいに男の手が、榎本の胸の辺りに伸びてきた。警官としての警戒心が、とっさにそれを摑ませた。さして力も入っていない、骨ばった左手首だ。

榎本は、あえて顔を近づけて男を睨んだ。

「……なんの真似だ」

「失礼。胸にタンポポの綿が付いていたので、取って差し上げようと思っただけなのですが」

榎本が視線をはずさずにいると、男は「もう、今ので飛んでっちゃいましたけどね」と、呑気な口調で付け加えた。

男の手首を放す。男は微かに笑みを浮かべ、なぜか榎本に正面を向けた。

「……ひょっとして刑事さんは、四日前にここで倒れた女子高生のことを調べているんですか」

その、まさに四日前。あの病院で超能力云々を吹き込まれていなければ、こんなことは思いもしなかったに違いない。だがこのとき、榎本の頭の中には、確かにその考えが浮かんでいた。

この男が、もし超能力者だったなら――。

「……あんた、何者だ」

「あなたの思ってる通りの者ですよ」

それでいて、反射的にその考えを打ち消す自分がいる。

そんな、超能力なんてありはしない。最初の声かけが、自分で思うより職質っぽかった。そこから警察、私服だから刑事と推測しただけのこと。この男はなんらかの理由で、ここで女子高生が倒れたことを知っていた。それをぶつけてきたのは、単なる当てずっぽう。

そう、超能力なんて――。

「もう一度訊く。あんた、ここで何をしていた」

「刑事さんと同じですよ。四日前にここで倒れた女子高生のことを調べているんです」

当てずっぽうじゃ、ないのか。

「なぜ俺がそれを調べていると思った」

「あれ、違うんですか」

「答えろ」

男は、芝居がかった仕草で肩をすくめた。

「怖いな。この段階で、一般市民にそんな訊き方をしていいんですかね。けっこう威圧的ですよ」

「それはすまない。この通り謝る。だから教えてくれ。なぜ俺が四日前のことを調べているると思った。そしてなぜ、あんたがそれを調べている」

芝東高の生徒が何人か、駐車場前の歩道を通って駅方面に歩いていく。誰一人、榎本と男には目もくれない。

男は笑みを引っ込め、やや視線を上げていった。

「……私は、超能力シです。四日前ここで起こったことには、超能力が関わっている可能性がある。だから、調べているんです」

この当時、「超能力師」という言葉は今ほど一般的ではなかった。

榎本も、まだ知らなかった。

何から何まで不思議な男だった。

話を聞かせろというと、じゃあ喫茶店にでもと自ら誘う。田町駅近くの店に入ると、頼みもしないのに名刺を差し出してくる。

「株式会社、高鍋リサーチ……公認超能力師？」

名前は増山圭太郎。裏を見ると、一応探偵業としての認可は受けているかのように書いてある。

「あんた、本当に超能力者なのか」

「はい。スプーンでも、浮かせてみせましょうか」

「え、できるのか」

男、増山圭太郎は本当に、榎本の目の前でシルバーのティースプーンを浮かせてみせた。だが、この程度のことは手品師だってやってのける。必ずしも超能力の証明にはならない。

「……なんか、どうせトリックがあるんだろう」

「まあ、そうお思いになるのも無理はありません。この程度で信じていただけるなら、我々も苦労はしませんから」

苦労、してるのか。そういうものなのか。

「じゃあ、俺が刑事だって分かったのも、四日前のことを調べてるって言い当てたのも、超能力ってことか」

「そうですけど、それを証明するのって、けっこう手間がかかりますからね。私が、刑事さんのことを事前に調べたのではない、ということを証明しなければならないわけですから。それはさすがに面倒くさいんで、勘弁してください」

面倒くさい、ってなんだ。

それよりも、と増山は身を乗り出してきた。

「井山文乃に、会ったんでしょう？　どうでした」

そろりと、何か柔らかいもので背中をひと撫でされたようだった。

こいつ、どこまで知っている――。

「……おい、それも超能力で、読み取ったっていうのか」

増山が顔をしかめる。

「だから、そういうのはもういいじゃないですか。超能力だろうとなんだろうと、四日前のアレの真相が分かればいいわけでしょう？　ここは一つ、共同戦線を張りましょうよ。井山文乃を調べるんだったら、何かとお役に立てると思うんですがね」

どうもこの男の、軽々しい物言いが胡散臭く感じられてならない。

「それを知って、あんたになんの得がある」

「うーん……それもまた、難しいところなんですがね。まあ我々は、簡単にいったら、超能力で社会貢献をしていきたいんですよ。別にボランティアって意味ではなくて、社会性を持ったビジネスとして、超能力を用いた事業の認知度を上げていきたい。そのための団体の設立も考えています。刑事さんだって、超能力の研究が近年日本で盛んになっているのはご存じでしょう？　もう、そんなに遠い話じゃないと思うんですよ。正式名称はまだ決まっていませんが、たとえば『全日本超能力師連盟』とか、『超能力事業会』とか」

笑っていいのやら、怒っていいのやら――。

「……それで。その連盟云々と、四日前の件はどう関係がある」

「ですからね、超能力を社会に認知してもらうためには、超能力が危険なものであってはいけないんですよ。少なくとも世間に、そういう印象は持たれたくない。だから、そういう可能性のある事象を察知したら、素早く対処していこうと。そういうことです」

対処？

「ちょっと待て。警察でもないあんたらが、この件にどう対処しようっていうんだ」

こくっと、増山は首を傾げた。

「それは、ケース・バイ・ケースですかね」

「まさか、勝手に井山文乃を処刑しようだなんて、思ってるんじゃないだろうな」

増山はそれに、苦笑いで答えた。

「嫌だな。それこそ〝まさか〟ですよ。そんなことしませんって。我々の目的は社会的認知の獲得ですよ。そんな、処刑なんて蛮行はあり得ません。対処というのは、もしそういう能力者を認知したら、能力の制御方法や社会秩序……刑法等の現行法も学んでもらった上でですね、超能力で社会貢献できるように教育していくと。そういうことです。我々が設立しようとしている団体は、能力者の発掘と登録、それと教育を主な柱にしていきます」

真面目な話なんだか大掛かりな法螺話なんだか、よく分からなくなってきた。弱小野党の街頭演説とも、どこか通ずるものがある。

増山はコーヒーをひと口飲んでから続けた。

「あの、刑事さん、すみません。お名刺いただいてもいいですか」

「ああ、いいけど」

名刺入れから一枚抜いて、向かいに差し出す。

「どうも……へえ、お名前、克己さんと仰るんですか」

「なんだ。苗字はすでにお見通しってことか」

「いいえ、名刺をもらえば済むようなことは、いちいち読んだりしません。かえって面倒くさいんで。超能力って、けっこう集中力が要るんです。やたら使いまくっても、疲れるだけなんですよ」

だからその、「面倒くさい」って言い草はどうなんだ。


水原由夏の件に関しては、署に帰ってから係長に報告した。

井山文乃という生徒が直前まで一緒にいたが、面接した結果はシロの印象。彼女以外に怪しい人物の目撃証言はない。そもそも事件性があるのかどうかも疑わしい。これ以上は水原の回復を待って、話を聞かないと難しいのではないか。報告は主に、その四点に留めた。増山に関しては、あえて触れずにおいた。また係長も、ブラックジャックによる殴打をそこまで強く疑っているわけではないようだった。

「係長。水原由夏の家族への聴取は、どうしましょう」

低く唸りながら、係長はしばし首を捻った。

「この段階で警察沙汰ってのも、かえって家族には精神的負担だろうからな。もう少し様子を見て、本人の話が聞けたらってことでいいだろう」

「はい。じゃあ、そうします」

だが、すでに榎本自身がこの件に強く惹かれていた。いや、この件というより、増山圭太郎という超能力師に、あるいは世にも珍しい超能力事案というものに、だったかもしれない。そして、増山がマークしている、井山文乃という少女——。

水原由夏の件以外にも、榎本が抱えている事件はいくつもあった。宿直で取り扱った盗犯事案、酔った上での喧嘩、強制わいせつ、万引きが発展した形での事後強盗、それらの事後捜査。それでも榎本はできるだけ時間を作り、井山文乃について調べた。

薬品メーカーに勤める父、専業主婦の母との三人家族。学校の成績もよく、素行も問題ない。部活動は特にしていないが、大学受験に備えてか塾には通っている。

そして井山文乃に張りつき、行動確認をしていると、必ずといっていいほど増山圭太郎と出くわした。

「どうも。何か分かりましたか」

いきなり背後の暗がりから現われ、そのくせ缶コーヒーを差し出してきたりする。相変わらず増山の身なりに怪しい点はなく、様子も明るかったが、それがかえって胡散臭かった。そのときは学習塾の近所にある、公園の植え込みの中だった。

それでも一応、もらえるものはもらっておく。

「ああ、悪いな……っていうか、あんたが一緒にいて、俺まで変質者みたいな目で見られたら困るんだけどね」

　増山も、自分の分のコーヒー缶を手で弄んでいる。

「そんなヘマはしませんよ。私は、プロの超能力師ですから」

　そのくせ、増山の笑みには不思議な魅力があった。見る者の緊張を和らげる、といったら聞こえはいいが、相手から緊張感を奪う、という意味では危険でもある。真剣みを削がれる、と言い替えてもいい。これも超能力の一種か。

「そっちこそ、何か新しいネタはないのか」

「うーん、ないですね」

　パシッ、と増山がプルタブを引く。

　榎本もそれに倣いながら訊く。

「だいたい、水原由夏の件に超能力が使われた可能性があるって、それは間違いないのか」

「そう、それね……そこがそもそも、問題なんですよね」

　ちょうど講義が終わったらしい。生徒たちが塾の玄関から出てくる。今日の文乃は黒っぽいプリントTシャツにミニスカート。しかし、いま出てきた一団にそういう恰好の娘はいない。

「問題って、超能力は介在してないかもしれないのか」

「いや、水原由夏に脳挫傷を負わせたのは、まず間違いなく超能力でしょう」

「その根拠は」

「水原由夏はさしたる外傷もなく、極めて重度の脳挫傷を負っています。そんなこと、物理的には不可能ですよ。榎本さんはブラックジャックか何かを使ったと思ってるんでしょうが」

こいつ、いつのまに――。

「あんなので脳挫傷が起こるまで叩いたら、頭皮は内出血だらけになりますよ。それだったら医者だって気づきます。でも、そうではない。これは非常に高度な、かつ鋭角的なサイコキネシス、日本語でいうところの『念動力』を用いた、明らかな傷害行為です。国外には前例もありますしね。そこはまず間違いない。ただそれをやったのが井山文乃かというと、それには疑問が残る……榎本さん、あのときあの場所に、水原由夏と井山文乃以外の、第三者がいた可能性はないんですかね」

まだ、文乃は塾から出てこない。

「……その可能性は低い、と思うね。あの駐車場は四方をコンクリート塀で囲ってある。出入り口は表の、あの一ヶ所だけだ。あそこの前はしばらく一本道だしな。井山文乃以外に出入りした者がいるなら、あとからきた生徒が目撃するか、井山文乃自身がそう証言しているだろう」

「井山文乃が、その誰かをかばっているという可能性は」

「絶対にない、とは言い切れないが、印象としては薄いかな……」

いつのまにか、増山にいいように喋らされている自分に気づく。これも超能力のなせる業か。これは気を引き締めてかからないと、とんでもないことになる。

「……それをいうなら、あんたこそどうなんだ。井山文乃ではない誰かが、あの場にいた感触はあるのか」

「分かりません。そこはなんとも、言いようがありませんね」

「共同戦線を張ろうっていったのはあんただろう。そっちも何か情報出せよ」

「あ、文乃、出てきましたよ」

上手くはぐらかされた気もしたが、実際、文乃が玄関から出てきていた。少し距離をとってから尾行を再開する。増山も、ごく当たり前のように榎本の隣に並んでくる。

「……増山さんよ。どうも俺には、あんたの狙いが見えない。結局、井山文乃は超能力者なのか、そうじゃないのか。井山文乃が超能力者じゃないとしたら、あんたは何を追ってる」

すると、増山は急に声を低くし、ひどく深刻そうに漏らした。

「井山文乃の周辺では、これまでも超能力が使われたと思しき事象が報告されています。しかし、彼女自身が能力者かというと、それはよく分からない。現状は、そんなところです」

なんだそれは。

「じゃあ、彼女にごく近しい存在が超能力者、ってことじゃないのか。親とか、カレシとか」

「そう、かもしれません。しかし、別の者が内偵したところによると、両親は明らかに能力者ではなく、また文乃を能力者とは認識していないということでした。通常、子供が能力者であれば、親は気づきます。多くの能力者は幼児期にその能力が発現しますが、普通はその能力を隠そうとしません。何せ幼児ですから。その力がいかに物理常識からはずれているかなんて、意識にないんですね。さらにいうと、能力を隠そうとするような常識が備わってから発現するケースは、極めて稀です。我々はそのようなケースを、現在のところ認知していません。能力者は幼児期に能力を発現し、それを最初に認識するのは、同居している肉親……これはある種の常識、定説と思っていただいていいです」

超能力の存在自体が非常識、という反論はあまり意味がないか。

「……だからさ、結局どういうことなんだよ。あんたは何をどうしたいんだ」

「文乃の近くでなぜ超能力現象が起こるのか、その理由を解明する必要があると思っています」

「あんたらの定説や常識に反して、親に気づかれないまま文乃は超能力者になった。そういうことじゃないのか」

「……それも、絶対にないとは言い切れませんがね」

文乃が友達二人と角を曲がっていく。

榎本はさらに訊いた。

「だいたい、文乃の近くで起こった超能力現象って、なんなんだ。これまでにも脳挫傷になった被害者がいたのか」

「いや、脳挫傷ではないです。もっというと、そもそも暴行とか傷害とかいう話ではないですし、何しろ文乃が静岡にいた頃の話なんで。そこはあまり、お気になさらずに」

するど、ますます文乃自身が超能力者でなければ辻褄が合わなくなってくるわけか。静岡から東京まで追っかけてきた、それこそ人知れず彼女に加担するストーカーでもいれば話は別なのだろうが。

「なあ、増山さん。文乃が超能力者かどうか、もしくは彼女が水原に危害を加えたかどうか、あんたはどうやったらはっきりさせられると思う」

すでに超能力ありきで話をしている、自分が怖い——。

二人そろって角を曲がる。その先には、ちゃんと文乃とその友達二人の後ろ姿が見えている。

増山は小さく唸った。

「んん……実は、私もそれを確かめてはみたんですよ。榎本さんがいないときに」

それくらい、この男ならしていても不思議はない。

「どうやって」

「それを明かして、私を逮捕したりはしませんか」

「なんだ。そんなに違法性の高い手口なのか」

「いや、たぶん現行犯じゃないと、逮捕はできないと思いますが」

つまり。

「……痴漢か」

ははは、と増山が短く笑う。

「人聞きが悪いな。電車の中で、ちょっと背中を触っただけですよ。お尻とか胸じゃないんですから、勘弁してください」

まあ、それくらいなら不問としておこう。

「背中を触って、何が分かったんだ」

「ですから、彼女が能力者でないことが、はっきりしました。つまり、水原由夏の脳挫傷は、井山文乃によるものではない。別の能力者によるもの、と私は見ています」

「だから、あの駐車場に第三者、と考えたわけか」

「簡単にいうと、そういうことです」

文乃の自宅は東五反田五丁目。四、五階のマンションが多い住宅街だ。田町から山手線で五反田まで乗り、そこからまた七、八分歩く。いま文乃は友達とＪＲの改札を入っていった。

榎本は隣を歩く増山を横目で見た。この男が再び文乃に接近し、体に触ったら、また新たな情報が得られるのだろうか。だが仮に、あとから自分がその内容を聞けたとしても、それがこの男の妄言でないという保証はない。わざと嘘をつく可能性だってある。なのに、自分は一体何をやっているのだ。超能力なんてこれっぽっちも信じていないのに、この男に対する個人的興味だけで、なし崩し的に行動を共にしている。

そういえば、なんとか測定機という、超能力の有無を測る装置が開発されたのではなかったか。

そのことを訊くと、増山はこともなげにいった。

「ああ、ダークマター測定機ですね。ええ、ありますよ。明応大学の研究室と、帝都大学にもあるのかな」

「だったらそれを持ってきて、あの現場を調べたらいいじゃないか。井山文乃もそれにかけて、超能力者かどうかはっきりさせたらいいだろう」

「いや、無理ですね。だって、ダークマター測定機って、電話ボックス二つ分くらいあるデカい機械なんですよ。研究室から出せるかどうかも分からないし、ましてや現場に運ぶなんて……」

電話ボックス二つ分か。それは予想外だった。

「なんだ。じゃあ、なんの役にも立たないじゃないか」

「いや、どうしてもっていうんなら、あの駐車場の持ち主にアスファルトを剝がす許可をもらってください。そうしたら研究室に持ち込んで、測定してもらえますから……まあ、もう十日も経っちゃってますからね。まず数値は出ないでしょうけど」

気づくのが遅かった、ということか。

そうこうしているうちに、五反田駅に着いた。文乃は友達と別れ、一人で電車を降りた。引き続き距離をとりながら彼女を追う。

「じゃあ増山さん、いっそ逆転の発想はどうだい」

「なんですか、急に」

「水原由夏に触って、当時のことを探るんだよ。できるんだろ？　そういうことだって。井山文乃に痴漢紛いのことまでしたんだから」

ちょっと、と増山が慌てたように榎本を見る。

「やめてくださいよ。痴漢じゃないですって……それは別にしても、脳挫傷で意識不明の女の子の精神を読み取るってのは、ちょっとどうでしょうね」

「なんでだよ。健康な女の子の体には勝手に触るくせに」

「だから、やめてくださいって。体に触れるかどうかの問題じゃなくて、接触する相手の、精神状態の問題なんです。……想像してみてください。たとえば、死んで間もないご遺体には、当然ながら死ぬ直前の思念が残留しています。しかし、それを読み取るということは、死を疑似体験するのと、極めて近い行為なんですよ」

それは、なんとなく分かる気はする。

「ほう……でも、水原由夏は生きてるぜ」

「それでも、意識不明の重体でしょう。こういうことは、軽々しくいうべきではないのかもしれませんが、もう彼女は、ひょっとしたら、元通りにはならないかもしれない。そういう精神に直接触れるって、一般の方には想像できないかもしれないですが、とてつもなく怖ろしいことなんですよ。自分まで感化されてしまうんじゃないか、今まで見たこともない、怖ろしい世界を覗いてしまうんじゃないか。そう考えると、ちょっと……申し訳ないですが、私には無理ですね」

なんだか、えらく簡単に説得されてしまったような、上手く誤魔化されたような――。

文乃は対向八車線の桜田通りを横断し、比べたらだいぶせまい二車線の坂道を上がっていく。急に辺りも静かになった。ここからはあまり大きな声では喋れない。

途中にNTTの施設やコインパーキングはあるものの、夜は比較的寂しい通りだった。だがそういった意味では、変な話ではあるが文乃は安心していい。本物だか偽者だか分からない超能力者はさて置くとしても、榎本は現職の警察官だ。この暗い夜道で何かあっても、すぐ駆けつけられる距離にいる。怖い思いなんて――。

ちょうど、そんなことを思ったときだった。

「……あっ」

増山もほぼ同時に声を漏らした。

ふいに角から出てきた人影が文乃に並び、半ば強引に腕をとる。背恰好からして若い男に見えた。妙だったのは、いったんは相手を見上げた文乃が、ほぼ抵抗らしいこともせず路地に引きずり込まれたことだ。

とっさに足が出た。当然だ。変質者にでも襲われたら大変だ。いや、あの男が増山のいう「第三者」、水原由夏を襲った張本人という可能性だってある。なのに、なぜか増山が榎本の腕を摑んで離さない。

「……おい、離せよ」

「ちょっと、様子を見ましょう」

「馬鹿いうな、強姦でもされたらどうするんだ」

「そうなるまでは様子を見ましょう」

「フザケるな」

ぶら下がる増山を引きずりながら曲がり角まで向かう。だがそこから覗いてみると、なるほど。二人が仲睦まじいかどうかはともかく、少なくとも暴漢と被害者という様相ではなかった。依然男が腕を引っ張ってはいるものの、文乃もさして嫌がらず男についていっている。

やがて二人が入っていったのは、マンションの一画に設けられた緑地だった。小さな公園、といった方がいいか。敷地の角には簡易物置があり、榎本たちはその陰で二人の様子を窺った。

耳を澄ませば、ギリギリ会話も聞こえてくる。

「……お前、由夏に何したんだよ」

その口調から榎本は、男を水原由夏の交際相手と睨んだが、それはあっさりと増山に否定された。

「兄ですね。水原由夏の」

なるほど、と思ってしまう自分が情けない。本当かどうかは分からない話なのに――。

二人の会話は続いている。

「何も、してません……私は、何も」

「嘘つけ。お前、俺が何も知らないとでも思ってんのか」

「……なんのことですか」

「とぼけんなよ。フーコのことだよ」

フーコ？　と疑問に思うと同時に、増山が「飼い犬の名前ですね。柴犬みたいな」と囁く。そういえば、文乃は犬の墓参りがどうこういってた。ひょっとして、その死んだ犬の名前が「フーコ」なのか。

男が続ける。

「あの日、お前たち二人とフーコが庭で遊んでんの、俺、たまたま二階から見てたんだよ。お前ら、ホースで水かけ合って遊んでたよな。それと、フーコのオモチャ。骨の形した……確か、由夏が水を止めにいったか何かで、お前から離れたときだった。フーコはふざけて、お前に跳びついて、押し倒した。お前がオモチャを持ってたからだ。相手はしょせん犬だ。遊んでるうちに、興奮して度が過ぎることだってある。確かにフーコはお前の手に噛みついたよ。お前はそれで悲鳴をあげた。由夏も驚いて振り返った……

その瞬間だった」

肌に張りつく、生暖かい夜気――。

しかし、こめかみや額、首筋は、急に冷たくなっていく。

「……フーコの頭が、水風船みたいに、バシャッと弾けた」

ひっ、という、文乃の声。

それでも男は続ける。

「わけ分かんなかったよ。犬の頭が、いきなり弾け飛ぶなんてさ。とっさに俺も駆けつけたけど、血だらけの、首のないフーコを見て、俺はいきなり吐いちまった。お前たち二人は、ただ狂ったみたいに泣き叫んでた……ずっと、ずっと分からなかったんだ。あれがなんだったのか。ひょっとしたら、散弾銃で撃ったらあんなふうにもなるのかもしれないけど、そんな形跡はもちろんなかったしな。フーコの頭をふっ飛ばしたのか。あのとき、フーコに一体何があったのか。何が、フーコの頭をふっ飛ばしたのか。でも最近になって、ようやく分かってきた。……お前、超能力者なんだろ」

やはり、文乃が――。

そう、榎本が思った直後。

突如「アッハッハ」と、甲高い笑い声が辺りに響いた。女の声だ。とっさに周りを見たが、誰もいない。物置の陰から顔を出して確かめたが、公園内にいるのは男と文乃だけだ。

今の笑い声、ひょっとして、文乃か？

そう、かもしれない。文乃は肩を震わせ、背中を丸め、バッグを投げ出して両手を腹にやっている。でもこの声、本当に文乃なのか？

しかし、それを見るや増山が、

「……くそ、マズった」

いきなり走り始めた。物置の陰から跳び出し、植え込みを跳び越え、二人の方に突進していく。

なんだ。何が起こった。男は頭を抱えて——。

「やめろォーッ」

増山は叫び、その勢いのまま文乃に体当たりして押し倒した。

頭を抱えた男は、その場に崩れ落ちる。

榎本もすぐに追って中に入った。

笑い声は、いつのまにか怒声に変わっている。

「フザケんなッ、ナニすんだよッ、どけテメェーッ」

品性など欠片もない、黒く濁った声。暴れ狂う、カラスの化け物。増山に組み伏された文乃は、四肢を滅茶苦茶にバタつかせて逃れようとしている。

榎本は倒れた男の傍らにしゃがみ、顔を覗き込んだ。大量の鼻血を噴き出し、口の周りを黒く濡らしている。気を失っているのか目を閉じている。息は、分からない。

何があった？　そう思って振り返ろうとした瞬間、

「……ンアッ」

グリッ、ゴリゴリッ、と自分の左足首が鳴るのを聞いた。同時に食い千切られるような痛み——見ると、革靴の踵が正面を向いていた。爪先が真後ろ。我が目を疑った。なんなんだこれは。

「榎本さん、逃げてッ」

増山の声がした。だが、この男を置いてはいけない。

手を伸べ、抱えようとはするが思うに任せない。左足にはまったく力が入らない。

「榎本さん、いいから……アッ」

思わず振り返ると、転がされて仰向けになった増山と、何事もなかったように立ち上がる文乃の姿が目に入った。

ゆらりと、文乃がこっちに向きを変える。

しかし、増山もすぐに体勢を立て直した。中腰になり、再び背後から文乃に抱きつく。

「よせ、こんなことをしてなんになるッ」

「うるせェーッ、ぶっ殺してやんだこいつァッ」

何もかもが信じ難かった。

あの大人しかった文乃が、なぜここまで、瞬時に狂ったのか。

気を失った男、捻じれた自分の足首。一体何が起こったのか。

文乃を羽交い締めにする増山。お前には今、何が見えている。今ここで起こってることは、なんなんだ——。

急に、耳まで痛くなってきた。ブーンと、低いモーター音が耳の中で鳴っているようだった。風も、感じた。突風ではない。ゆっくりと、押しつけるように吹いてくる風だ。錯覚などではない。文乃の髪も、強烈な静電気で吸い上げられたように逆立っている。見ていると、チッ、チッ、と砂粒が頬や瞼に当たった。思わず目を閉じそうになる。だが見ずにいるのはもっと怖い。なんだ。自分たちは、どうなってしまうんだ。

増山の腕から逃れようとする文乃。そうはさせじと力を込める増山。奴が、ただ文乃を抱き締めているだけでないことは榎本にも分かった。増山は文乃に何かしている。自らの能力をもって、文乃のそれを封じようとしているのかもしれない。その余波がこの風なのではないか。増山が逃げろといったのは、その巻き添えを喰わないようにという意味か。

増山を引きずってでも前に出ようとする文乃。必死に踏み止まろうとする増山。だが次第に、文乃の踏ん張りが利かなくなっているのが見ていて分かる。前傾姿勢から引き戻され、徐々に棒立ちになっていく。増山の抱き締め方も、力ずくの拘束から、少しずつ抱擁の形に変化していく。

これは、幻か——。文乃の中から何かが抜け出し、天へと昇っていく。実際、目には何も映らないけれど、不思議と榎本は、そんなものを視界に重ね見ていた。増山に抱き締められながら、見る見る脱力していく文乃。増山は背後から内緒話をするように、文乃の耳に口を寄せている。
《大丈夫……君は、悪くない……君は、悪くない……》
そんな声を聞いた気もしたが、定かではない。
榎本の記憶は、そこで途切れている。

その後、榎本は二ヶ月ほど入院する破目になった。左足首を複雑骨折、靭帯もアキレス腱も断裂していたためだ。しかし、医師にきちんと理由を説明することもできない。

「柵に引っかかって転んだだけで、こんなふうに骨折しますかね」

「仕方ないでしょう。なっちゃったんですから」

幸い由夏の兄、水原遼は軽い脳震盪で済み、入院することもなかった。ただ彼は、由夏と自分に危害を加えたのは井山文乃であると確信しているはず。増山はこの一件に、どう落とし前をつけるつもりなのか。この時点ではまったく想像もつかなかった。

増山が病室を訪れたのは、入院して三日目だったと思う。

「……すみませんでした。こんな、大事になってしまって」

それは、榎本にしてみれば逆だった。

「いや、むしろ、俺が礼をいうべきなんだろう。何が起こったのかは、よく分からないが、とにかく骨折で済んだ……ほんと、そう思うよ。お陰で命拾いした。ありがとう。

っていくしかない。警察病院の、窓際のベッド。本当は談話室か庭に出て、誰もいないところで話したかったが、致し方ない。榎本はまだ立つこともできないのだから、ここで話を聞くしかない。

「なあ、増山さん。結局、どういうことだったんだ。ありゃ一体、なんだったんだ」

増山は深く息をつき、小さく二度頷いた。

「結果からいうと、井山文乃は、多重人格障害だったのだと思われます」

「多重人格、か……」

それであの夜、文乃は豹変したのか。

もう一度、増山が頷く。

「ええ。これは、あくまでも憶測ですが。幼かった文乃は、とっさのこととはいえ、あのフーコという犬を、自らの能力で破壊してしまった。その自覚は、極めて強烈にあったようです。由夏の家にいって、フーコと遊ぶのを何よりの楽しみにしていたのに、そのフーコを、自分で殺してしまった。自分は怖ろしい人間だ、残酷な、ひどい人間だ……幼い文乃は、自身を責め続けたのでしょう。責め続け、責め続け、でもその、自責の念に耐えきれなくなり、最終的には、自分の中に別の人格を作り出した。そして、悪いのは私じゃない、私の中にいる邪悪な誰かだと、思おうとした……信じられないかもしれないですが、文乃は自ら二重人格になることによって、フーコを殺してしまった自責の念と、その能力をも封印していたんです。おそらく、殺害したときの記憶そのものもないんでしょう」

もう、超能力が存在するという前提からして納得できていないのだから、そこから先の話は、ああそうですかと聞いているしかない。

「でも、なんの運命の悪戯でしょうね。転入した高校で由夏と再会し、懐かしさのあまり、フーコの話をしてしまった。由夏がどう思っていたかは分かりませんが、おそらく由夏は家に帰って、お兄さんと、その話をしたんじゃないですかね。フーコは、どうしてあんな死に方をしてしまったんだろう、とか。まあ昨今は、ニュースでも頻繁に超能力が取り上げられていますからね。遼は、フーコの死と超能力を結びつけて考えたんでしょう……そしてそれは、図らずも事の真相を言い当てていた。遼から、フーコの死は文乃のせいではないか、彼女は超能力者なのではないか、そう聞かされていた由夏はあの日、フーコの墓参りをしたいといってきた文乃に、直接訊いてしまった……あんたが、フーコを殺したんじゃないか、と」

あの駐車場に立つ、由夏と文乃の姿を思い浮かべる。

「その言葉が引き鉄となり、あの場で人格の交代が起こった。文乃が、自身の罪のすべてを負わせて作り上げた、超能力者の人格。文乃の悪意、殺意、狂気……そんなものが、由夏に牙を剝いた。あの事件は、そういうことだったのだと思います」

どこまで聞いても、異論のはさみようのない話だ。

「……それで、増山さん。あんたは文乃を、どうするつもりだ」

さすがに増山も、この日は一切表情をゆるめなかった。

「正直、私にもどうしていいのか分かりません。果たして、通常の多重人格障害の治療を受けさせて、いいものかどうか……仮に治療中に人格交代が起こったらと考えると、普通の精神科医やカウンセラーには、とてもじゃないが怖くて任せられない。これ以上被害者が増えたら、文乃の人格障害がますますひどくなるのは目に見えている」

この一点は、榎本にも納得できた。

「かといってな……超能力を持った精神科医なんているのか、現実に」

そう訊くと、増山はしばし、下唇を嚙んで黙った。榎本の肘の辺りを、見るともなしに見ている。

そのとき、増山の目に薄っすらと浮かんだ涙は何を意味していたのだろう。由夏とその家族を救えなかった悔恨か。それとも、文乃の呪われた運命に対する哀れみか。

やがて増山は、意を決したように頷いた。

「彼女は……文乃は、俺が治そうと思います。超能力を持つ精神科医を探すより、超能力者が精神科医になった方が、手っ取り早いでしょ。一所懸命、勉強しますよ、今から。本物の、精神科医やカウンセラーに負けないくらい、勉強します。だから……榎本さん、お願いします。今回の件は、榎本さんは知らなかったことに、してください。警察でも、それ以外に対しても。絶対に、誰にも喋らないと約束してください」

むろん、榎本は頷いてみせた。

「ああ、喋らないよ。誰にも……約束する」

おそらくこのとき、自分は増山圭太郎という男に惚れたのだろうと思う。超能力が本物かどうかは知らない。そんなことはどうでもいい。ただ、この男は本物だ。それだけは確かに思えた。

しかし、疑問もないではなかった。

「でも、何もあんたが一人で文乃を背負い込む必要はないんじゃないのか。近々、そういう団体だってできるんだろう。そういう仲間たちと、一緒に面倒を見た方がいいんじゃないのか」

それには答えず、増山はただかぶりを振るだけだった。

「……また、きます。今日は、手ぶらですみませんでした。今度は、何か持ってきます」

これが増山と榎本の、付き合いの始まりだった。

水原由夏はその後奇跡的な回復を果たし、一学年遅れたものの、無事高校を卒業、大学に進学したということだった。また増山は水原家に対し、賠償とはいかないまでも、何かしらの見舞いはしたものと榎本は見ている。直接聞いたわけではないので、実際のところは分からないが。

日本で初めての超能力者団体「日本超能力師協会」が正式発足したのは、あの事件から六年後のことだ。そしてその翌年、増山は井山文乃と結婚した。

榎本も、ちゃんと式に招待された。

二人の馴れ初めやその後の経緯を知らなければ「若くて美人のカアちゃんもらいやがって」と茶化すところだが、榎本はとてもそんな気にはなれなかった。その後の話もぽつりぽつりと増山から聞き、彼の覚悟のほどを、痛いほど知っていたからだ。

いつだったか、増山が漏らしたことがあった。

「……仮に、ですよ。能力のない人間を、人為的に解離状態に陥れ、そうやってできた新しい人格に、超能力を植えつけられるとしたら。……怖ろしいとは、思いませんか」

増山によると、超能力の発現に最も邪魔なのは物理法則を是とする既成概念であり、だからこそ、それがない幼児期に能力は発現しやすい、ということだった。

つまり、増山のいうのはこういうことだ。

文乃のケースを研究し、解離性症状と超能力の因果関係が明らかになったら、人為的に超能力者を作り出すことが可能になってしまうかもしれない。そうなったら、最初から犯罪目的で超能力を手に入れようとする人間が必ず出てくる。増山はそれを、当初から危惧していたのだ。

そうさせないために、増山は文乃を一人で背負い込む決心をした。結婚という形を選択し、アリスという子供まで儲けて家庭を作ったのは、文乃に心の安らぎを与えたいがためのことだったと、榎本は解釈している。

だからこそ、といったら物分かりが良過ぎるかもしれないが、住吉悦子との不倫関係くらい、大目に見てやってもいいのではと思ってしまう。増山にとって、文乃との家庭は決して安らぎの場ではない。あれは、超能力を悪用させないために、奴がたった一人で築いた、正義の砦（とりで）なのだ。奴は家庭にいても、社会にいても、常に戦っている。人間の悪意と戦い、社会の偏見と戦い、そして仲間であるはずの、他の超能力師とも戦っている。

何を隠そう、文乃のケースを最も研究したがったのは、かつての増山の上司、高鍋逸雄なのだという。高鍋は現在、日本超能力師協会専務理事の職にある。超能力者としての実力は榎本の知るところではないが、その政治力は絶大なものがあると聞く。

そう。警視庁公安部が目をつけるほどに――。

警視庁公安部の動きは、即ち国、警察庁警備局の意向と考えていい。乱暴な言い方をすれば、国は高鍋逸雄率いる日本超能力師協会の一部の派閥が、テロリズムに走る可能性があると疑っていることになる。

しかしそれをもって、すべての超能力師に疑いの目を向けるような真似は、少なくとも榎本はしたくない。増山のような男もいるのだ。悦子だって、中井や高原、あの宇川明美だって、ただ普通に仕事がしたいだけなのだ。自分に備わった力を忌（い）み嫌うことなく、社会の役に立ち、ありのままの姿で生きていきたい。ただそれだけなのだ。いや、増山超能力師事務所の所員だけではない。多くの超能力師はそうであると、榎本は思いたい。文乃を例にとるまでもなく、彼らは大なり小なり自らの能力を恥じ、怖れ、隠したがる。日々を生きるだけで、彼らは大いに罰を受けている。

　そんな超能力者が、安心して働ける場所を作りたい。環境を整備したい。ただそのためだけに、増山は日々身を粉にし、背負う荷物を増やし続ける。そのくせ人前では「面倒くさいから嫌だ」と軽口を叩く。嘘をつくなと、榎本はいいたい。お前じゃないか。お前が全部、面倒を背負い込んでるんじゃないか――だがそう思っても、口には出さない。出したところで、この男が何一つ曲げないことをよく知っているからだ。

　榎本にできるのは、せいぜいこうやって酒を酌み交わすこと。あとは警察内部の動きを、それとなく耳に入れてやることとくらいだ。

「……分かりました。その辺少し、俺も注意して、見てみます」

「ああ。でもまあ、あんまり神経質になってもな。いってみりゃ、警察が超能力師をマークするのは自然の成り行きだ。これはもう、習性とか嗅覚とか、そういうレベルの反応だからさ。外部の人間を協会の監査に入れろって要求も、もう何年か越しでやってるだろ。俺にいわせりゃ、それもどうせ天下りの受け皿だろって……」

　そう榎本がいうと、増山はいつもの笑みを浮かべながら、塩茹でのエビを一尾、皿からつまみ上げた。

「あ……俺、エビって味は好きなんですけど、なんでこれにしたんですか。殻付きのって、剝くの面倒くさくないですか」

またた。また増山の「面倒くさい」が始まった。

「だったら、超能力で剝いちまえばいいだろうが」

「ですからね、榎本さん。超能力ってのはそんなに便利なものじゃないんですって。何百回も説明したでしょう」

「そうか？ ブルブルブルーッて、身の部分だけ強烈に揺さぶってさ、剝がれやすくすりゃいいじゃねえか」

呆れたように、増山がゆるく頭を振る。

「ちょっとそれ、シャレにならないですよ……身の部分だけ揺さぶるなんて、そんな器用なことはできません」

「そりゃお前が不器用ってだけのこったろう」

「そうですよ。俺は手先が不器用なんですよ。だから、殻付きは嫌だっていってるんじゃないですか」

「つべこべいってねえで地道に剝けよ。一般人はな、みんなそうしてんだよ」

二十年にわたる、増山との付き合い。数年前の、富山の殉職。そんな諸々を経て、榎本はようやく最近、この世界では何が起こってもおかしくはない——そんなふうに考えられるようになった。

だから、超能力でエビの殻が剝けないとは言い切れない。

本気でそうも思っている。

解説

城戸朱理

一冊の本を読むことは、旅に似ている。

まだ、見たこともない土地へ、経験したことのない世界への。

そして、選んだ本が、誉田哲也の小説だとしたら、驚きの連続のような旅になるのは間違いない。

誉田哲也と言えば、誰でも、『ストロベリーナイト』から始まる姫川玲子シリーズを、まずは想起するのではないだろうか。実際、姫川玲子シリーズが登場したときの衝撃は、いまだ記憶に新しい。二十九歳、ノンキャリアながら、主任警部補。しかも、警視庁捜査一課殺人犯捜査係主任、鋭い勘で事件の本質に迫る。本質的に男性の階級社会である警察で奮闘する女性刑事像は、本格ミステリーばりのトリックと相まって、実に新鮮だった。

だが、このヒロイン、決して「強い女」ではない。忌まわしい過去の記憶に苛まれながらも、警察官という仕事に誇りを持ち、意志を貫こうとする。

ちなみに、竹内結子主演のテレビドラマや映画では、姫川玲子は赤いエルメスのバッグを愛用していた。パリの高級メゾン、エルメスのオータクロアというモデルで、価格は中古で八十五万ほど。ところが、原作では、姫川玲子が持っているのは、ボーナスで買ったコーチのバッグという設定で、価格はオータクロアの六分の一ほどだから、公務員である警察官に似つかわしい。こうした細部にまでわたる配慮が、誉田作品のリアリティを高めているのは間違いない。

姫川玲子シリーズと並んで、やはりドラマ化された『ジウ』も、ダブルヒロインの警察小説。籠城事件や誘拐事件の現場作戦に当たる特殊犯捜査係に所属する、タイプがまったく違うふたりの女性警察官を主人公にしながらも、謎めいたダークヒーロー、ジウの強烈なキャラクター設定が際立つ。さらに、巨悪が企むのは国家転覆というスケールの大きさ。こうなると、誉田哲也は、新たな警察小説の名手ということになりそうなものだが、そこに収まらないのが、この作家の凄さである。

もともとは、吸血鬼ものの伝奇小説『妖の華』でデビューしながらも、『武士道シックスティーン』から始まる武士道シリーズは、爽快な青春小説。しかも『ジウ』と同じく、正反対のタイプのダブルヒロイン。『幸せの条件』に至っては、なんと農業女子が主人公。おまけに、仕事も恋愛も中途半端な二十四歳のＯＬが、社命で農家で見習いになるという意表を突く物語だった。これがコミカルかつユーモラスなのに、日本の農業事情に切り込むばかりか、人間の成長を描く教養小説（ビルドゥングスロマン）にもなっているのだから、たまらない。

ハードな警察小説から、ダークヒーローが活躍する犯罪小説（クライムノベル）、はては青春小説と、誉田哲也は、いったい、いくつの顔を持っているのか、驚嘆せざるをえないが、ひとつだけ言えるのは、どれもこれも抜群に面白いということだ。痛快だったり、軽やかで爽快だったりする物語から、陰惨を極める作品まで、人間性の内奥を余すところなく描いている。ポスト東野圭吾の最右翼は、誉田哲也だと断言しよう。

そんな誉田作品のなかでも、本書は特異にして出色の一冊。

タイトルから分かるように、超能力者が集う事務所の物語。超能力だから、ＳＦ仕立てかと思うと、ＳＦ色は、ほとんどない。このあたりも、意表を突く。しかも、超能力が「ある」というのが前提になっている。ということは、現実の社会とは違う別の世界、パラレルワールドということになるのだろう。

さて、この物語の世界設定では、日本初の超能力者団体、日本超能力師協会が正式に発足したのは十三年前。同時に資格試験と事業認定を開始した。

超能力が広く社会で認められるようになったのは科学的な研究が進み、宇宙に遍在するダークマターという星間物質が超能力の発現に関わっていることが解明され、その測定法が確立されたからということになっているが、このくだりが、本書で唯一、ＳＦ的なパートと言えなくもない。

日本超能力師協会は年二回の試験を実施し、一級超能力師と二級超能力師を認定する。二級にも合格できなければ――無能力者。

ちなみに、超能力師の「師」が「士」ではないのは、士にすると最後が「力士」になってしまうため、女性超能力者が反対したからだという穿った解説まである。

こうしたディテールに身悶えしながら、読み進めることができるのも誉田作品の醍醐味だろう。

超能力師事務所は、法的には探偵業だから、依頼があって初めて仕事が始まる。いわば、私立探偵。アメリカでは探偵はライセンス制だが、日本では二〇〇七年に探偵業法が施行されて、私立探偵が届け出制にかわるまで、看板さえ上げれば、誰でも探偵業を始めることができた。だが、業務内容は、今も昔も浮気調査と失踪人・行方不明者探しがほとんどだという。浮気調査と人探しでは、ダシール・ハメット描くサム・スペードやレイモンド・チャンドラー描くフィリップ・マーロウのようなハードボイルドな探偵像は成立しようもないが、そのあたりを逆手に取ったのが、『増山超能力師事務所』の真骨頂。

一級超能力師、増山圭太郎の事務所に持ちこまれる依頼も、浮気調査と人探しが、ほとんどなのだが、そこに、超能力がからむことで、物語が厚みを増すのだから、発想の勝利と言うしかない。

第一話は、これぞ、探偵業の王道、浮気調査から始まる。

増山超能力師事務所の所員は、五人。まずは、増山所長。そして、一級超能力師合格間近の住吉悦子は、美人だが、やたらと気が強い。それもそのはず、彼女は発火能力（パイロキネシス）に優れ、中学生時代から「川口の魔女」と呼ばれ、恐れられた存在だった。この「川口の魔女」というローカル感が、住吉悦子が抱える深刻な過去にあって、奇妙なまでの脱力感をもたらすが、発火能力は使ったら協会規定違反。それはそうだろう。超能力師があちこちで放火して回ったら、物語は宮部みゆき『クロスファイア』のように、シリアスなものになってしまう。あくまでも、軽みを忘れないのが、増山超能力師事務所の面々なのだ。

見た目は冴えないが、テレパシーが得意なのが、二級超能力師の中井健。そして、苦節六年にして、やっと無能力者を脱出し、二級超能力師になった高原篤志が、主人公というか狂言回しの役ということになる。

超能力が存在するのなら、超能力を使った犯罪も起こりうるわけだから、犯罪を抑止し、事件を解決する超能力者も必要なわけだが、そうなったら、超能力戦争である。本書では、そんな過激なことは起こらないが、作者は、誉田哲也である。公安警察まで絡む展開は、何やら不穏な気配も帯びている。ひょっとするとシリーズ化もありなのかと期待が高まる。

高原篤志が念願の二級超能力師に合格し、珍しくもスーツ姿で出社した日に、事務所を訪れた女性の依頼は、夫の浮気調査。超能力があれば、あっという間に何とかなりそうなものだが、それが簡単ではなかった。夫は五十三歳、職業は服飾デザイナー。自由が丘のオフィスからの帰りに古い木造のアパートに立ち寄っては、若くて可愛い娘と密会していることは、残留思念と尾行で分かったのだが、この娘が決して外出しない。増山所長が取った意外な方法、そして、ネタバレになるので書けないが、わびしくも笑うしかない結末。

そう、増山超能力師事務所には、さまざまな案件が持ち込まれる。家出した十五歳の少女、失踪した国会議員の公設秘書の捜索から、一般家庭に入り込む違法薬物問題、起こる事件はさまざまなのだが、どこかユーモラスで、哀愁を帯びていたりする。

第三話では、事務所への就職希望者も登場する。宇川明美、二十三歳。ロングの茶髪で、顔も可愛いければ、スタイルも抜群、男たちは骨抜きになるが、いまだに自分の超能力を制御できない明美の正体は、読んでみてのお楽しみということにしておこう。

一話完結で全七話。次第に登場人物が抱える悩みが明らかになっていく。その意味では、登場人物は超能力者なのに、たんに超能力者の活躍を描くミステリーというよりは、人情ものといった風情がある。能力があるがゆえに、普通ではない自分に苦しむこともあるわけで、超能力師は別に自分の力を誇るスーパーマンではないところが、なんともいい。

そして特筆すべきは、増山超能力師事務所の経理を担当する事務員、大谷津朋江だ。彼女だけは超能力師ではなく、無能力者。つまりは、ただの太ってたくましいおばさんなのだが、三人の子育てと長年の客商売で培った洞察力は、超能力師以上。隠された関係も「隠したって無駄だよ。そんなのはね、見てりゃ分かるんだ」と一刀両断、快刀乱麻。結局、超能力などではなく、人間に対する洞察力がいちばん重要だと言わんばかりの朋江の存在が、この小説の主題を物語っているのではないだろうか。

（詩人）

初出「オール讀物」
初仕事はゴムの味　二〇一〇年十二月号
忘れがたきは少女の瞳　二〇一一年四月号
愛すべきは男の見栄　二〇一一年七月号
侮れないのは女の勘　二〇一二年五月号
心霊現象は飯のタネ　二〇一二年八月号
面倒くさいのは同性の嫉妬　二〇一二年十一月号
相棒は謎の男（「今では無二の友」改題）
二〇一三年四月号

単行本
二〇一三年七月　文藝春秋刊

文春文庫

ますやまちょうのうりょくしじむしょ
増山超能力師事務所

定価はカバーに
表示してあります

2016年5月10日　第1刷

著　者　誉田哲也（ほんだてつや）
発行者　飯窪成幸
発行所　株式会社文藝春秋

東京都千代田区紀尾井町3-23　〒102-8008
TEL　03・3265・1211
文藝春秋ホームページ　http://www.bunshun.co.jp

落丁、乱丁本は、お手数ですが小社製作部宛お送り下さい。送料小社負担でお取替致します。

印刷・凸版印刷　製本・加藤製本　Printed in Japan
ISBN978-4-16-790605-4

（　）内は解説者。品切の節はご容赦下さい。

藤崎慎吾
鯨の王
原潜艦内で起きた怪死事件から浮かび上がってきた未知の巨大生物の脅威。米海軍、大企業、テロ組織が睨み合う深海に、学者・須藤は新種の鯨を追って潜航を開始するが!?　（加藤秀弘）
ふ-28-1

誉田哲也
妖の華
ヤクザに襲われたヒモのヨシキが、妖艶な女性・紅鈴に助けられたのと同じ頃、池袋で、完全に失血した謎の死体が発見された――。人気警察小説の原点となるデビュー作。　（杉江松恋）
ほ-15-2

松本清張
事故
別冊黒い画集(1)
村の断崖で発見された血まみれの死体。五日前の東京のトラック事故。事件と事故をつなぐものは？　併録の「熱い空気」はTVドラマ「家政婦は見た！」第一回の原作。　（酒井順子）
ま-1-109

松本清張
強き蟻
三十歳年上の夫の遺産を狙う沢田伊佐子のまわりには、欲望にとりつかれ蟻のようにうごめきまわる人物たちがいる。男女入り乱れ欲望が犯罪を生み出すスリラー長篇。　（似鳥　鶏）
ま-1-132

松本清張
疑惑
海中に転落した車から妻は脱出し、夫は死んだ。妻・鬼塚球磨子が殺ったと事件を扇情的に書き立てる記者と、国選弁護人の闘いをスリリングに描く。「不運な名前」収録。　（白井佳夫）
ま-1-133

松本清張
証明
作品が認められない小説家志望の夫は、雑誌記者の妻の行動を執拗に追及する。妻のささいな嘘が、二人の運命を変えていく。狂気の行く末は？　男と女の愛憎劇全四篇。　（阿刀田　高）
ま-1-134

松本清張
遠い接近
赤紙一枚で家族と自分の人生を狂わされた山尾信治。その裏に隠されたカラクリを知った彼は、復員後、召集令状を作成した兵事係を見つけ出し、ある計画に着手した。　（藤井康榮）
ま-1-135

（　）内は解説者。品切の節はご容赦下さい。

西澤保彦
神のロジック 人間のマジック
ここはどこ？　誰が、なぜ？　世界中から集められ、謎の〈学校〉に幽閉されたぼくたちは、真相をもとめて立ちあがった。驚愕と感動！　世界を震撼させた傑作ミステリー。（諸岡卓真）
に-13-2

楡 周平
骨の記憶
東北の没落した旧家で、末期癌の夫に尽くす妻。ある日そこに51年前に失踪した父親の頭蓋骨が宅配便で届いて――。高度成長期の昭和を舞台に描かれる、成功と喪失の物語。（新保博久）
に-14-2

二階堂黎人
鬼蟻村マジック
鬼伝説が残る山奥の寒村を襲った凄惨な連続殺人事件。五十八年前に起こった不可解な密室からの犯人消失事件の謎ともども、名探偵・水乃サトルが真相を暴く！（小島正樹）
に-16-2

似鳥 鶏
ダチョウは軽車両に該当します
ダチョウと焼死体がつながる？　――楓ヶ丘動物園の飼育員「桃くん」と変態（？）「服部くん」、アイドル飼育員「七森さん」、そしてツンデレ女王の「鴇先生」たちが解決に乗り出す。
に-19-2

似鳥 鶏
迷いアルパカ拾いました
書き下ろし動物園ミステリー第三弾！　鍵はフワフワもこもこ愛されキャラのあの動物！　飼育員の桃くんと七森さん、ツンデレ獣医の鴇先生、変態・服部君らおなじみの面々が大活躍。
に-19-3

貫井徳郎
夜想
事故で妻子を亡くした雪籐が出会った女性・遙。彼女は、人の心に安らぎを与える能力を持っていた。名作『慟哭』の著者が、「新興宗教」というテーマに再び挑む傑作長篇。（北上次郎）
ぬ-1-3

貫井徳郎
空白の叫び（全三冊）
外界へ違和感を抱く少年達の心の叫びは、どこへ向かうのか。殺人を犯した中学生たちの姿を描き、少年犯罪に正面から取り組んだ、驚愕と衝撃のミステリー巨篇。（羽住典子・友清 哲）
ぬ-1-4

（　）内は解説者。品切の節はご容赦下さい。

乃南アサ
紫蘭の花嫁

謎の男から逃亡を続けるヒロイン、三田村夏季。同じ頃、神奈川県下で連続婦女暴行殺人事件が……。追う者と追われる者の心理が複雑に絡み合う、傑作長篇ミステリー。（谷崎　光）

の-7-1

乃南アサ
水の中のふたつの月

偶然再会したかつての仲良し三人組。過去の記憶がよみがえるとき、あの夏の日に封印された暗い秘密と、心の奥の醜さが姿をあらわす。人間の弱さと脆さを描く心理サスペンス・ホラー。

の-7-5

乃南アサ
自白　刑事・土門功太朗

事件解決の鍵は、刑事の情熱と勘、そして経験だ――。昭和の懐かしい風俗を背景に、地道な捜査で犯人ににじり寄っていく刑事・土門功太朗の渋い仕事っぷりを描いた連作短篇集。

の-7-9

花村萬月
象の墓場　王国記Ⅶ

八ヶ岳山麓に拠点を移し、いよいよ神の「王国」は動きだした。だが朧は、不可思議な力を発揮し王国の住人の尊崇を集める息子・太郎をみて、自分が真の王ではないことを悟るのだった。

は-19-10

秦　建日子
殺人初心者　民間科学捜査員・桐野真衣

婚約破棄され、リストラされた真衣。どん底から飛び込んだ民間科捜研に勤務開始早々、顔に碁盤目の傷を残す連続殺人に遭遇する。「アンフェア」原作者による書き下ろし新シリーズ。

は-45-1

樋口有介
夏の口紅

十五年前に家を出たきり、会うこともなかった親父が死んだ。形見を受け取りに行った大学生のぼくを待っていたのは、二匹の蝶の標本と、季里子という美しい「妹」だった……。（米澤穂信）

ひ-7-8

樋口有介
窓の外は向日葵（ひまわり）の畑

夏休みの最中に、東京下町の松華学園、江戸文化研究会の部員が次々と失踪。高校二年生の青葉樹と元警官で作家志望の父親が事件を辿ると、そこには驚愕の事実が！（西上心太）

ひ-7-9

（　）内は解説者。品切の節はご容赦下さい。

東野圭吾
秘密
妻と娘を乗せたバスが崖から転落。妻の葬儀の夜、意識を取り戻した娘の体に宿っていたのは、死んだ筈の妻だった。日本推理作家協会賞受賞。（広末涼子・皆川博子）
ひ-13-1

東野圭吾
ガリレオの苦悩
〝悪魔の手〟と名乗る人物から、警視庁に送りつけられた怪文書。そこには、連続殺人の犯行予告と、湯川学を名指しで挑発する文面が記されていた。ガリレオを標的とする犯人の狙いは？
ひ-13-8

東野圭吾
真夏の方程式
夏休みに海辺の町にやってきた少年と、偶然同じ旅館に泊まることになった湯川。翌日、もう一人の宿泊客の死体が見つかった。これは事故か殺人か。湯川が気づいてしまった真実とは？
ひ-13-10

広川　純
一応の推定
滋賀の膳所駅で新快速に轢かれた老人は、事故死なのか、それとも、孫娘のための覚悟の自殺か？　ベテラン保険調査員が辿り着いた真実とは？　第十三回松本清張賞受賞作。（佳多山大地）
ひ-22-1

広川　純
回廊の陰翳（かげ）
京都市内を流れる琵琶湖疏水に浮かんだ男の死体――。親友の死の謎を追う若き僧侶は、やがて巨大宗派のスキャンダルを知る。松本清張賞作家が贈る新・社会派ミステリー。（福井健太）
ひ-22-2

東川篤哉
もう誘拐なんてしない
たこ焼き屋でバイトをしていた翔太郎は、偶然セーラー服の美少女、絵里香をヤクザ二人組から助け出す。関門海峡を舞台に繰り広げられる笑いあり、殺人ありのミステリー。（大矢博子）
ひ-23-1

藤原伊織
テロリストのパラソル
爆弾テロ事件の容疑者となったバーテンダーが、過去と対峙しながら事件の真相に迫る。乱歩賞＆直木賞をダブル受賞した不朽の名作。逢坂剛・黒川博行両氏による追悼対談を特別収録。
ふ-16-7

（　）内は解説者。品切の節はご容赦下さい。

牧村一人
六本木デッドヒート
殺人罪で服役、八年の刑期を終え出所した元風俗嬢の笙子。静かに暮らすはずが、十億円強奪事件との関わりを疑われて狙われるハメに！　異色の第16回松本清張賞受賞作。（香山二三郎）
ま-30-1

麻耶雄嵩
隻眼の少女
隻眼の少女探偵・御陵みかげは連続殺人事件を解決するが、18年後に再び悪夢が襲う。日本推理作家協会賞と本格ミステリ大賞をダブル受賞した、超絶ミステリの決定版！（巽　昌章）
ま-32-1

宮部みゆき
誰か Somebody
事故死した平凡な運転手の過去をたどり始めた男が行き当たった、意外な人生の情景とは——。稀代のストーリーテラーが丁寧に紡ぎだした、心を揺るがす傑作ミステリー。（杉江松恋）
み-17-6

宮部みゆき
楽園（上下）
フリーライター・滋子のもとに舞い込んだ、奇妙な調査依頼。それは十六年前に起きた少女殺人事件へと繋がっていく。進化し続ける作家、宮部みゆきの最高到達点がここに。（東　雅夫）
み-17-7

宮部みゆき
名もなき毒
トラブルメーカーとして解雇されたアルバイト女性の連絡窓口になった杉村。折しも街では連続毒殺事件が注目を集めていた。人の心の陥穽を描く吉川英治文学賞受賞作。（杉江松恋）
み-17-9

道尾秀介
ソロモンの犬
飼い犬が引き起こした少年の事故死に疑問を感じた秋内は動物生態学に詳しい間宮助教授に相談する。そして予想不可能の結末が！　道尾ファン必読の傑作青春ミステリー。（瀧井朝世）
み-38-1

湊　かなえ
花の鎖
元英語講師の梨花、結婚後に子供ができずに悩む美雪、絵画講師の紗月。彼女たちの人生に影を落とす謎の男K……。三人の女性たちを結ぶものとは？　感動の傑作ミステリ。（加藤　泉）
み-44-1

（　）内は解説者。品切の節はご容赦下さい。

森村誠一
法王庁の帽子
旅先のアヴィニヨンで帽子を失くした式村は、帰国後、旅先で見かけた男が殺されたことを知る。意外な因縁が、犯人を追い詰める表題作ほか、珠玉の森村ミステリ全六篇。（井上順一）
も-1-23

森村誠一
タクシー
深夜に乗せた女の客が車内で死亡。タクシードライバーの蛭間正は遺族の懇願もあり、東京―佐賀、一二〇〇㎞を疾走する。死者を乗客として――。戦慄のサスペンス。（大野由美子）
も-1-24

矢島正雄
鬼刑事　米田耕作
銀行員連続殺人の罠
「落としの耕作」「鬼の耕作」と呼ばれる引退間近の名物刑事が、元サイバー対策室の若き刑事と共に、銀行員連続殺人の謎を追う。フジテレビ系「金曜プレステージ」のノベライズ作品。
や-50-1

薬丸　岳
死命
若くしてデイトレードで成功しながら、自身に秘められた殺人衝動に悩む榊信一。余命僅かと宣告された彼は欲望に忠実に生きると決意する。それは連続殺人の始まりだった。（郷原　宏）
や-61-1

横山秀夫
陰の季節
「全く新しい警察小説の誕生！」と選考委員の激賞を浴びた第五回松本清張賞受賞作「陰の季節」など、テレビ化で話題を呼んだ二渡が活躍するＤ県警シリーズ全四篇を収録。（北上次郎）
よ-18-1

横山秀夫
動機
三十冊の警察手帳が紛失した――。犯人は内部か外部か。日本推理作家協会賞を受賞した迫真の表題作他、女子高生殺しの前科を持つ男の苦悩を描く「逆転の夏」など全四篇。（香山二三郎）
よ-18-2

横山秀夫
クライマーズ・ハイ
日航機墜落事故が地元新聞社を襲った。衝立岩登攀を予定していた遊軍記者が全権デスクに任命される。組織、仕事、家族、人生の岐路に立たされた男の決断。渾身の感動傑作。（後藤正治）
よ-18-3

（　）内は解説者。品切の節はご容赦下さい。

横山秀夫
64（ロクヨン）（上下）
昭和64年に起きたD県警史上最悪の未解決事件をめぐり刑事部と警務部が全面戦争に突入。その狭間に落ちた広報官三上は己の真を問われる。ミステリー界を席巻した究極の警察小説。
よ-18-4

米澤穂信
インシテミル
超高額の時給につられ集まった十二人を待っていたのは、より多くの報酬をめぐって互いに殺し合い、犯人を推理する生き残りゲームだった。俊英が放つ新感覚ミステリー。（香山二三郎）
よ-29-1

吉永南央
その日まで　紅雲町珈琲屋こよみ
北関東の紅雲町でコーヒーと和食器の店を営むお草さん。近隣で噂になっている詐欺まがいの不動産取引について調べ始めると、因縁の男の影が……。人気シリーズ第二弾。（瀧井朝世）
よ-31-3

吉永南央
名もなき花の　紅雲町珈琲屋こよみ
新聞記者、彼の師匠である民俗学者、そしてその娘。十五年前のある〈事件〉をきっかけに止まってしまった彼らの時計の針を、お草さんは動かすことができるのか？　好評シリーズ第三弾。
よ-31-4

吉永南央
オリーブ
突然、書き置きを残して消えた妻。やがて夫は、妻の経歴が偽りで、二人は婚姻届すら提出されていなかった事実を知る。女は何者なのか。優しくて、時に残酷な五つの「大人の嘘」。（藤田香織）
よ-31-2

若竹七海
さよならの手口
有能だが不運すぎる女探偵・葉村晶が帰ってきた！　ミステリ専門店でバイト中の晶は元女優に二十年前に家出した娘探しを依頼される。当時娘を調査した探偵は失踪していた。（霜月　蒼）
わ-10-3

文藝春秋　編
東西ミステリーベスト１００
ファンによる最大級のアンケートによって決めた国内・国外オールタイム・ベストランキング！　納得のあらすじとうんちくも必読です！　文庫版おまけ・百位以下の百冊もお見逃しなく。
編-4-2

（　）内は解説者。品切の節はご容赦下さい。

ホワイト・ジャズ
ジェイムズ・エルロイ（佐々田雅子 訳）
痙攣し疾走し脈打つ文体。それが警察内部の壮絶きわまる暗闘を描き出す。ゼロ年代日本の作家たちに巨大な影響を与えた究極の暗黒小説にして20世紀警察小説の最高傑作。（馳　星周）
エ-4-15

ハイスピード！
サイモン・カーニック（佐藤耕士 訳）
開巻するや第1ページで襲う危機——彼は血染めのベッドで死体とともに目覚めた。殺したのは自分か。元兵士や凄腕の殺し屋が絡む陰謀を暴く疾走が開始される。驚異の高速サスペンス。
カ-13-2

ライトニング
ディーン・R・クーンツ（野村芳夫 訳）
彼女が危機に陥るたび、その男は雷鳴とともに彼女を救いにやってくる。男は何者か？　大胆不敵な構想で贈る超サスペンス。80年代の本読みを熱狂させた伝説の徹夜本。（北上次郎）
ク-5-18

厭な物語
アガサ・クリスティー 他（中村妙子 他訳）
アガサ・クリスティーやパトリシア・ハイスミスの衝撃作からロシア現代文学の鬼才による狂気の短編まで、後味の悪さにこだわって選び抜いた〝厭な小説〟名作短編集。（千街晶之）
ク-17-1

もっと厭な物語
夏目漱石 他
読めば忽ち気持ちは真っ暗。だが、それがいい！　文豪・夏目漱石の掌編からホラーの巨匠クライヴ・バーカーの鬼畜小説まで、後味の悪さにこだわったよりぬきアンソロジー、第二弾。
ク-17-2

極限捜査
オレン・スタインハウアー（村上博基 訳）
元美術館長の怪死、惨殺された画家、捜査官殺し……捜査官が探り当てたのは国家の暗い秘密だった。真実の追求が破滅をもたらす、東欧を舞台に描く警察小説の雄篇。（吉野　仁）
ス-12-2

悪魔の涙
ジェフリー・ディーヴァー（土屋　晃 訳）
世紀末の大晦日、ワシントンの地下鉄駅で無差別の乱射事件が発生。手掛かりは市長宛に出された二千万ドルの脅迫状だけ。捜査本部は筆跡鑑定の第一人者キンケイドの出動を要請する。
テ-11-1